2011年
银行业从业人员资格认证考试

公司信贷

押题预测试卷 与 精讲解析

立恒金融培训机构
编著

中国宇航出版社
·北京·

内 容 简 介

本书以银行业从业人员资格认证考试大纲和教材为依据,以历年真题为范本,以考试重点和难点为主线,融合最新考情,力求实现精准预测、难度适宜、解析详尽、高度保真的目标,是广大读者考前临门一脚、真实大练兵、顺利通过考试的必备书籍。

图书在版编目(CIP)数据

公司信贷押题预测试卷与精讲解析/立恒金融培训机构

编著. —北京:中国宇航出版社,2011.4

(2011 年银行业从业人员资格认证考试)

ISBN 978－7－80218－929－4

Ⅰ.①公… Ⅱ.①立… Ⅲ.①信贷－银行业务－中国－

从业人员－资格认证－题解　Ⅳ.①F832.4－44

中国版本图书馆 CIP 数据核字(2011)第 031517 号

策划编辑	董　琳	**封面设计**	邓　博	
责任编辑	华　蕾	**责任校对**	李颖昕	

出　版
发　行　　**中国宇航出版社**

地　址　北京市阜成路 8 号　　**邮　编**　100830
　　　　　(010)68768548

网　址　www.caphbook.com/www.caphbook.com.cn

经　销　新华书店

发行部　(010)68371900　　(010)88530478(传真)
　　　　　(010)68768541　　(010)68767294(传真)

零售店　读者服务部　　　北京宇航文苑
　　　　　(010)68371105　　(010)62529336

承　印　三河市君旺印装厂

版　次　2011 年 4 月第 1 版
　　　　　2011 年 4 月第 1 次印刷

开　本　1/16

规　格　787×1092

印　张　11.5

字　数　248 千字

书　号　ISBN 978－7－80218－929－4

定　价　26.00 元

本书如有印装质量问题,可与发行部联系调换

序　言

考前模拟训练是巩固知识、迅速提高应试能力的有效手段。可以这样讲，选择一本优秀的模拟试题，认真演练分析，对于顺利通过考试将起到事半功倍的作用。

为了满足参加 2011 年中国银行业从业人员资格认证考试广大考生的需要，我们精心编写了这套"2011 年银行业从业人员资格认证考试预测押题试卷与精讲解析"丛书，包括《公共基础》、《个人理财》、《风险管理》、《公司信贷》和《个人贷款》5 个分册。

本套丛书与同类辅导资料相比，具有以下鲜明的特色：

精准预测。银行业从业人员资格认证考试已经形成了比较稳定的考点和难点，凸显考点、分析难点，对于考生掌握必备知识、摸清命题规律、提高考试通过率是至关重要的。我们对即将进行的考试进行了精准的预测，编制了这几套试题。该试题结合了编者对历次考试重点的分析及对最新考情的理解，能够帮助读者少走弯路、把握重点、顺利通过考试。

深度解析。一本好的教辅书不应该只是裁判，更应该是教练。只给答案，不讲原因是很多考试书的一大缺陷。做完题后，仅核对答案，不分析原因，不力求改正，做题的效果将大打折扣。知其然更要知其所以然，才能达到模拟训练的目的，迅速提升考试成绩。本套丛书除给出标准答案、考点出处之外，还对试题进行了深入浅出、简明扼要的精讲解析。这对于发挥模拟试卷的功能，提高读者的应试能力至为关键。

高度保真。要通过模拟考试提高应试能力，其前提就是模拟试卷的形式和实质的双重保真。形式保真是指题型、题量、各章内容分布、考试时间与真实考试基本一致。实质保真就是试题的特点、难度、考点分布与真实考试基本一致。高度保真的模拟试题有利于考生在复习完成后对掌握的知识作全面的检查和梳理，查缺补漏，是考生考前的最后一次检验。

对于本套丛书的编写尽管我们已经殚精竭虑，但由于水平有限，时间紧迫，不周之处在所难免，希望大家谅解。我们的联系电话是 13681387472，电子邮箱是 suoxh@126.com，欢迎大家交流探讨，我们一定竭诚为您解答。

最后，对一贯支持我们的广大读者朋友和对本书的出版作出努力的朋友一并表示感谢。

作者

2011 年 4 月于中央财经大学

目 录

押题预测试卷(一)/1

答案速查与精讲解析(一)/21

押题预测试卷(二)/36

答案速查与精讲解析(二)/57

押题预测试卷(三)/69

答案速查与精讲解析(三)/90

押题预测试卷(四)/107

答案速查与精讲解析(四)/129

押题预测试卷(五)/143

答案速查与精讲解析(五)/163

▶2011 年银行业从业人员资格认证考试

《公司信贷》
押题预测试卷（一）

一、单项选择题（共 90 题，每题 0.5 分。在以下各小题所给出的 4 个选项中，只有 1 个选项符合题目要求，请将正确选项的代码填入括号内）

1. （　　　）是指特定产品要素组合下的信贷服务方式，主要包括贷款、担保、承兑、信用支持、保函、信用证和承诺等。
   A. 交易对象　　　　B. 信贷产品　　　　C. 信贷金额　　　　D. 信贷期限

2. 在（　　　）内，银行只能收取利息，借款人不用还本或者本息都不用偿还，但是银行仍然按照规定计算利息。
   A. 提款期　　　　　B. 还款期　　　　　C. 宽限期　　　　　D. 信贷期限

3. 根据《贷款通则》的规定，自营贷款期限最长一般不得超过（　　　）年，超过此年限应当报监管部门备案。
   A. 5　　　　　　　B. 10　　　　　　　C. 15　　　　　　　D. 20

4. 按照借贷关系持续期内利率水平是否变动，贷款利率可分为（　　　）。
   A. 固定贷款利率和浮动贷款利率　　　B. 法定利率和公定利率
   C. 基准利率和市场利率　　　　　　　D. 短期贷款利率和中长期贷款利率

5. 按贷款用途划分，公司信贷的种类不包括（　　　）。
   A. 自营贷款　　　　　　　　　　　　B. 土地储备贷款
   C. 个人住房贷款　　　　　　　　　　D. 流动资金贷款

6. 信贷资金运动可归纳为二重支付、二重归流，其中第一重支付是（　　　），第二重支付是（　　　）。
   A. 银行支付信贷资金给使用者；使用者支付本金和利息给银行
   B. 银行支付信贷资金给使用者；使用者购买原料和支付生产费用
   C. 经过社会再生产过程回到使用者手中；使用者支付本金和利息给银行
   D. 使用者购买原料和支付生产费用；经过社会再生产过程回到使用者手中

7. 资产转换理论所带来的问题不包括（　　　　）。

A. 缺乏物质保证的贷款大量发放，为信用膨胀创造了条件

B. 在经济局势和市场状况出现较大波动时，证券的大量抛售会造成银行的巨额损失

C. 贷款平均期限的延长会增加银行系统的流动性风险

D. 银行短期存款的沉淀、长期资金的增加，使银行具备大量发放中长期贷款的能力，局限于短期贷款不利于经济的发展

8. 有关银行对目标市场进行市场细分的说法，错误的是（　　　　）。

A. 有利于针对特定目标市场制定相应的营销策略

B. 有利于银行资金安全

C. 有利于在细分市场上占优势

D. 有利于开拓新的市场机会

9. 影响银行市场营销活动的经济与技术环境不包括（　　　　）。

A. 消费潮流　　　　B. 财政政策　　　　C. 社会习惯　　　　D. 市场前景

10. （　　　　）是指具有高度相关性的一组银行产品。

A. 产品线　　　　B. 产品组合　　　　C. 产品类型　　　　D. 产品项目

11. 公司信贷是商业银行主要的盈利来源，贷款利润的高低与贷款价格有着直接的关系。贷款价格（　　　　），利润就（　　　　），贷款的需求会（　　　　）。

A. 低；低；增加　　　　　　　　　B. 高；低；减少

C. 高；低；增加　　　　　　　　　D. 高；高；增加

12. 竞争者对新产品的影响和排挤较小时，银行可以采取（　　　　），吸引对价格不太敏感的客户。

A. 薄利多销定价策略　　　　　　　B. 高额定价策略

C. 关系定价策略　　　　　　　　　D. 渗透定价策略

13. 银行营销组织的主要职能不包括（　　　　）。

A. 组织设计　　　　B. 人员配备　　　　C. 组织运行　　　　D. 会计核算

14. 下列属于银行市场定位中的产品定位手段的是（　　　　）。

A. 设计特色办公大楼　　　　　　　B. 设计专用字体

C. 提供增值服务　　　　　　　　　D. 设计户外广告

15. 下列有关信用证的说法，不正确的是（　　　　）。

A. 信用证是银行根据信用证相关法律规范的要求开立的

B. 银行必须依照客户的要求和指示办理

C. 信用证是一个有条件承诺付款的书面文件

D. 信用证专指国际信用证

16. 公司贷款安全性调查的内容不包括（　　　　）。

A. 对借款人法定代表人的品行进行调查

B. 对公司借款人财务经理个人信用卡的额度进行核准

C. 对保证人的财务管理状况进行调查

D. 对股份有限公司对外股本权益性投资情况进行调查

17. 下列不属于贷前调查方法的是（　　　　）。

A. 委托调查　　　　　B. 现场调研　　　　　C. 突击调查　　　　　D. 搜寻调查

18. 在贷款安全性调查中，对于申请外汇贷款的客户，业务人员尤其要注意（　　　　）变化对抵押担保额的影响程度。

A. GDP 增长率　　　　B. 汇率　　　　　C. 通货膨胀率　　　　D. 存款准备金率

19. （　　　　）是指贷款经营的盈利情况，是商业银行经营管理活动的主要动力。

A. 贷款安全性调查　　　　　　　　　B. 贷款合法合规性调查

C. 贷款风险性调查　　　　　　　　　D. 贷款效益性调查

20. 在贷款质押担保问题上，银行在法律方面要重点考虑的是（　　　　）。

A. 担保的合法性　　　　　　　　　　B. 担保的有效性

C. 担保人的资格　　　　　　　　　　D. 担保人的意愿

21. 在银行流动资金贷前调查报告中，借款人财务状况不包括（　　　　）。

A. 流动资金数额和周转速度　　　　　B. 主要客户、供应商和分销渠道

C. 资产负债比率　　　　　　　　　　D. 存货净值和周转速度

22. 以下不属于资金来源的是（　　　　）。

A. 留存收益　　　　　　　　　　　　B. 内部融资

C. 银行贷款　　　　　　　　　　　　D. 现金头寸

23．下列关于借款需求和借款目的的说法，错误的是（　　　　）。

A．借款需求是指公司对现金的需求超过了公司的现金储备，从而需要借款

B．未分配利润增加会产生借款需求

C．借款目的主要指借款用途

D．一般来说，长期贷款用于长期融资的目的

24．某公司 2010 年的销售收入为 2 000 万元，应收账款平均余额为 400 万元，则该公司 2010 年度的应收账款周转天数为（　　　　）天。

A．5　　　　　　　　B．73　　　　　　　　C．85　　　　　　　　D．200

25．如果某公司的固定资产使用率（　　　　），就意味着投资和借款需求很快将会上升，具体由（　　　　）决定。

A．小于 20% 或 30%；行业技术变化比率

B．小于 20% 或 30%；设备使用年限

C．大于 60% 或 70%；行业技术变化比率

D．大于 60% 或 70%；设备使用年限

26．分析损益表时，主要采用的分析方法是（　　　　）。

A．趋势分析法　　　　　　　　　　B．结构分析法

C．比率分析法　　　　　　　　　　D．因素分析法

27．下列关于长期偿债能力指标的说法，错误的是（　　　　）。

A．资产负债率反映了债务偿付安全性的物质保障程度

B．债务股权比率反映了所有者权益对债权人权益的保障程度

C．有形净资产债务率反映了企业可以随时还债的能力

D．利息保障倍数反映了企业获利能力对到期债务利息的保证程度

28．下列选项中，由资产变化引起的资金需求是（　　　　）。

A．商业信用的变动　　　　　　　　B．长期投资

C．债务重构　　　　　　　　　　　D．分红的变化

29．下列不属于国别风险的是（　　　　）。

A．利率风险　　　　　　　　　　　B．清算风险

C．汇率风险　　　　　　　　　　　D．国内商业风险

30. 某国的政治风险评分为 2.7，经济风险评分为 3.5，法律风险评分为 1.3，税收风险评分为 2.8，运作风险评分为 2.4，安全性评分为 1.1，则使用 WMRC 的计算方法得到的国家综合风险是（　　　）。

    A. 2.485　　　　　B. 2.215　　　　　C. 2.11　　　　　D. 2.515

31. （　　　）用于衡量目标区域因信贷规模变动对区域风险的影响程度。

    A. 信贷平均损失比率　　　　　　　　B. 信贷资产相对不良率

    C. 不良率变幅　　　　　　　　　　　D. 信贷余额扩张系数

32. 一般来说，新兴产业在发展期收益（　　　），风险（　　　）。

    A. 低；小　　　　　B. 低；大　　　　　C. 高；大　　　　　D. 高；小

33. 下列各项中，能够评价目标区域信贷资产的收益实现情况选项是（　　　）。

    A. 贷款实际收益率　　　　　　　　　B. 总资产收益率

    C. 利息实收率　　　　　　　　　　　D. 信贷资产相对不良率

34. （　　　）行业表现出较强的生产半径和销售区域的特征。

    A. 水泥　　　　　B. 软件　　　　　C. 金融　　　　　D. 服装

35. 下列关于低经营杠杆企业的说法，正确的是（　　　）。

    A. 固定成本占有较大的比例　　　　　B. 规模经济效应明显

    C. 当市场竞争激烈时更容易被淘汰　　D. 对销售量比较敏感

36. 商业银行对借款人最关心的就是其现在和未来的（　　　）。

    A. 技术水平　　　　B. 销售业绩　　　　C. 偿债能力　　　　D. 信息披露

37. 具有较强竞争力产品的特点不包括（　　　）。

    A. 性能先进　　　　B. 质量稳定　　　　C. 性价比高　　　　D. 无名显品牌优势

38. （　　　）指公司赚取利润的能力。

    A. 盈利能力　　　　B. 营运能力　　　　C. 偿债能力　　　　D. 生产能力

39. 以下不属于所有者权益项目的是（　　　）。

    A. 实收资本　　　　B. 资本公积　　　　C. 盈余公积　　　　D. 流动资产

40. （　　　）是以财务报表中的某一总体指标为基础，计算其中各构成项目占总体指标的百分比，然后比较不同时期各项目所占百分比的增减变动趋势。

　　A. 趋势分析法　　　　B. 结构分析法　　　　C. 比率分析法　　　　D. 比较分析法

41. （　　　）是商业银行公司信贷市场营销的起点，也是商业银行制定和实施其他营销策略的基础和前提。

　　A. 产品策略　　　　B. 市场环境分析　　　C. 市场细分策略　　　D. 市场定位策略

42. 计算现金流量时，以（　　　）为基础，根据（　　　）期初期末的变动数进行调整。

　　A. 损益表；股东权益变动表　　　　　　B. 资产负债表；损益表
　　C. 损益表；资产负债表　　　　　　　　D. 资产负债表；股东权益变动表

43. 下列关于担保中留置的说法，正确的是（　　　　）。
　　A. 留置财产只能是不动产
　　B. 留置财产可以是动产，也可以是不动产
　　C. 留置权人不占有留置财产
　　D. 当债务人到期未履行债务时，留置权人有权就留置财产优先受偿

44. 由于使用磨损和自然损耗造成的抵押物贬值是（　　　　）贬值。
　　A. 功能性　　　　　B. 实体性　　　　　C. 经济性　　　　　　D. 泡沫性

45. 下列关于抵押物估价的正确说法是（　　　　）。
　　A. 可以由债务人自行评估
　　B. 可以由抵押人自行评估
　　C. 可委托具有评估资格的中介机构给予评估
　　D. 可以由抵押人委托给政府物价部门进行估价

46. 某抵押物市场价值为 15 万元，其评估值为 10 万元，抵押贷款率为 60%，则抵押贷款额为（　　　）万元。
　　A. 12.6　　　　　　B. 9　　　　　　　　C. 8.6　　　　　　　D. 6

47. 质权的标的物是（　　　　），抵押权的标的物是（　　　　）。
　　A. 动产和财产权利；动产和不动产　　　B. 不动产；不动产和财产权利
　　C. 动产；不动产　　　　　　　　　　　D. 动产和财产权利；不动产

48. 下列（　　）不是银行进行质押贷款所具有的特点。
   A. 处理质押物手续比较简单　　　B. 银行对质物的可控性较强
   C. 易于直接变现处理用于抵债　　D. 银行对质物没有保管义务

49. 在贷款质押业务的风险中，最主要的风险因素是（　　）。
   A. 虚假质押风险　B. 司法风险　　C. 汇率风险　　D. 操作风险

50. （　　）是指由拟建项目引起的，并与建设、生产、流通、耗费有联系的原材料、燃料、动力运输和环境保护等协作配套项目。
   A. 同步建设　　　　　　　　　B. 相关项目
   C. 外部协作配套条件　　　　　D. 物力资源

51. 以下不属于项目的可行性研究同贷款项目评估区别的是（　　）。
   A. 发起主体不同　　　　　　　B. 发生时间不同
   C. 范围和侧重点不同　　　　　D. 方法不同

52. （　　）将各类方案的各种因素进行综合考虑比较，从中选择大部分因素比较好的方案。
   A. 效益成本评比法　　　　　　B. 盈亏平衡点比较法
   C. 净现值比较法　　　　　　　D. 多因素评比法

53. 对设备使用寿命的评估主要考虑的因素不包括（　　）。
   A. 设备的文化寿命　　　　　　B. 设备的技术寿命
   C. 设备的经济寿命　　　　　　D. 设备的物质寿命

54. 下列不属于常用固定资产折旧方法的是（　　）。
   A. 平均年限法　　　　　　　　B. 年数平均法
   C. 双倍余额递减法　　　　　　D. 年数总和法

55. 贷款项目评估中，税金审查的内容不包括（　　）。
   A. 项目所涉及的税种是否都已计算
   B. 计算税收的公式是否正确
   C. 所采用的税率是否符合现行规定
   D. 计算利润时的销售收入、销售税金、销售成本在增值税方面的计算口径是否一致

56. 自有资金现金流量表从（　　　　）的角度出发，以（　　　　）为计算基础，用于计算自有资金财务内部收益率、净现值等评价指标，考察项目自有资金的盈利能力。

A. 债权人；全部投资（建设投资和流动资金）

B. 投资者；全部投资（建设投资和流动资金）

C. 债权人；债权人的全部借款额

D. 投资者；投资者的出资额

57. 通常，流动资金贷款是（　　　　），固定资产贷款是（　　　　）。

A. 短期贷款；周转贷款　　　　　　　　B. 长期贷款；周转贷款

C. 短期贷款；长期贷款　　　　　　　　D. 长期贷款；长期贷款

58. 按照五层次理论，银行各种硬件和软件的集合，包括营业网点和各类业务属于公司信贷产品中的（　　　　）。

A. 核心产品　　　B. 基础产品　　　C. 期望产品　　　D. 延伸产品

59. 市场定位的步骤中，首先是（　　　　）。

A. 制作定位图　　　　　　　　　　　　B. 识别重要属性

C. 定位选择　　　　　　　　　　　　　D. 执行定位

60. 在保证期间主张权利的主体和关系是（　　　　）。

A. 债权人向债务人　　　　　　　　　　B. 债权人向保证人

C. 保证人向借款人　　　　　　　　　　D. 保证人向债权人

61. 质押合同的条款不包括（　　　　）。

A. 被质押的贷款数额　　　　　　　　　B. 保证期间

C. 借款人履行债务的期限　　　　　　　D. 质物移交的时间

62. 下列（　　　　）不属于对外劳务承包工程贷款的常见风险。

A. 汇率变动的风险　　　　　　　　　　B. 工程延期对项目财务效益的影响

C. 通货膨胀的风险　　　　　　　　　　D. 费用超支对项目财务效益的影响

63. 下列属于借款人挪用贷款情况的是（　　　　）。

A. 用流动资金贷款支付货款　　　　　　B. 外借母公司进行房地产投资

C. 用流动资金贷款购买辅助材料　　　　D. 用中长期贷款购买机器设备

64. 临时性贷款的期限一般不超过（　　　）。
A. 1 年　　　　　　B. 半年　　　　　C. 3 个月　　　　　D. 1 个月

65. 对于"人及其行为"的调查属于（　　　）监控。
A. 财务状况　　　B. 经营状况　　　C. 管理状况　　　D. 与银行往来情况

66. 风险预警程序不包括（　　　）。
A. 风险分析　　　B. 后评价　　　　C. 风险处置　　　D. 贷款卡查询

67. 贷款的审批实行（　　　）审批制度，贷款展期的审批实行（　　　）审批制度。
A. 分级；统一　　B. 统一；统一　　C. 统一；分级　　D. 分级；分级

68. 采取"脱钩"方式转贷的，每次展期的最长期限不超过（　　　）。
A. 2 年　　　　　　B. 1 年　　　　　C. 半年　　　　　D. 一季度

69. 对于保证贷款的展期，因贷款展期而增加的利息费用（　　　）在担保金额中，保证合同期限（　　　）。
A. 不包括；不变　　B. 不包括；延长　　C. 包括；延长　　D. 包括；不变

70. 借款人不履行已经发生法律效力的判决书，银行应该向人民法院申请强制执行，执行期限为（　　　）。
A. 10 日　　　　　B. 5 日　　　　　C. 3 日　　　　　D. 2 日

71. 借款人无法足额偿还贷款本息，即使执行抵押或担保，也肯定造成较大损失的风险贷款种类是（　　　）。
A. 关注类贷款　　B. 次级类贷款　　C. 可疑类贷款　　D. 损失类贷款

72. （　　　）与审慎的会计准则相抵触。
A. 历史成本法　　B. 市场价值法　　C. 净现值法　　　D. 合理价值法

73. 下列关于市场价值法的表述，错误的是（　　　）。
A. 不必对成本进行摊派　　　　　　　B. 能够及时承认资产和负债价值的变化
C. 市场价格总是能反映资产的真实价值　D. 收入就是净资产在期末与期初的差额

74. （　　　）是判断贷款偿还可能性的最明显标志。
A. 贷款目的　　　　　B. 还款来源　　　　　C. 资产转换周期　　　D. 还款记录

75. 下面不属于一般准备金计提基数的是（　　　）。
A. 全部贷款余额
B. 不良贷款余额
C. 全部贷款扣除已经提取的专项准备金后的余额
D. 正常类贷款余额或者正常类贷款加上关注类贷款余额

76. 正常经营收入不足以偿还贷款，需要诉诸抵押和保证的贷款，在贷款分类中可能属于的最优级别是（　　　）。
A. 关注　　　　　　　B. 次级　　　　　　　C. 可疑　　　　　　　D. 损失

77. 普通准备金在计入商业银行资本基础的附属资本时，上限为加权风险资产的（　　　）。
A. 1%　　　　　　　　B. 1.25%　　　　　　C. 1.5%　　　　　　　D. 2%

78. 向人民法院申请保护债权的诉讼时效期间通常为（　　　）年。
A. 1　　　　　　　　　B. 2　　　　　　　　　C. 3　　　　　　　　　D. 5

79. 关于对借款人进行破产重整，下列表述错误的是（　　　）。
A. 破产重整的目的就是为了避免债务人立即破产
B. 当债权人内部发生无法调和的争议时，必须由法院做出裁决
C. 债务人进入破产程序以后，其他强制执行程序应该加快进度，配合执行
D. 在破产重整程序中，债权人组成债权人会议，与债务人共同协商债务偿还安排

80. 银行采取常规清收手段无效而向人民法院提起诉讼，人民法院审理该案件，一般应在立案之日起（　　　）内作出判决。
A. 3 个月　　　　　　B. 6 个月　　　　　　C. 12 个月　　　　　D. 2 年

81. 可以作为抵偿债务的资产包括（　　　）。
A. 依法被查封、扣押、监管的资产
B. 已经先于银行进行抵押或质押的资产
C. 所有权、使用权不明确或有争议的资产
D. 借款人在债权银行的应收账款和其他应收款

82. 商业银行确定抵债资产价值的原则不包括（　　　　）。

A. 资产购置时的价值

B. 法院裁决确定的价值

C. 借、贷双方的协商议定价值

D. 借、贷双方共同认可的权威评估部门评估确认的价值

83. 以下关于呆账核销的做法，错误的是（　　　　）。

A. 一级分行可以向分支机构继续转授权

B. 对于小额呆账，可授权一级分行审批，并上报总行备案

C. 对符合条件的呆账经过批准核销后，作为冲减呆账准备金处理

D. 总行对一级分行的具体授权额度根据内部管理水平确定，并报主管财务机关备案

84. 抵债资产的管理原则不包括（　　　　）。

A. 受偿方式以现金受偿为第一选择

B. 以历史购置成本为基础确定抵债资产价值

C. 确保抵债资产安全、完整和有效

D. 尽快实现抵债资产向货币资产的有效转化

85. 短期贷款是指期限在（　　　　）以内的贷款，长期贷款是指期限在（　　　　）以上的贷款。

A. 181 天；10 年　　B. 1 年；10 年　　　C. 181 天；5 年　　　D. 1 年；5 年

86. 2010 年，PRS 集团发布了年度风险评估指南（PRG），其中某国的得分为 86 分，则该国的国家风险（　　　　）。

A. 非常高，无法投资　　　　　　　　B. 中等偏高

C. 中等　　　　　　　　　　　　　　D. 非常低

87. 不属于银行信贷人员在面谈中需要了解的客户信息是（　　　　）。

A. 信用记录　　　　　　　　　　　　B. 贷款背景

C. 项目收益　　　　　　　　　　　　D. 抵押品变现难易程度

88. 商业银行制定的集团客户授信业务风险管理制度应报（　　　　）备案。

A. 中国银行业协会　　　　　　　　　B. 中国银监会

C. 商务部　　　　　　　　　　　　　D. 中国人民银行

89. 下列关于审查保证人的资格，说法错误的是（　　　　）。

A. 应注意保证人的性质，保证人性质的变化会导致保证资格的丧失

B. 保证人应是具有代为清偿能力的企业法人或自然人

C. 保证人是企业法人的，应提供其真实营业执照及近期财务报表

D. 保证人或抵押人为有限责任公司或股份制企业的，其出具担保时，必须提供股东大会同意其担保的决议和有相关内容的授权书

90. 下列关于商业银行在贷款分类中的做法，错误的是（　　　　）。

A. 制定和修订信贷资产风险分类的管理政策、操作实施细则或业务操作流程

B. 开发和运用信贷资产风险分类操作实施系统和信息管理系统

C. 保证信贷资产分类人员具备必要的分类知识和业务素质

D. 检查、评估的频率每年不得少于两次

二、多项选择题（共 40 题，每题 1 分。在以下各小题所给出的 5 个选项中，至少有 1 个选项符合题目要求，请将正确选项的代码填入括号内）

1. 根据《贷款通则》有关期限的相关规定，下列说法正确的有（　　　　）。

A. 短期贷款展期期限累计不得超过原贷款期限的一半

B. 短期贷款展期期限累计不得超过原贷款期限

C. 中期贷款展期期限累计不得超过原贷款期限的一半

D. 长期贷款展期期限累计不得超过 3 年

E. 中期贷款展期期限累计不得超过 2 年

2. 波特认为有五种力量决定整个市场或其中任何一个细分市场的长期内在吸引力。属于这五个群体的有（　　　　）。

A. 同行业竞争者　　　　　　　　　B. 潜在的新加入的竞争者

C. 替代产品　　　　　　　　　　　D. 购买者和供应商

E. 政府

3. 下列关于公司信贷基本要素的正确说法有（　　　　）。

A. 信贷金额是指银行承诺向借款人提供的以货币计量的信贷产品数额

B. 贷款利率是指借款人使用贷款时所支付的价格

C. 贷款费率是指银行提供信贷服务的全部价格

D. 信贷产品是指特定产品要素组合下的信贷服务方式

E. 公司信贷业务的交易对象包括银行及其交易对手

4. 影响银行市场营销活动的外部宏观环境包括（　　　　　）。

A. 外汇汇率

B. 政府的施政纲领

C. 社会与文化环境

D. 信贷资金的供求状况

E. 银行同业竞争对手的实力与策略

5. 相对大型和特大型企业来说，中小企业的资金运行特点有（　　　　　）。

A. 额度小

B. 周转快

C. 信誉好

D. 需求急

E. 风险小

6. 下列符合选择目标市场要求的有（　　　　　）。

A. 有比较通畅的销售渠道

B. 对一定的公司信贷产品有足够的购买力，并能保持稳定

C. 竞争者较少或相对实力较弱

D. 以后能够建立有效地获取信息的网络

E. 需求变化的方向与银行公司信贷产品的创新与开发的方向不一致

7. 银行信贷业务人员对提出贷款需求的客户进行前期调查的目的有（　　　　　）。

A. 确定能否受理该贷款业务

B. 确定是否进行后续贷款洽谈

C. 确定是否开始贷前调查工作

D. 确定向客户贷款的利率

E. 确定向客户贷款的最高额度

8. 项目审批单位核定的投资项目资本金比例是根据（　　　　）确定的。

A. 银行贷款意愿

B. 银行评估意见

C. 投资项目的经济效益

D. 企业资产负债率

E. 国家产业政策

9. 国际通行的信用"6C"标准原则包括（　　　　　）。

A. 品德（Character）

B. 竞争（Competition）

C. 资本（Capital）

D. 环境（Condition）

E. 控制（Control）

10. 在分析长期销售增长引起的借款需求时，银行应关注的内容有（　　　　　）。

A. 销售增长率是否稳定在一个较高的水平

B. 公司月度和季度的营运资本投资变动情况

C. 经营现金流不足以满足营运资本投资和资本支出增长的需要

D. 实际销售增长率是否明显高于可持续增长率

E. 公司月度和季度的销售额和现金收入水平变动情况

11. 季节性资产增加的主要融资渠道有（　　　　）。

A. 季节性负债增加　　　　　　　　B. 来自公司内部的现金

C. 银行贷款　　　　　　　　　　　D. 应收账款

E. 来自公司内部的有价证券

12. 可持续增长率的假设条件包括（　　　　）。

A. 公司的资产周转率维持当前水平　　B. 公司的销售净利率以一固定值增长

C. 公司保持持续不变的红利发放政策　D. 公司的财务杠杆不变

E. 增发股票是公司唯一的外部融资来源

13. 下列关于区域风险的说法，正确的有（　　　　）。

A. 银行管理水平因素可能导致区域风险

B. 分析区域风险要判断信贷资金的安全会受到哪些因素影响

C. 特定区域的自然、社会、经济和文化都会影响区域风险

D. 分析某个特定区域的风险时，要判断什么样的信贷结构最恰当

E. 分析某个特定区域的风险时，要判断风险成本收益能否匹配

14. 根据竞争与垄断关系的不同，市场通常可分为（　　　　）几种类型。

A. 完全竞争　　　　　　　　　　　B. 垄断竞争

C. 竞争垄断　　　　　　　　　　　D. 寡头垄断

E. 完全垄断

15. 潜在进入者可能遇到的进入壁垒包括（　　　　）。

A. 规模经济　　　　　　　　　　　B. 产品差异

C. 资本需要　　　　　　　　　　　D. 转换成本

E. 销售渠道开拓

16. 资产按流动性大小进行列示，可分为（　　　　）。

A. 流动资产　　　　　　　　　　　B. 长期投资

C. 固定资产　　　　　　　　　　　D. 无形资产

E. 其他资产

17. 客户品质的基础分析包括（　　　　）。

A. 客户历史分析　　　　　　　　B. 法人治理结构分析

C. 股东背景　　　　　　　　　　D. 高管人员的素质

E. 信誉状况

18. 下列关于资产结构分析的说法，正确的有（　　　　）。

A. 资产结构是指各项资产占总资产的比重

B. 资产结构分析可用来判断借款人资产分配的合理性

C. 通常制造业的固定资产和存货比重小于零售业的固定资产和存货比重

D. 服务业中，劳动密集型行业的固定资产比重一般高于资本密集型行业

E. 如借款人的资产结构与同行业的比例存在较大差异，应进一步分析差异产生的原因

19. 银行防范质押风险的措施主要有（　　　　）。

A. 选择价值相对稳定的动产或权利作为质押物

B. 对难以确认真实、合法、合规的质物或权利凭证，应该拒绝质押

C. 对于需要进行质物登记的，必须按规定办理质物出质登记手续

D. 动产或权利凭证质押，银行要亲自与出质人一起到其托管部门办理登记

E. 质物须经具有行业资格并资信良好的评估公司或专业质量检测部门认定

20. 银行一般不能向借款人提供与抵押物等价的贷款，其原因包括（　　　　）。

A. 抵押物在抵押期间可能会出现损耗　　B. 抵押物在抵押期间可能会出现贬值

C. 在处理抵押物期间可能会发生费用　　D. 贷款有利息

E. 逾期有罚息

21. 下列质押品中，可以用市场价格作为公允价值的是（　　　　）。

A. 银行承兑汇票　　　　　　　　B. 上市公司流通股

C. 上市公司限售股　　　　　　　D. 货币市场基金

E. 国债、公司债和金融债券

22. 对拟建项目的投资环境评估的具体评价方法包括（　　　　）。

A. 等级尺度法　　　　　　　　　B. 最低成本分析法

C. 冷热图法　　　　　　　　　　D. 道氏评估法

E. 相似度法

23. 原辅料供给分析的内容主要包括（　　　　）。

A. 分析和评价原辅料的质量是否符合项目生产工艺的要求

B. 分析和评价原辅料的供应数量能否满足项目生产的需要

C. 分析和评价原辅料的价格及其变动趋势对项目产品成本的影响

D. 分析和评价原辅料的运费及其变动趋势对项目产品成本的影响

E. 分析和评价原辅料的存储所要求的条件

24. 设备选择评估的主要内容有（　　　　）。

A. 设备的可靠性　　　　　　　　　B. 设备的配套性

C. 设备的经济性　　　　　　　　　D. 设备的生产能力和工艺要求

E. 设备的使用寿命和可维护性

25. 关于长期投资，下列说法正确的是（　　　　）。

A. 最常见的长期投资资金需求是收购子公司的股份或者对其他公司的相似投资

B. 长期投资属于一种战略投资，其风险较大

C. 最适当的融资方式是股权性融资

D. 其属于资产变化引起的借款需求

E. 如果银行向一个处于并购过程中的公司提供可展期的短期贷款，就一定要特别关注借款公司是否会将银行借款用于并购活动

26. 行业风险分析框架通过（　　　　）方面评价一个行业的潜在风险。

A. 行业成熟度　　　　　　　　　　B. 替代品潜在威胁

C. 成本结构　　　　　　　　　　　D. 经济周期（行业周期）

E. 行业进入壁垒

27. 除首次放款外，以后每次放款只需要提供（　　　　）。

A. 借款凭证　　　　　　　　　　　B. 提款申请书

C. 贷款用途证明文件　　　　　　　D. 项目可行性报告

E. 工程检验师出具的工程进度报告和成本未超支证明

28. 对借款人的贷后监控包括（　　　　）。

A. 对管理状况的监控　　　　　　　B. 对经营状况的监控

C. 对财务管理状况的监控　　　　　D. 对借款人与银行往来情况的监控

E. 对借款人关联企业和关联关系人的监控

29. 企业的经营风险主要体现在（　　　　）。
   A. 业务性质改变
   B. 财务报表造假
   C. 企业未实现预定的盈利目标
   D. 设备更新缓慢
   E. 基建项目工期延长

30. 在贷款的抵押期间，经办人员应定期检查抵押物的（　　　　）。
   A. 占有状况　　　　B. 使用状况　　　　C. 转让状况
   D. 出租状况　　　　E. 存续状况

31. 下列关于贷款风险分类会计原理的说法，正确的有（　　　　）。
   A. 历史成本法具有客观性
   B. 采用历史成本法会导致银行损失的低估
   C. 市场价值法总是能够反映资产的真实价值
   D. 市场价值法不必对成本进行摊派
   E. 当前较为普遍的贷款分类方法主要依据合理价值法

32. 衡量借款人短期偿债能力的指标有（　　　　）。
   A. 资产负债比率
   B. 现金比率
   C. 速动比率
   D. 流动比率
   E. 产权比率

33. 银行对借款人管理风险的分析内容包括（　　　　）。
   A. 产品的经济周期
   B. 经营规模
   C. 产品市场份额
   D. 企业文化特征
   E. 管理层素质

34. 下列关于我国商业银行不良贷款成因的说法，正确的有（　　　　）。
   A. 我国直接融资比重较大，企业融资以资本市场为主
   B. 经济转轨后，改革的成本大部分由银行承担，由此形成大量不良资产
   C. 有的企业没有偿还银行贷款的动机，相关法律法规也没有得到很好的实施，由此形成了大量的不良资产
   D. 商业银行经营机制不灵活，以及法人治理结构不完善，将影响商业银行资产质量的提高
   E. 我国国有企业的经营机制改革没有很好地解决，是我国商业银行不良资产产生的重要因素

35. 现金清收的方式主要包括（　　　）。

A. 贷款催收　　　　　　　　　　B. 依法收贷

C. 账户冻结　　　　　　　　　　D. 处置抵（质）押物

E. 申请支付令

36. 下列关于资产保全人员维护债权的说法，正确的有（　　　）。

A. 资产保全人员应妥善保管能够证明主债权和担保债权客观存在的档案材料

B. 资产保全人员应防止债务人逃废债务

C. 向人民法院申请保护债权的诉讼时效期间通常为 2 年

D. 诉讼时效一旦届满，若债权人未向人民法院申请保护债权，则自动解除债务关系

E. 保证人和债权人在合同中未约定保证责任期间的，从借款企业偿还借款的期限届满之日起的 2 年内，债权银行应当要求保证人履行债务，否则保证人可以拒绝承担保证责任

37. 下列关于财产保全的说法，正确的有（　　　）。

A. 财产保全可以防止债务人的财产被隐匿、转移或者毁损灭失

B. 银行对债务人财产采取保全措施，可影响债务人的生产和经营活动，迫使债务人主动履行义务

C. 银行应对每笔逾期贷款及时申请财产保全，以防止债权损失

D. 诉前财产保全是指债权银行因情况紧急，不立即申请财产保全将会使其合法权益遭受到难以弥补的损失，因而在起诉前向人民法院申请采取财产保全措施

E. 诉中财产保全是指对可能因债务人一方的行为或者其他原因，使判决不能执行或者难以执行的案件，人民法院根据债权银行的申请裁定或者在必要时不经申请自行裁定采取财产保全措施

38. 预期收入理论带来的问题包括（　　　）。

A. 缺乏物质保证的贷款大量发放，为信用膨胀创造了条件

B. 贷款平均期限的延长会增加银行系统的流动性风险

C. 由于收入预测与经济周期有密切关系，因此可能会增加银行的信贷风险

D. 银行的资金局限于短期贷款，不利于经济的发展

E. 银行危机一旦爆发，其规模和影响范围将会越来越大

39. 借款人申请贷款，除应当具备一定的基本条件外，还应当符合的要求有（　　　）。

A. 借款人必须资信状况良好，有按期偿还贷款本息的能力

B. 除自然人和不需要经工商部门核准登记的事业法人外，应当经过工商部门办理年检手续

    C. 除国务院规定外，有限责任公司和股份有限公司对外股本权益性投资累计额未超过其净资产总额的 30%

    D. 还款资金来源应在贷款申请时明确

    E. 新建项目的企业法人所有者权益与项目所需总投资的比例不低于国家规定的投资项目的资本金比例

40. 对于固定资产贷款，银行确立贷款意向后，借款人除提供一般资料，还应提供（　　）。

    A. 国家相应投资批件

    B. 资金到位情况证明

    C. 资产到位证明文件

    D. 项目可行性研究报告及有关部门对其批复

    E. 其他配套条件落实的证明文件

三、判断题（共 15 题，每题 1 分。请判断以下各小题的对错，正确的用√表示，错误的用×表示）

1. 公司信贷客户市场细分的方法中，按照产业生命周期的不同，可划分为新兴产业和夕阳产业。（　　）

2. 短期贷款通常采用一次性还清贷款的还款方式。（　　）

3. 银行内部资源分析中的"财务实力"主要分析银行目前所具有的各种物质支持能否满足未来营销活动的需要。（　　）

4. 在贷款申请受理阶段，业务人员应该坚持贷款安全性第一，对安全性较差的项目须持谨慎态度。（　　）

5. 企业的三个财务报表分别反映企业营运情况的不同方面，故从不同角度反映了企业的经营状况。（　　）

6. 在销售高峰期，应付账款和应计费用增长的速度往往要大于应收账款和存货增长的速度。（　　）

7. 行业处于发展阶段的后期和经济周期处于低位时，企业面临竞争程度比较低。（　　　）

8. 借款人的全部资金来源于两个方面：一是借入资金，包括流动负债和长期负债；二是自有资金，即所有者权益。（　　　）

9. 以机器设备作为贷款抵押的，在估价时不得扣除折旧。（　　　）

10. 比例系数法是按流动资金在项目正常经营过程中的各种形态分别计算资金的占用量，进而估算出所求流动资金的方法，银行常采用这种方法分析工业生产性项目。（　　　）

11. 建设项目的资本金不能足额到位时，可暂时用贷款来弥补资本金，以保证项目的顺利进行。（　　　）

12. 由于抵押人的行为而使得抵押物价值减少，而抵押人又无法完全恢复的，银行应该要求抵押人提供与减少价值相当的担保。（　　　）

13. 损失类贷款意味着贷款已经不具备或基本不具备银行资产的价值。（　　　）

14. "借新还旧"和"还旧借新"都不属于贷款重组。（　　　）

15. 根据《贷款通则》，借款人可以是法人、其他经济组织、个体工商户和自然人。（　　　）

答案速查与精讲解析（一）

答案速查

一、单项选择题

1. B	2. C	3. B	4. A	5. A	6. B	7. D	8. B	9. C
10. A	11. A	12. B	13. D	14. C	15. D	16. B	17. C	18. B
19. D	20. B	21. B	22. D	23. B	24. B	25. C	26. C	27. C
28. B	29. D	30. D	31. D	32. C	33. C	34. A	35. C	36. D
37. D	38. A	39. D	40. B	41. A	42. C	43. D	44. B	45. C
46. D	47. A	48. D	49. A	50. B	51. B	52. D	53. A	54. B
55. D	56. D	57. C	58. B	59. B	60. B	61. B	62. C	63. B
64. B	65. C	66. D	67. D	68. A	69. C	70. D	71. C	72. A
73. C	74. B	75. B	76. B	77. B	78. B	79. C	80. B	81. D
82. A	83. A	84. B	85. D	86. D	87. C	88. B	89. D	90. D

二、多项选择题

1. BCD	2. ABCD	3. ABDE	4. ABC	5. ABD
6. ABCD	7. ABC	8. ABCE	9. ACDE	10. ACD
11. ABCE	12. ACD	13. ABCDE	14. ABDE	15. ABCDE
16. ABCDE	17. ABCDE	18. ABE	19. ABCDE	20. ABCDE
21. AB	22. ACDE	23. ABCDE	24. ABCDE	25. ABCDE
26. ABCDE	27. ABCE	28. ABCD	29. ACDE	30. ABCDE
31. ABDE	32. BCD	33. DE	34. BCDE	35. AB
36. ABC	37. ABDE	38. CE	39. ADE	40. BDE

三、判断题

1. ×	2. √	3. ×	4. √	5. √	6. ×	7. ×	8. √
9. ×	10. ×	11. ×	12. √	13. √	14. √	15. √	

精讲解析

一、单项选择题

1.【解析】B 信贷产品是指特定产品要素组合下的信贷服务方式，主要包括贷款、担保、承兑、信用支持、保函、信用证和承诺等。

2.【解析】C 宽限期是指从贷款完毕之日（或最后一次提款）起到第一个还本付息之日为止的时间段。宽限期介于提款期和还款期之间，有时也包括提款期，即从借款合同生效日起到合同规定的第一笔还款日为止的时间段。在宽限期内，银行只能收取利息，借款人不用还本，或者本息都不用偿还。但是，银行仍然按照规定计算利息，直到还款期才向借款企业收取本息。

3.【解析】B 《贷款通则》规定：贷款期限是根据借款人的生产经营周期、还款能力和银行资金的供给能力等因素，由借贷双方共同商议之后确定的，并在借款合同中载明的。自营贷款的期限最长一般不得超过10年，超过10年的应当报监管部门备案。

4.【解析】A 按照借贷关系持续期内利率水平是否变动，贷款利率可分为固定贷款利率和浮动贷款利率。

5.【解析】A 按照实际贷款用途分类，可以分为固定资产贷款、流动资金贷款、并购贷款、房地产贷款、项目融资。其中，房地产贷款主要包括土地储备贷款、房地产开发贷款、个人住房贷款、商业用房贷款等。而自营贷款属于按贷款经营模式划分的类型之一。

6.【解析】B 信贷资金的运动过程可以概括为"二重支付、二重归流"形式的价值运动。第一重支付是银行将贷款贷给企业，第二重支付是企业用信贷资金支付购买原材料和支付生产费用，投入再生产。第一重归流是企业取得销售收入，第二重归流是银行收回贷款本息。信贷资金只有完成二重支付和二重归流，才能周而复始地不断运动。

7.【解析】D 选项D属于真实票据理论的局限性，其余选项均属于资产转换理论所带来的问题。

8.【解析】B 市场细分是银行营销战略的重要组成部分，其作用表现在以下几个方面：①有利于选择目标市场和制定营销策略；②有利于发掘市场机会，开拓新市场，更好地满足不同客户对金融产品的需要；③有利于集中人力、物力投入目标市场，提高银行的经济效益。

9.【解析】C 经济与技术环境包括当地、本国和世界的经济形势，如经济增长速度、循环周期、市场前景、物价水平、投资意向、消费潮流、进出口贸易、外汇汇率、资本移动和企业组织等；政府各项经济政策，如财政政策、税收、产业、收入和外汇政策等；技术变革和应用状况，如通讯、电子计算机产业和国际互联网的发展，日益改变着客户对信贷等金融业务的要求。

10.【解析】A 产品线，即具有高度相关性的一组银行产品。这些产品具有类似的基本功能，可以满足客户的某一类需求。

11.【解析】A　公司信贷是商业银行主要的盈利来源，贷款利润的高低与贷款价格有着直接的关系。贷款价格高，利润就高，但贷款的需求将因此减少。相反，贷款价格低，利润就低，但贷款需求将会增加。因此，合理确定贷款价格，既能为银行取得满意的利润，又能为客户所接受，是商业银行公司贷款管理的重要内容。

12.【解析】B　高额定价策略是指在产品投放市场时将初始价格定得较高，从市场需求中吸引精华客户的策略。银行在利率市场化过程中，在对传统业务调整定价的同时，还必须重视金融新产品的开发。竞争者对新产品的影响和排挤较小，银行可以采取高额定价法，吸引对价格不太敏感的客户。

13.【解析】D　银行营销组织是银行从事营销管理活动的载体，包括对营销组织结构和营销组织行为的分析和研究，主要完成以下职能：①组织设计；②人员配备；③组织运行。

14.【解析】C　银行市场定位主要包括产品定位和银行形象定位两方面。其中，产品定位是指根据客户的需要和客户对产品某种属性的重视程度，设计出区别于竞争对手的具有鲜明个性的产品，让产品在未来客户的心目中找到一个恰当的位置。银行形象定位是指通过塑造和设计银行的经营观念、标志、商标、专用字体、标准色彩、外观建筑、图案、户外广告等手段在客户心中留下别具一格的银行形象。选项ABD均属于银行形象定位手段。

15.【解析】D　信用证是一种由开证银行根据信用证相关法律规范应申请人要求并按其指示向受益人开立的载有一定金额的、在一定期限内凭符合规定的单据付款的书面文件。信用证包括国际信用证和国内信用证。选项D错误。

16.【解析】B　公司贷款安全性调查的内容应包括：①对借款人、保证人、法定代表人的品行、业绩、能力和信誉精心调查，熟知其经营管理水平、公众信誉，了解其履行协议条款的历史记录。②考察借款人、保证人是否已建立良好的公司治理机制，主要包括是否制定清晰的发展战略、科学的决策系统、审慎的会计原则、严格的目标责任制及与之相适应的激励约束机制、健全的人才培养机制和健全负责的董事会。③对借款人、保证人的财务管理状况进行调查，对其提供的财务报表的真实性进行审查，对重要数据核对总账、明细账，查看原始凭证与实物是否相符，掌握借款人和保证人的偿债指标、盈利指标和营运指标等重要财务数据。④对原到期贷款及应付利息清偿情况进行调查，认定不良贷款数额、比例并分析成因；对没有清偿的贷款本息，要督促和帮助借款人制定切实可行的还款计划。⑤对有限责任公司和股份有限公司对外股本权益性投资情况进行调查。⑥对抵押物的价值评估情况作出调查。⑦对于申请外汇贷款的客户，业务人员要调查认定借款人、保证人承受汇率、利率风险的能力，尤其要注意汇率变化对抵（质）押担保额的影响程度。

17.【解析】C　贷前调查的方法包括现场调研和非现场调查。其中，非现场调查又分为搜寻调查、委托调查和其他方法。

18. **【解析】B**　在贷款安全性调查中，对于申请外汇贷款的客户，业务人员要调查认定借款人、保证人承受汇率、利率风险的能力，尤其要注意汇率变化对抵（质）押担保额的影响程度。

19. **【解析】D**　贷款的效益性是指贷款经营的盈利情况，是商业银行经营管理活动的主要动力。贷款的盈利水平是商业银行经营管理水平的综合反映，同时也受外部环境等众多因素的影响。

20. **【解析】B**　在担保的问题上，主要有两个方面的问题要重点考虑，一是法律方面，即担保的有效性；二是经济方面，即担保的充分性。

21. **【解析】B**　借款人财务状况一般应包括：根据财务报表分析资产负债比率及流动资产和流动负债结构的近3年变化情况、未来变动趋势，侧重分析借款人的短期偿债能力；流动资金数额和周转速度；存货数量、净值、周转速度、变现能力、呆滞积压库存物资情况；应收账款金额、周转速度、数额较大或账龄较长的国内外应收账款情况，相互拖欠款项及处理情况；对外投资情况，在建工程与固定资产的分布情况；亏损挂账、待处理流动资产损失、不合理资金占用及清收等情况。

22. **【解析】D**　企业资金来源渠道有三种：一是留存收益，即公司在经营过程中所创造的，但没有分配给所有者而留存在公司的盈利，是企业内部积累和融资的重要来源，也是支撑核心流动资产的重要来源；二是内部融资，其资金来源主要是发行股票所得；三是指银行贷款。

23. **【解析】B**　借款需求是指公司由于各种原因造成了资金的短缺，即公司对现金的需求超过了公司的现金储备，从而需要借款。借款需求的原因可能是由于长期性资本支出以及季节性存货和应收账款增加等导致的现金短缺。因此，公司的借款需求可能是多方面的。而借款目的主要指借款用途，一般来说，长期贷款用于长期融资的目的，短期贷款用于短期融资的目的。

24. **【解析】B**　应收账款周转率指企业一定时期内主营业务收入与应收账款平均余额的比值，相关公式如下：

应收账款周转率（次）＝主营业务收入/应收账款平均余额

应收账款平均余额＝（期初应收账款＋期末应收账款）/2

应收账款周转天数（天）＝365/应收账款周转率

本题结果＝365/（2 000/400）＝73（天）。

25. **【解析】C**　如果一个公司的固定资产使用率大于60%或70%，这就意味着投资和借款需求很快将会上升，具体由行业技术变化比率决定。

26. **【解析】C**　比率分析法是在同一张财务报表的不同项目之间、不同类别之间，或在两张不同财务报表如资产负债表和损益表的有关项目之间做比较，用比率来反映它们之间的关系，以评价客户财务状况和经营状况好坏的一种方法。比率分析法是最常用的一种方法。

27.【解析】C 长期偿债能力指标包括：①资产负债率，是客户负债总额与资产总额的比率，说明客户总资产中债权人提供资金所占的比重，以及客户资产对债权人权益的保障程度。②负债与所有者权益比率，指负债总额与所有者权益总额的比例关系，用于表示所有者权益对债权人权益的保障程度。③负债与有形净资产比率，是指负债与有形净资产的比例关系，用于表示有形净资产对债权人权益的保障程度。④利息保障倍数，是指借款人息税前利润与利息费用的比率，用于衡量客户偿付负债利息能力。

28.【解析】B 由资产变化引起的资金需求包括：①资产效率的下降；②固定资产的重置和扩张；③长期投资。

29.【解析】D 国别风险是国际资本流动中面临的、因受特定国家层面的事件影响而使资本接受国不能或不愿履约，从而造成债权人损失的可能性。国别风险表现为政治风险、法律风险、社会风险、清算风险、信用风险、市场风险、流动性风险、利率风险和汇率风险等的一种或多种。

30.【解析】D 世界市场研究中心（WMRC）的思路是将每个国家六项考虑因素中的每一项都给出风险评分，分值1~5，1表示最低风险，5表示最高风险。风险评级最小的增加值是0.5。国家风险的最终衡量根据权重，综合六个因素打分情况得出。其中政治、经济风险各占25%的权重，法律和税收各占15%，运作和安全性各占10%。本题的综合风险评分 = (2.7+3.5)×25% + (1.3+2.8)×15% + (2.4+1.1)×10% = 1.55+0.615+0.35 = 2.515。

31.【解析】D 信贷余额扩张系数用于衡量目标区域因信贷规模变动对区域风险的影响程度。该指标侧重考察因区域信贷投放速度过快而产生扩张性风险。信贷平均损失比率用于评价区域全部信贷资产的损失情况。信贷资产相对不良率用于评价目标区域信贷资产质量水平在银行系统中所处的相对位置，通过系统内比较，反映出目标区域风险状况。不良率变幅用于评价目标区域信贷资产质量的变化情况，反映信贷资产质量和区域风险变化的趋势。

32.【解析】C 新兴产业在发展期收益高，但风险大。如果技术不成熟，投资失败的可能性就很大；投入产出不成比例，则企业的经营性现金流难以覆盖偿还贷款的需要。

33.【解析】C 利息实收率用于衡量目标区域信贷资产的收益实现情况。

34.【解析】A 受水泥产品的性质、技术要求，水泥行业表现出较强的生产半径和销售区域的特征。

35.【解析】C 低经营杠杆意味着其固定成本占总成本的比例较小，变动成本所占比例较大，选项A错误。对于经营杠杆较高的企业，产品平均成本随着生产量的增加迅速下降，企业成本会随着生产销售的增加被分配到每一个产品中去，这种现象被称为"规模经济效益"，选项B错误。经营杠杆是营业利润相对于销售量变化敏感度的指示剂，经营杠杆越小，销售量对营业利润的影响就越小，选项D错误。

36.【解析】C 商业银行向借款人借出资金的主要目的，就是期望借款人能够按照规定的期限归还贷款并支付利息，否则，不仅不能从这种资金借贷关系中获得收益，反而会遭受损失。所以，商业银行对借款人最关心的就是其现在和未来的偿债能力。

37.【解析】D 一般来说，那些性能先进、质量稳定、性价比高和具有明显品牌优势的产品市场竞争力较强。

38.【解析】A 盈利能力指公司赚取利润的能力。

39.【解析】D 所有者权益包括实收资本、资本公积、盈余公积、未分配利润等项目。流动资产属于资产项目。

40.【解析】B 结构分析法是以财务报表中的某一总体指标为基础，计算其中各构成项目占总体指标的百分比，然后比较不同时期各项目所占百分比的增减变动趋势。

41.【解析】A 产品是银行营销活动的对象，是银行的生存之本。银行从事经营是为了满足客户的需求并从中获利，这一目标的实现必须通过提供让客户满意的产品和服务来实现。因此，产品策略是商业银行公司信贷市场营销的起点，也是商业银行制定和实施其他营销策略的基础和前提。

42.【解析】C 计算现金流量时，以损益表为基础，根据资产负债表期初期末的变动数进行调整。

43.【解析】D 留置是指债权人按照合同约定占有债务人的动产，债务人不按照合同约定的期限履行债务的，债权人有权按照规定留置该财产，以该财产折价或者以拍卖、变卖该财产的价款优先受偿。

44.【解析】B 实体性贬值，即由于使用磨损和自然损耗造成的贬值；功能性贬值，即由于技术相对落后造成的贬值；经济性贬值，即由于外部环境变化引起的贬值或增值。

45.【解析】C 由于我国的法律还未就抵押物估价问题作出具体规定，一般的做法是由抵押人与银行双方协商确定抵押物的价值，委托具有评估资格的中介机构给予评估或银行自行评估。

46.【解析】D 抵押贷款额 = 抵押物评估值 × 抵押贷款率。本题抵押贷款额 = 10 × 60% = 6（万元）。

47.【解析】A 质权的标的物为动产和财产权利，动产质押形成的质权为典型质权。我国法律未规定不动产质权。抵押权的标的物可以是动产和不动产，以不动产最为常见。

48.【解析】D 质押贷款中，银行在放款时占主动权，处理质押物手续较为简单。质物具有价值稳定性好、银行可控制性强、易于直接变现处理用于抵债的特点，因此它是银行最愿意受理的担保贷款方式。

49.【解析】A 虚假质押风险是贷款质押的最主要风险因素。

50.【解析】B 相关项目是指由拟建项目引起的，并与建设、生产、流通、耗费有联系的原材料、燃料、动力运输和环境保护等协作配套项目。

51.【解析】D 项目的可行性研究同贷款项目评估既相互联系，又具有区别，主要区别表现在如下几个方面：①发起主体不同；②发生时间不同；③范围和侧重点不同；

④目的的不同。

52.【解析】D　多因素评比法主要是将各类方案的各种因素进行综合考虑比较，从中选择大部分（或主要）因素比较好的方案。

53.【解析】A　对设备使用寿命的评估主要考虑三个方面的因素：①设备的物质寿命；②设备的技术寿命；③设备的经济寿命。

54.【解析】B　在项目评估中，固定资产折旧可用分类折旧法计算，也可以用综合折旧法计算，由于目前企业固定资产实行分类折旧，因此评估中一般先对固定资产进行分类，根据财政部公布的折旧年限和残值率，采用平均年限法计算折旧，对于某些行业和企业，财政部允许实行快速折旧法。快速折旧法的方法很多，财政部规定使用的有两种：双倍余额递减法和年数总和法。

55.【解析】D　评估中对税金的审查主要包括以下三个方面：①项目所涉及的税种是否都已计算；②计算公式是否正确；③所采用的税率是否符合现行规定。

56.【解析】D　自有资金现金流量表从投资者的角度出发，以投资者的出资额为计算基础，用于计算自有资金财务内部收益率、净现值等评价指标，考察项目自有资金的盈利能力。

57.【解析】C　流动资金贷款是对银行在生产经营过程中的周转资金需要而发放的贷款。固定资产贷款也称固定资金贷款，是用于借款人建筑、安装、维修、更新改造固定资产的贷款，包括基本建设贷款和技术改造贷款。所以通常情况下，流动资金贷款是短期贷款，固定资产贷款是长期贷款。

58.【解析】B　从营销角度可以把公司信贷产品划分为五个层次。其中，基础产品是公司信贷产品的基本形式，是核心产品借以实现的形式。即各种硬件和软件的集合，包括营业网点和各类业务。

59.【解析】B　银行公司信贷产品的市场定位过程包括四个步骤：第一，识别重要属性；第二，制作定位图；第三，定位选择；第四，执行定位。

60.【解析】B　保证期间是指保证人承担保证责任的起止时间，是指债权人根据法律规定和合同的约定向保证人主张权利的期限。

61.【解析】B　质押合同的条款审查应注意以下条款：①被质押的贷款数额；②借款人履行债务的期限；③质物的名称、数量、质量、状况；④质押担保的范围；⑤质物移交的时间；⑥质物生效的时间；⑦当事人认为需要约定的其他事项。

62.【解析】C　对外劳务承包工程贷款的常见风险主要包括：①工程拖期对项目财务效益的影响；②费用超支对项目财务效益的影响；③不能按期收回工程款，使承包人承担的风险；④汇率变动的风险。

63.【解析】B　挪用贷款的情况一般包括：①用贷款进行股本权益性投资；②用贷款在有价证券、期货等方面从事投机经营；③未依法取得经营房地产资格的借款人挪用贷款经营房地产业务；④套取贷款相互借贷牟取非法收入；⑤借款企业挪用流动资金进行基本建设或用于财政性开支或者用于弥补企业亏损，或者用于职工福利。

64.【解析】B 一般而言，临时贷款的期限不应超过6个月。

65.【解析】C 管理状况监控是对企业整体运营的系统情况调查，尤其是对不利变化情况的调查。此部分调查的特点是对"人及其行为"的调查。

66.【解析】D 风险预警程序包括：①信用信息的收集和传递；②风险分析；③风险处置；④后评价。

67.【解析】D 贷款展期的审批与贷款的审批一样，实行分级审批制度。

68.【解析】A 凡采用"脱钩"方式转贷的，在国内贷款协议规定的每期还款期限到期前，经银行同意，视其具体情况允许适当展期，但每次展期最长不超过2年。

69.【解析】C 对于保证贷款的展期，银行应重新确认保证人的担保资格和担保能力；借款人申请贷款展期前，必须征得保证人的同意。其担保金额为借款人在整个贷款期内应偿还的本息和费用之和，包括因贷款展期而增加的利息费用。保证合同的期限因借款人还款期限的延长而延长至全部贷款本息、费用还清日止。

70.【解析】D 对于已发生法律效力的判决书、调解书、裁定书、裁决书，当事人不履行的，银行应当向人民法院申请强制执行。申请执行期限为2日，执行时效从法律文书规定当事人履行义务的最后一天起计算。

71.【解析】C 商业银行应将贷款划分为正常、关注、次级、可疑和损失五类。其中可疑类贷款，是指借款人无法足额偿还贷款本息，即使执行担保，也肯定要造成较大损失的贷款。

72.【解析】A 在所有的会计准则中，一个根本性的原则就是审慎的原则。根据这一原则，收入只有在实现之后才应得到承认，而损失只要预见到就要计入。历史成本法的匹配原则，平均摊派成本，不能反映特殊情况下资产和负债的变化，同时，这种方法主要记录账面价值或名义价值，不能对资产和负债给予区别处理。

73.【解析】C 市场价值法按照市场价格反映资产和负债的价值。如果完全实行市场价值法，收入即代表净资产在期末与期初的差额。因此，与历史成本法相比，市场价值法不必对成本进行摊派。市场价值法的优点是它能够及时承认资产和负债价值的变化，因此能较为及时地反映信贷资产质量发生的问题，银行可以根据市场价格的变化为其资产定值。但是，并不是所有的资产都有市场，即使在有市场的情况下，市场价格也不一定总是反映资产的真实价值。

74.【解析】B 还款来源是判断贷款偿还可能性的最明显标志，需要分析贷款时合同约定的还款来源及目前偿还贷款的资金来源。

75.【解析】B 普通准备金的计提基数有三种，一是选择以全部贷款余额作基数；二是为了避免普通准备金与专项准备金的重复计算，选择以全部贷款扣除已提取专项准备金后的余额为基数；三是选择以正常类贷款余额或者正常类贷款加上关注类贷款余额为基数。

76.【解析】B 次级类贷款的缺陷很明显，即正常经营收入不足以偿还贷款，需要诉诸抵押和保证，甚至在执行了抵押或保证之后，仍有部分损失的可能。

77.【解析】B 普通准备金又称一般准备金，是按照贷款余额的一定比例提取的贷款损失准备金。我国商业银行现行的按照贷款余额1%提取的贷款呆账准备金相当于普通准备金。由于普通准备金在一定程度上具有资本的性质，因此，普通准备金可以计入商业银行资本基础的附属资本，但计入的普通准备金不能超过加权风险资产的1.25%，超过部分不再计入。

78.【解析】B 向人民法院申请保护债权的诉讼时效期间通常为2年。诉讼时效一旦届满，人民法院不会强制债务人履行债务，但债务人自愿履行债务的，不受诉讼时效的限制。诉讼时效从债务人应当还款之日起算，但在2年期间届满之前，债权银行提起诉讼、向债务人提出清偿要求或者债务人同意履行债务的，诉讼时效中断；从中断时起，重新计算诉讼时效期间（仍然为2年）。

79.【解析】C 法院裁定债务人进入破产重整程序以后，其他强制执行程序，包括对担保物权的强制执行程序，都应立即停止。

80.【解析】B 人民法院审理案件，一般应在立案之日起6个月内作出判决。银行如果不服地方人民法院第一审判决的，有权在判决书送达之日起15日内向上一级人民法院提起上诉。

81.【解析】D 抵债资产应当是债务人所有或债务人依法享有处分权并且具有较强变现能力的财产，主要包括：①动产。包括机器设备、交通运输工具、借款人的原材料、产成品、半成品等；②不动产。包括土地使用权、建筑物及其他附着物等；③无形资产。包括专利权、著作权、期权等；④有价证券。包括股票和债券等；⑤其他有效资产。

82.【解析】A 商业银行在取得抵质押品及其他以物抵贷财产（以下简称抵债资产）后，要按以下原则确定其价值：①借、贷双方的协商议定价值；②借、贷双方共同认可的权威评估部门评估确认的价值；③法院裁决确定的价值。

83.【解析】A 银行发生的呆账，经逐户、逐级上报，由银行总行审批核销。对于小额呆账，可授权一级分行审批，并上报总行备案。总行对一级分行的具体授权额度根据内部管理水平确定，并报主管财务机关备案。一级分行一般不得再向分支机构转授权。

84.【解析】B 抵债资产管理应遵循严格控制、合理定价、妥善保管、及时处置的原则。其中，严格控制原则要求受偿方式以现金受偿为第一选择，选项A正确。合理定价原则要求抵债资产要以市场价格为基础合理确定价值，选项B错误。妥善保管原则要求确保抵债资产安全、完善和有效，选项C正确。及时处置原则要求尽快实现抵债资产向货币资产的有效转化，选项D正确。

85.【解析】D 短期贷款，指贷款期限在1年以内（含1年）的贷款；中期贷款，指贷款期限在1年以上（不含1年）5年以下（含5年）的贷款；长期贷款，指贷款期限在5年（不含5年）以上的贷款。

86.【解析】D　在 PRS 集团的计算方法中，国家综合风险（CRR）＝0.5×（PR＋FR＋ER），其中 PR 为政治风险评级，FR 为财务风险评级，ER 为经济风险评级。分值为 100，风险最低；分值为 0，风险最高。分值在 0～50 分之间，代表风险非常高；分值在 85～100 分之间，代表风险非常低。此题中得分为 86 分，属于风险非常低的。

87.【解析】C　面谈中需了解的信息包括：①客户的公司状况，包括历史沿革、股东背景、组织架构、经营现状等；②客户的贷款需求状况，包括贷款目的、贷款用途、贷款金额、贷款期限等；③客户的还贷能力，包括主营业务状况、现金流构成等；④抵押品的可接受性，包括抵押品种类、权属、价值、变现难易程度等；⑤客户与银行关系，包括客户本行及他行的业务往来状况、信用记录等。

88.【解析】B　商业银行制定的集团客户授信业务风险管理制度应报银监会备案。

89.【解析】D　保证人或抵押人为有限责任公司或股份制企业的，其出具担保时，必须提供董事会同意其担保的决议和有相关内容的授权书。

90.【解析】D　商业银行在贷款分类中应当做到：①制定和修订信贷资产风险分类的管理政策、操作实施细则或业务操作流程。②开发和运用信贷资产风险分类操作实施系统和信息管理系统。③保证信贷资产分类人员具备必要的分类知识和业务素质。④建立完整的信贷档案，保证分类资料信息准确、连续、完整。⑤建立有效的信贷组织管理体制，形成相互监督制约的内部控制机制，保证贷款分类的独立、连续、可靠。商业银行高级管理层要对贷款分类制度的执行、贷款分类的结果承担责任。

二、多项选择题

1.【解析】BCD　《贷款通则》规定：短期贷款展期期限不得超过原来的贷款期限；中期贷款展期期限累积不得超过原来贷款期限的一半；长期贷款期限累积不得超过 3 年。

2.【解析】ABCD　波特认为有五种力量决定整个市场或其中任何一个细分市场的长期的内在吸引力。这五个群体是：同行业竞争者、潜在的新加入的竞争者、替代产品、购买者和供应商。细分市场的吸引力分析就是对这五种威胁银行长期盈利的主要因素做出评估。

3.【解析】ABDE　公司信贷的基本要素主要包括交易对象、信贷产品、信贷金额、信贷期限、信贷价格、清偿计划、担保方式和其他约束条件。其中，信贷金额是指银行承诺向借款人提供的、以货币计量的信贷产品数额。贷款利率即借款人使用贷款时支付的价格。贷款费率是指在利率以外的、由银行提供的信贷服务的价格。信贷产品是指特定产品要素组合下的信贷服务方式。交易对象包括银行和银行的交易对手。

4.【解析】ABC　宏观环境包括以下几个方面：①经济与技术环境，包括当地、本国和世界的经济形势，如经济增长速度、市场前景、外币汇率等；②政治与法律环境，包括政治安定程度、政府的施政纲领、政府官员的办事作风等；③社会与文化环境。

5.【解析】ABD　中小企业的资金运行特点是额度小、需求急、周转快。

6.【解析】ABCD　目标市场的选择要求包括：①目标市场应对一定的公司信贷产品有足够的购买力，并能保持稳定；②银行公司信贷产品的创新或开发应与目标市场需求变化的方向一致；③目标市场上的竞争者应较少或相对实力较弱；④以后能够建立有效地获取信息的网络；⑤要有比较通畅的销售渠道。

7.【解析】ABC　前期调查的主要目的在于确定是否能够受理该笔贷款业务，是否投入更多的时间和精力进行后续的贷款洽谈，是否需要正式开始贷前调查工作。

8.【解析】ABCE　投资项目资本金的具体比例，由项目审批单位根据投资项目的经济效益以及银行贷款意愿和评估意见等情况，在审批可行性研究报告时核定。经国务院批准，对个别情况特殊的国家重点建设项目，可以适当降低资本金比例。

9.【解析】ACDE　国际通行的信用"6C"标准原则，即品德（Character）、能力（Capacity）、资本（Copital）、担保（Collateral）、环境（Condition）和控制（Control）。

10.【解析】ACD　银行判断公司长期销售收入增长是否产生借款需求的方法一般有以下几种：一是判断持续的销售增长率是否足够高；二是确定是否存在销售收入保持稳定快速增长、经营现金流不足以满足营运资本投资和资本支出的增长、资产效率相对稳定的情况；三是确定若干年的"可持续增长率"并将其同实际销售增长率相比较。

11.【解析】ABCE　季节性资产增加的三个主要融资渠道：①季节性负债增加，应付账款和应计费用；②内部融资，来自公司内部的现金和有价证券；③银行贷款。

12.【解析】ACD　可持续增长率的假设条件如下：①公司的资产周转率将维持当前水平；②公司的销售净利率将维持当前水平，并且可以涵盖负债的利息；③公司保持持续不变的红利发放政策；④公司的财务杠杆不变；⑤公司未增发股票，增加负债是其唯一的外部融资来源。

13.【解析】ABCDE　区域风险是指受特定区域的自然、社会、经济、文化和银行管理水平等因素影响，而使信贷资产遭受损失的可能性。分析一个特定区域的风险，关键是要判断信贷资金的安全会受到哪些因素影响、什么样的信贷结构最恰当、风险成本收益能否匹配等。相对于自然环境、经济水平等外在因素，银行内部管理的差异和影响也非常重要，再好的外部区域环境，如果没有良好的信贷管理，也很难获得预期的效果。

14.【解析】ABDE　根据竞争与垄断关系的不同，通常分为完全竞争、垄断竞争、寡头垄断和完全垄断四种不同类型。

15.【解析】ABCDE　进入障碍主要包括规模经济、产品差异、资本需要、转换成本、销售渠道开拓、政府行为与政策、不受规模支配的成本劣势、自然资源、地理环境等方面，这其中有些障碍是很难借助复制或仿造的方式来突破的。

16.【解析】ABCDE　资产按流动性大小进行列示，具体分为流动资产、长期投资、固定资产、无形资产及其他资产。

17.【解析】ABCDE　客户品质的基础分析包括：①客户历史分析；②法人治理结构分析；③股东背景；④高管人员的素质；⑤信誉状况。

18.【解析】ABE 资产结构是指各项资产占总资产的比重，资产结构分析是指通过计算各项资产占总资产的比重，来分析判断借款人资产分配的合理性。由于借款人行业和资产转换周期的长短不同，所以其资产结构也不同。例如，制造业的固定资产和存货比重就大于零售业的固定资产和存货比重。而在服务业中，资本密集型行业的固定资产比重一般高于劳动密集型行业。因此，在分析资产负债表时，一定要注意借款人的资产结构是否合理，是否与同行业的比例大致相同。

19.【解析】ABCDE 动产或权利凭证质押，银行要亲自与出质人一起到其托管部门办理登记，将出质人手中的全部有效凭证质押在银行保管。对难以确认真实、合法、合规性的质物或权利凭证，应拒绝质押。银行防范质物的价值风险，应要求质物经过有行业资格且资信良好的评估公司或专业质量检测、物价管理部门做价值认定，再确定一个有利于银行的质押率；选择价值相对稳定的动产或权利作为质物，谨慎地接受股票、权证等价值变化较大的质物。防范质押操作风险，银行首先必须确认质物是否需要登记。

20.【解析】ABCDE 由于抵押物在抵押期间会出现损耗、贬值，在处理抵押物期间会发生费用，以及贷款有利息、逾期有罚息等原因，银行一般不能向借款人提供与抵押物等价的贷款，贷款额度要在抵押物的评估价值与抵押贷款率的范围内加以确定。

21.【解析】AB 对于有明确市场价格的质押品，如国债、上市公司流通股票、存款单、银行承兑汇票等，其公允价值即为该质押品的市场价格。

22.【解析】ACDE 对拟建项目的投资环境评估需要先确定评价指标体系和评价标准，然后选择具体的评价方法，如等级尺度法、冷热图法、道氏评估法、抽样评估法、相似度法等。

23.【解析】ABCDE 原辅料供给分析主要包括下列内容：①分析和评价原辅料的质量是否符合生产工艺的要求；②分析和评价原辅料的供应数量能否满足项目的要求；③分析和评价原辅料的价格、运费及其变动趋势对项目产品成本的影响；④分析和评价原辅料的存储设施条件。

24.【解析】ABCDE 设备选择评估的主要内容一般有以下几个方面：①设备的生产能力和工艺要求；②选择的设备具有较高的经济性；③设备的配套性；④设备的使用寿命和可维护性；⑤设备的可靠性。

25.【解析】ABCDE 最常见的长期投资资金需求是收购子公司的股份或者对其他公司的相似投资。长期投资属于一种战略投资，其风险较大，因此，最适当的融资方式是股权性融资。如果银行向一个处于并购过程中的公司提供可展期的短期贷款，就一定要特别关注借款公司是否会将银行借款用于并购活动。

26.【解析】ABCDE 行业风险分析框架从以下七个方面来评价一个行业的潜在风险：①行业成熟度；②行业内竞争程度；③替代品潜在威胁；④成本结构；⑤经济周期（行业周期）；⑥行业进入壁垒；⑦行业政策法规。在不同的行业或者细分市场中，每个方面的影响程度是不同的。

27.【解析】ABCE　除首次放款外，以后的每次放款无须重复提交许多证明文件和批准文件等，通常只需提交以下文件：①提款申请书；②借款凭证；③工程检验师出具的工程进度报告和成本未超支的证明；④贷款用途证明文件；⑤其他贷款协议规定的文件。

28.【解析】ABCD　借款人的贷后监控，主要是对借款人经营状况、管理状况、财务状况及与银行往来情况的监控。

29.【解析】ACDE　经营风险主要体现在20个方面，ACDE分别属第②、⑳、⑮、⑯条，具体内容不再展开叙述。只有选项B不属于经营风险。

30.【解析】ABCDE　在抵押期间，抵押物的检查中，经办人员应定期检查抵押物的存续状况以及占有、使用、转让、出租及其他处置行为。

31.【解析】ABDE　历史成本法主要是对过去发生的交易价值的真实记录，其优点是具有客观性且便于核查。其缺陷主要有：①与审慎的会计准则相抵触，容易导致银行损失的低估；②不能反映银行或企业的真实价值或净值。市场价值法按照市场价格反映资产和负债的价值，但市价并不一定反映资产的真实价值。与历史成本法相比，市场价值法不必对成本进行摊派。实际上，当前较为普遍的贷款分类方法主要依据合理价值法。

32.【解析】BCD　衡量借款人短期偿债能力的指标主要有流动比率、速动比率和现金比率等；衡量借款人长期偿债能力的指标主要有资产负债比率和产权比率等。

33.【解析】DE　从借款人的组织形式、企业文化特征、管理层素质和对风险的控制能力、经营管理作风等方面来考察借款人的管理风险，并且关注借款人遇到的一些经济纠纷及法律诉讼对贷款偿还的影响程度。

34.【解析】BCDE　具体说来，我国商业银行不良贷款的产生与下列因素有关：①社会融资结构的影响。我国间接融资比重较大，企业普遍缺少自有资金，企业效益不好，必然导致银行产生不良资产。此外，我国国有企业的经营机制改革没有很好的解决，也是我国商业银行不良资产产生的重要因素。选项A错误，E正确。②宏观经济体制的影响。经济转轨后，改革的成本大部分由银行承担，由此形成大量不良资产。选项B正确。③社会信用环境影响。有的企业没有偿还银行贷款的动机，相关法律法规也没有得到很好的实施，由此形成了大量的不良资产。选项C正确。④商业银行自身问题。商业银行经营机制不灵活、管理落后、人员素质低等因素都影响商业银行资产质量的提高，选项D正确。

35.【解析】AB　对于借款人尚存在一定的偿还能力，或是银行掌握部分第二还款来源时，银行可尝试通过催收、依法诉讼等手段进行现金清收。

36.【解析】ABC　资产保全人员至少要从以下三个方面认真维护债权：其一，妥善保管能够证明主债权和担保债权客观存在的档案材料；其二，确保主债权和担保权利具有强制执行效力，主要是确保不超过诉讼时效、保证责任期间，确保不超过生效判决的申请执行期限；其三，防止债务人逃废债务。向人民法院申请保护债权的诉讼时效期间通常为2年。诉讼时效一旦届满，人民法院不会强制债务人履行债务，但债务人自愿履行债务的，不受诉讼时效的限制。保证人和债权人应当在合同中约定保证责任期间，双方没有约定的，从借款企业偿还借款的期限届满之日起的 6 个月内，债权银行应当要求保证人履行债务，否则保证人可以拒绝承担保证责任。

37.【解析】ABDE　银行在依法收贷的纠纷中申请财产保全有两方面作用：一是防止债务人的财产被隐匿、转移或者毁损灭失，保障日后执行顺利进行；二是对债务人财产采取保全措施，影响债务人的生产和经营活动，迫使债务人主动履行义务。财产保全分为两种：诉前财产保全和诉中财产保全。诉前财产保全是指债权银行因情况紧急，不立即申请财产保全将会使其合法权益受到难以弥补的损失，因而在起诉前向人民法院申请采取财产保全措施；诉中财产保全是指可能因债务人一方的行为或者其他原因，使判决不能执行或者难以执行的案件，人民法院根据债权银行的申请裁定或者在必要时不经申请自行裁定采取财产保全措施。

38.【解析】CE　预期收入理论带来的问题是，由于收入预测与经济周期有密切关系，同时资产的膨胀和收缩也会影响资产质量，因此可能会增加银行的信贷风险。银行危机一旦爆发，其规模和影响范围将会越来越大。AB 选项是资产转换理论带来的问题，D选项是真实票据理论带来的问题，不符合题意。

39.【解析】ADE　为保障信贷业务的正常开展，借款人除应当具备一定的基本条件外，还应符合以下要求：①"诚信申贷"的基本要求；②借款人的主体资格要求；③借款人经营管理的合法合规性；④借款人信用记录良好；⑤贷款用途及还款来源明确合法。其中选项 ADE 分别属于第④、⑤、③项要求。

40.【解析】BDE　固定资产贷款借款人需提交：资金到位情况的证明文件；项目可行性研究报告及有关部门对研究报告的批复；其他配套条件落实的证明文件；如为转贷款、国际商业贷款及境外借款担保项目，应提交国家计划部门关于筹资方式、外债指标的批文；政府贷款项目还需提交该项目列入双方政府商定的项目清单的证明文件。

三、判断题

1.【解析】×　在公司信贷客户市场细分的方法中，按产业生命周期不同，可划分为朝阳产业和夕阳产业。

2.【解析】√　一次还清贷款是指借款人在贷款到期时一次性还清贷款本息。短期贷款通常采取一次还清贷款的还款方式。

3.【解析】×　银行内部资源分析中的"财务实力"指银行具有充足的资本可以提供有力保障，使经营管理人员的营销计划能够付诸实施，而且具备充足的资金实力，也是在竞争中保持市场地位的保证。物质支持指主要分析银行目前所具有的各种物质支持能否满足未来营销活动的需要。

4.【解析】√　本题的说法正确。

5.【解析】√　借款人在会计期间编制的各类会计报表，如资产负债表、损益表、现金流量表及其相关附表。三种报表反映了企业不同方面的内容，从不同角度反映了企业的经营状况。

6.【解析】×　在销售高峰期，应收账款和存货增长的速度往往要大于应付账款和应计费用增长的速度。

7.【解析】×　行业处于发展阶段的后期和经济周期处于低位时，企业面临竞争程度比较高。

8.【解析】√　本题的说法正确。

9.【解析】×　对于机器设备的估价，主要考虑的因素是无形损耗和折旧，估价时应扣除折旧。

10.【解析】×　比例系数法是参照同类企业（新建、改扩建时）或本企业的情况（改扩建时），结合项目的特点，按年经营成本或年销售收入的一定比例计算流动资金需用量。

11.【解析】×　建设项目的资本金即使因特殊原因不能按时足额到位，贷款支取的比例也应同步低于借款人资本金到位的比例。此外，贷款原则上不能用于借款人的资本金、股本金和企业其他需自筹资金的融资。

12.【解析】√　本题的说法正确。

13.【解析】√　损失类贷款就是大部分或全部发生损失，即在采取所有可能的措施和一切必要的法律程序之后，本息仍然无法收回或只能极少部分收回的贷款。但损失类贷款并不意味着绝对不能收回或没有剩余价值，只是说贷款已不具备或基本不具备作为银行资产的价值。

14.【解析】√　"借新还旧"和"还旧借新"从严格意义上说，均不属于贷款重组，只不过在某种程度上达到了重组贷款的目的。

15.【解析】√　通则所称借款人，指从经营贷款业务的金融机构取得贷款的法人、其他经济组织、个体工商户和自然人。

▶2011 年银行业从业人员资格认证考试

《公司信贷》
押题预测试卷（二）

一、单项选择题（共 90 题，每题 0.5 分。在以下各小题所给出的 4 个选项中，只有 1 个选项符合题目要求，请将正确选项的代码填入括号内）

1. 根据《贷款通则》的规定，票据贴现的期限最长不得超过（　　　）个月。
A. 3　　　　　　　　B. 6　　　　　　　　C. 12　　　　　　　　D. 24

2. 下列关于我国计算利息传统标准的说法，错误的是（　　　）。
A. 我国计算利息传统标准是分、毫、厘　　B. 每 10 毫为 1 分
C. 月息几厘用千分之几表示　　　　　　　D. 日息几毫用万分之几表示

3. 长期贷款是指贷款期限在（　　　）年以上的贷款。
A. 3　　　　　　　　B. 5　　　　　　　　C. 7　　　　　　　　D. 10

4. 抵押的一个重要特征是债务人保持对抵押财产的（　　　），而债权人则取得（　　　）。
A. 占有权；占有权　　　　　　　　　　B. 所有权；所有权
C. 占有权；所有权　　　　　　　　　　D. 所有权；占有权

5. 根据真实票据理论，企业长期投资的资金不应来自（　　　）。
A. 留存收益　　　　　　　　　　　　　B. 流动资金贷款
C. 发行长期债券　　　　　　　　　　　D. 发行新股票

6. 超货币供给理论的观点不包括（　　　）。
A. 随着货币形式的多样化，非银行金融机构也可以提供货币
B. 银行应该超出单纯提供信贷货币的界限，提供多样化的服务
C. 银行不应从事购买证券的活动
D. 银行可以开展投资咨询业务

7. 根据真实票据理论，带有自动清偿性质的贷款是（　　　）。
A. 消费贷款　　　　　　　　　　　　　B. 不动产贷款
C. 长期设备贷款　　　　　　　　　　　D. 以商业行为为基础的短期贷款

8. 信贷资金运动可归纳为二重支付、二重归流，其中第一重归流是（　　　），第二重归流是（　　　）。

A. 银行支付信贷资金给使用者；使用者支付本金和利息给银行

B. 银行支付信贷资金给使用者；使用者购买原料和支付生产费用

C. 经过社会再生产过程回到使用者手中；使用者支付本金和利息给银行

D. 使用者购买原料和支付生产费用；经过社会再生产过程回到使用者手中

9. 下列关于商业银行"安全性、流动性和效益性原则"的说法，错误的是（　　　）。

A. 在贷款规模一定的情况下，一般贷款期限越长，收益越大

B. 为了保证贷款的安全性，商业银行需要合理安排贷款的种类和期限

C. 在信贷资金总量一定的情况下，资金的周转速度加快，效益性相应较差

D. 贷款期限越长，安全性越高

10. 银行对贷款的严格审查和管理是紧紧围绕着保障本金的（　　　）而展开的。

A. 效益性　　　　B. 安全性　　　　C. 流动性　　　　D. 周转速度

11. （　　　）是银行在商业汇票上签章承诺按出票人指示到期付款的行为。

A. 承兑　　　　B. 担保　　　　C. 信用证　　　　D. 信贷承诺

12. 下列关于工艺技术方案评估的说法，错误的是（　　　）。

A. 目的是分析工艺的先进性

B. 要熟悉项目产品国内外现行工业化生产工艺的技术特点及优缺点

C. 要对所收集到的资料和数据的完整性、可靠性、准确性进行研究

D. 要了解国内外同类项目技术与装备的发展趋势

13. 银行通过分析项目的生产规模，可了解项目是否实现了（　　　），进而了解项目的经济效益状况，为贷款决策提供依据。

A. 规模经济　　　　B. 市场主导地位　　　　C. 批量化生产　　　　D. 垄断优势

14. 下列情况中，加大长期债务可获得财务杠杆收益，提高企业权益资本收益率的是（　　　）。

A. 企业总资产利润率＜长期债务成本

B. 企业总资产利润率＞长期债务成本

C. 企业权益资本收益率＞长期债务成本

D. 企业权益资本收益率＜长期债务成本

15. 下列（　　　）的延长引起的借款需求与应收账款周转天数、存货周转天数和应付账款周转天数最相关。

A. 经营周期 B. 资金周转周期

C. 固定资产使用周期 D. 盈亏平衡

16. 季节性资产增加中，应付账款、应计费用属于（　　　）融资渠道。

A. 季节性负债 B. 季节性资产

C. 间接融资 D. 直接融资

17. 从资产负债表看，可能导致长期资产增加的借款需求影响因素是（　　　）。

A. 季节性销售增长 B. 债务重构

C. 固定资产重置及扩张 D. 红利支付

18. 关于质押贷款特点的表述，不正确的是（　　　）。

A. 银行在放款时占主动权，手续比较复杂

B. 质物价值稳定性好

C. 银行对质物的可控制性强

D. 质物易于直接变现处理用于抵债

19. 下列关于营运资本投资的说法，错误的是（　　　）。

A. 产生于季节性资产数量超过季节性负债时

B. 产生于季节性负债数量超过季节性资产时

C. 通过公司内部融资或者银行贷款来补充的融资

D. 公司一般会尽可能用内部资金来满足营运资本投资

20. 当一个公司的季节性和长期性销售收入同时增长时，流动资产的增长体现为（　　　）。

A. 核心流动资产的增加和季节性资产的减少

B. 核心流动资产的减少和季节性资产的增加

C. 核心流动资产和季节性资产的共同减少

D. 核心流动资产和季节性资产的共同增长

21. 以下不是内部融资资金来源的是（　　　）。

A. 净资本 B. 留存收益

C. 增发股票 D. 增发债券

22. 假设一家公司的财务信息如表 2 – 1 所示。

表 2 – 1　财务状况简表

单位：万元

总资产	2 000
销售收入	2 500
总负债	1 200
净利润	100
所有者权益	800
股利分红	30

该公司的可持续增长率（SGR）为（　　　　）。

A. 0.0875　　　B. 0.25　　　C. 0.096　　　D. 0.7

23. 假设一家公司的财务信息同（题 22），在利润率、资产使用率和红利支付率不变时，销售增长可以作为合理的借款原因的情况是（　　　　）。

A. 销售增长在 9.6% 以下　　　　B. 销售增长在 8.75% 以上

C. 销售增长在 9.6% 以上　　　　D. 以上皆错

24. 假设一家公司的财务信息同（题 22）。公司通过银行借款增加了 500 万元的外部融资，所有者权益和红利分配政策保持不变。那么该公司的新增债务融资对公司维持销售增长的能力有何影响（　　　　）。

A. 增加至 12.3%　　　　B. 降低至 12.3%

C. 增加至 10.9%　　　　D. 降低至 10.9%

25. 如果公司实际增长率低于可持续增长率，银行（　　　　）受理贷款申请。

A. 会　　　　　　　　　　B. 不会

C. 不确定是否会　　　　　D. 以上皆错

26. 在分析固定资产扩张引起的贷款需求时，（　　　　）是一个相当有用的指标。

A. 净固定资产/净利润　　　　B. 净利润/净固定资产

C. 销售收入/净固定资产　　　　D. 净固定资产剩余寿命

27. 下列各项中，不是国别风险特点的是（　　　　）。

A. 国内信贷不属于国别风险分析的主体内容

B. 国别风险比主权风险或政治风险的概念更宽

C. 在国别风险之中，可能包含着信用风险、市场风险或流动性风险中的任意一种或者全部

D. 国别风险与其他风险是并列的关系

28. 进行内部因素分析时，常用的内部指标不含（　　　　）。

A. 风险性　　　　　B. 安全性　　　　　C. 盈利性　　　　　D. 流动性

29. 关于信贷余额扩张系数，下列说法正确的是（　　　　）。

A. 用于评价目标区域信贷资产质量的变化情况

B. 指标小于 0 时，目标区域信贷增长相对较快

C. 指标过大说明区域信贷增长速度过慢

D. 扩张系数过大或过小都可能导致风险上升

30. 盈利能力是（　　　　）。

A. 区域管理能力和区域风险高低的最终体现

B. 通过总资产收益率来衡量

C. 通过贷款实际收益率来衡量

D. 盈利能力较高，通常区域风险相对较高

31. 下列对于经济周期的描述，正确的是（　　　　）。

A. 经济周期的供求几乎不变

B. 经济周期中经济增长是均衡的

C. 经济周期中经济增长是非均衡的

D. 经济周期中不存在经济的扩张和收缩

32. 产业组织结构的影响主要包括（　　　　）。

A. 行业的周期性和成长性　　　　　B. 市场集中度和行业壁垒程度

C. 产业关联度　　　　　D. 宏观政策

33. 竞争性进入威胁的严重程度取决于（　　　　）。

A. 进入新领域的障碍大小与预期现有企业对于进入者的反应情况

B. 替代品的威胁

C. 买方的讨价还价能力

D. 供方的讨价还价能力

34. 某企业的产品销售量很小，但其价格高昂。那么这个企业很可能处于（　　　）。

A. 启动阶段　　　　B. 成长阶段　　　　C. 成熟阶段　　　　D. 衰退阶段

35. 处于成长阶段的行业通常年增长率会（　　　）。

A. 达到100%以上　B. 超过20%　　　　C. 5%～10%之间　D. 下降

36. 价格竞争一般会出现在（　　　）。

A. 启动阶段末期　　B. 成长阶段末期　　C. 成熟阶段末期　　D. 衰退阶段末期

37. 下列不属于资产负债表的基本内容的是（　　　）。

A. 资产　　　　　　B. 负债　　　　　　C. 资本结构　　　　D. 所有者权益

38. 下列能够反映借款人盈利能力的比率是（　　　）。

A. 效率比率　　　　B. 杠杆比率　　　　C. 流动比率　　　　D. 营业利润率

39. （　　　）是流动资产中最重要的组成部分，常常达到流动资产总额的一半以上。

A. 现金　　　　　　B. 存货　　　　　　C. 利润　　　　　　D. 股票

40. 客户评级的评价主体是（　　　）。

A. 专业评级机构　　B. 政府　　　　　　C. 商业银行　　　　D. 注册会计师

41. 下列不属于商业银行在评级时主要考虑的因素的是（　　　）。

A. 财务报表分析结果　　　　　　　　B. 借款人财务信息的质量

C. 借款人所在国家　　　　　　　　　D. 借款人的家庭背景

42. 目前所使用的定性分析方法中，使用最为广泛的系统是（　　　）。

A. 5Cs 系统　　　　　　　　　　　　B. 5Ps 分析系统

C. 骆驼（CAMEL）分析系统　　　　　D. 穆迪的 RiskCalc

43. 下列不属于客户主营业务的演变的是（　　　）。

A. 行业转换型　　　B. 产品转换型　　　C. 市场转换型　　　D. 技术变换型

44. 关于成长阶段企业信贷风险分析不正确的是（　　　）。

A. 成长阶段的企业代表中等程度的风险

B. 必须进行细致的信贷分析

  C. 销售增长和产品开发有可能导致偿付风险

  D. 有能力偿还任何营运资本贷款和固定资产贷款

45. （ ）是在同一张财务报表的不同项目之间、不同类别之间，或在两张不同财务报表如资产负债表和损益表的有关项目之间做比较，用比率来反映它们之间的关系，以评价客户财务状况和经营状况好坏的一种方法。

  A. 比较分析法 B. 比率分析法 C. 因素分析法 D. 结构分析法

46. 下列不属于流动资产组成部分的是（ ）。

  A. 短期投资   B. 应收票据

  C. 无形及递延资产   D. 待摊费用

47. 人力资源供求预测的主要目的是估计未来某个时期企业对（ ）的需求，这是人力资源规划中较具技术性的关键部分。

  A. 劳动者   B. 劳动量   C. 人才   D. 劳动力

48. 银行对抵押物的价值都要进行评估。对于机器设备的估价，不需要考虑的因素有（ ）。

  A. 无形损耗   B. 折旧

  C. 原值   D. 市场价格

49. 以下各项中不得抵押的财产是（ ）。

  A. 抵押人依法有处分权的原材料、半成品、产品

  B. 抵押人所有的机器、交通运输工具和其他财产

  C. 土地所有权

  D. 抵押人所有的房屋和其他地上定着物

50. 对抵押物进行估价时，对于库存商品、产成品等的估价，主要考虑（ ）。

  A. 抵押物的市场价格   B. 无形损耗

  C. 折旧   D. 造价

51. 信贷人员应根据抵押物的（ ），分析其变现能力，充分考虑抵押物价值的变动趋势，科学地确定抵押率。

  A. 原值   B. 评估现值   C. 市场价值   D. 核定价值

52. 为避免抵押合同无效造成贷款风险，银行抵押贷款首先要做好（　　　　），才能真正保证贷款抵押的安全性。

   A. 风险防范　　　　B. 风险管理　　　　C. 风险分析　　　　D. 风险监督

53. 抵押期限应（　　　　）贷款期限，凡变更贷款主合同的，一定要注意新贷款合同与原贷款抵押合同期限的差异，不能覆盖贷款合同期限的要重新签订抵押合同。

   A. 大于　　　　　　B. 小于　　　　　　C. 等于　　　　　　D. 大于或等于

54. 在抵押期间，不论抵押物所产生的是天然孳息还是法定孳息，均由（　　　　）收取。

   A. 抵押权人　　　　B. 质押人　　　　　C. 银行　　　　　　D. 抵押人

55. 商业银行不可接受的财产质押为（　　　　）。

   A. 出质人所有的、依法有权处分的机器、交通运输工具和其他动产
   B. 依法可以转让的基金份额、股权
   C. 依法可以转让的商标专用权、专利权、著作中的财产权等知识产权
   D. 租用的财产

56. 银行防范质物的价值风险，应要求质物经过有行业资格且资信良好的评估公司做价值认定，选择（　　　　）的动产或权利作为质物，谨慎地接受股票、权证等价值变化较大的质物。

   A. 价值高　　　　　B. 价值低　　　　　C. 价格高　　　　　D. 价值稳定

57. 下列关于项目的可行性研究和贷款项目评估的对比，错误的是（　　　　）。

   A. 项目的可行性研究属于项目论证工作，一般由设计和经济咨询单位去做；贷款项目评估是贷款银行为了筛选贷款对象而展开的工作
   B. 两者都可以委托中介咨询机构进行
   C. 项目的可行性研究在先，项目评估在后，项目评估是在项目可行性研究的基础上进行的
   D. 项目的可行性研究必须对项目实施后可能面临的问题进行重点面的研究；而贷款项目评估是在审查了可行性研究报告并对项目进行全面调查的基础上进行的

58. 项目的财务评估不包含（　　　　）。

   A. 项目投资估算与资金筹措评估　　　B. 项目基础财务数据评估
   C. 流动性效益评估　　　　　　　　　D. 不确定性评估

59. 对项目微观背景的分析，下列说法错误的是（ ）。

　　A. 分析项目的微观背景主要从项目发起人和项目本身着手

　　B. 投资的理由主要是指对提出项目的理由及投资意向进行分析评估

　　C. 投资环境是指在一定时间、一定地点或范围内，影响和制约项目投资活动的各种外部境况和条件要素的有机集合体

　　D. 项目对其投资环境具有不可选择性，这正是资本寻求其生存和发展的各种必要条件的集中表现

60. 潜在的市场需求量是指在一定时期内，在一定行业营销水平和一定的市场环境下，一个行业中所有企业可能达到的最大（ ）之和。

　　A. 营销量　　　　　B. 投资量　　　　　C. 消费量　　　　　D. 需求量

61. 设备的经济寿命是指设备在经济上的合理使用年限，它是由设备的（ ）决定的。

　　A. 原值　　　　　　B. 使用费　　　　　C. 市场价值　　　　D. 核定价值

62. 财力资源分析主要分析项目（ ）方案能否足额及时供应资金，并与建设工程进度相适应。

　　A. 投资　　　　　　B. 融资　　　　　　C. 筹资　　　　　　D. 资源

63. 项目生产条件分析主要是指项目建成投产后，对生产经营过程中所需要的物资条件和（ ）条件进行的分析。

　　A. 销售　　　　　　B. 生产　　　　　　C. 经济　　　　　　D. 供应

64. 某项目的净现金流量如表2-2所示，其投资回收期为（ ）年。

表2-2　净现金流量表

单位：万元

年份	0	1	2	3	4
净现金流量	-100	50	60	70	70

　　A. 2.5　　　　　　 B. 2.4　　　　　　 C. 2.3　　　　　　 D. 1.83

65. 下列不属于速动资产的是（ ）。

　　A. 存货　　　　　 B. 应收账款　　　　 C. 应收票据　　　　 D. 交易性金融资产

66. 对资产负债率评价正确的有（ ）。

A. 从债权人角度看，负债比率越大越好

B. 从债权人角度看，负债比率越小越好

C. 从股东角度看，负债比率越高越好

D. 从股东角度看，负债比率越低越好

67. 以下不属于贷款效益性调查内容的是（ ）。

A. 借款人当前经营情况

B. 借款人过去 3 年的经营效益情况

C. 借款人、保证人的财务管理状况

D. 借款人过去和未来给银行带来收入、存款、结算、结售汇等综合效益情况

68. 国际上衡量国别风险的方法主要是（ ）。

A. 风险因素加权打分法

B. 加权平均法

C. 概率法

D. 项目化评分法

69. 在损益表结构分析中是以（ ）为100%，计算各项指标所占百分比及其变化情况。

A. 产品销售成本

B. 产品销售收入净额

C. 产品销售费用

D. 产品销售利润

70. 贷款抵押是指借款人或第三人在（ ）的情况下，将财产作为债权的担保，银行持有抵押财产的担保权益，当借款人不履行借款合同时，银行有权以该财产折价或者以拍卖、变卖该财产的价款优先受偿。

A. 转移财产所有权

B. 转移财产占有权

C. 不转移财产所有权

D. 不转移财产占有权

71. 下列关于贷款发放管理的说法，错误的是（ ）。

A. 在满足借款合同用款前提条件的情况下，无正当理由或借款人没有违约，银行必须按借款合同的约定按时发放贷款

B. 借款合同一旦签订生效，即成为民事法律事实

C. 贷款实务操作中，先决条件文件会不会因贷款而异，因风险因素而异

D. 银行应针对贷款的实际要求，根据借款合同的约定进行对照审查，分析是否齐备或有效

72. 首次放款的先决条件中贷款类文件包括（　　　　）。

A. 借贷双方已正式签署的借款合同

B. 现时有效的企业法人营业执照、批准证书、成立批复

C. 公司章程

D. 全体董事的名单及全体董事的签字样本

73. 下列文件中属于担保类文件的是（　　　　）。

A. 借款人所属国家主管部门就担保文件出具的同意借款人提供该担保的文件

B. 海关部门就同意抵押协议项下进口设备抵押出具的批复文件

C. 已缴纳印花税的缴付凭证

D. 保险权益转让相关协议或文件

74. 对于提供抵（质）押担保的，下列说法错误的是（　　　　）。

A. 可以办理登记或备案手续的，必须先完善有关登记、备案手续

B. 如抵（质）押物无明确的登记部门，则必须先将抵（质）押物的有关产权文件及其办理转让所需的有关文件正本交由银行保管，并且将抵（质）押合同在当地的公证部门进行公证

C. 对于以金融机构出具的可撤销保函或备用信用证作担保的，须在收妥银行认可的可撤销保函或备用信用证正本后，才能允许借款人提款

D. 对于有权出具不可撤销保函或备用信用证的境外金融机构以外的其他境外法人、组织或个人担保的保证，必须就保证的可行性、保证合同等有关文件征询银行指定律师的法律意见

75. 银行需审查建设项目的资本金是否已足额到位。即使因特殊原因不能按时足额到位，贷款支取的比例也应同步（　　　　）借款人资本金到位的比例。

A. 低于 　　　　 B. 高于 　　　　 C. 等于 　　　　 D. 高于或等于

76. 下列关于贷款种类说法错误的是（　　　　）。

A. 按照贷款币种可分为人民币贷款和外币贷款

B. 按照贷款期限可分为短期贷款、中期贷款和长期贷款

C. 按照贷款担保方式可分为抵押贷款、质押贷款和信用贷款

D. 按照贷款利率可分为浮动利率贷款和固定利率贷款

77. 下列不属于经营风险的是（　　　　）。

A. 中层管理层较为薄弱，企业人员更新过快或员工不足

B. 对存货、生产和销售的控制力下降

C. 在供应链中的地位关系变化，如供应商不再供货或减少授信额度

D. 企业的地点发生不利的变化或分支机构分布不合理

78. （　　　）直接反映了公司经营的变化，对企业产生巨大影响，从而直接关系到贷款的安全。

A. 财务状况的变化

B. 企业战略变化

C. 经营方式的变化

D. 企业决策人行为和经营观念的变化

79. 下列不属于企业管理状况风险的是（　　　）。

A. 企业发生重要人事变动

B. 最高管理者独裁

C. 银行账户混乱，到期票据无力支付

D. 董事会和高级管理人员以短期利润为中心，并且不顾长期利益而使财务发生混乱，收益质量受到影响

80. 下列不属于企业财务状况风险的是（　　　）。

A. 借款人在银行的存款有较大幅度下降

B. 应收账款异常增加

C. 流动资产占总资产比重下降

D. 短期负债增加失当，长期负债大量增加

81. 下列属于与银行往来异常现象的是（　　　）。

A. 经营性净现金流量持续为负值

B. 借款人在资金回笼后，在还款期限未到的情况下挪作他用，增加贷款风险

C. 不能及时报送会计报表，或会计报表有造假现象

D. 银行账户混乱，到期票据无力支付

82. 下列关于保证人的说法，错误的是（　　　）。

A. 只有那些具有代主债务人履行债务能力及意愿的法人、其他组织或者公民才能作保证人

B. 医院、学校等以公共利益为目的的事业单位、社会团体不得作保证人

C. 国家机关不得作保证人，但经国务院批准对特定事项作保证人的除外

D. 政府及其所属部门有权要求银行等金融机构为他人提供担保

83. 下列方法中不属于风险预警方法的是（　　　　）。

A. 黑色预警法　　　　　　　　　　B. 蓝色预警法

C. 黄色预警法　　　　　　　　　　D. 红色预警法

84. 提前归还贷款指借款人希望改变贷款协议规定的还款计划，提前偿还（　　　　），由借款人提出申请，经贷款行同意，缩短还款期限的行为。

A. 本息　　　　　　　　　　　　　B. 全部贷款

C. 全部或部分贷款　　　　　　　　D. 部分贷款

85. 借款人不能按期归还贷款时，应当在贷款到期日之前，向银行申请（　　　　）。

A. 贷款展期　　　　　　　　　　　B. 贷款延期

C. 贷款减免　　　　　　　　　　　D. 贷款抵押

86. 关于贷款展期的担保问题，下列说法错误的是（　　　　）。

A. 对于保证贷款的展期，银行应重新确认保证人的担保资格和担保能力

B. 借款人申请贷款展期前，必须征得保证人的同意

C. 贷款展期后，担保人担保金额为借款人在整个贷款期内应偿还的本息和

D. 贷款经批准展期后，银行应当根据贷款种类、借款人的信用等级和抵押品、质押品、保证人等情况重新确定每一笔贷款的风险度

87. 我国贷款风险分类的标准有一条核心的内容，即贷款（　　　　）。

A. 偿还的可能性　　B. 风险程度　　　C. 担保程度　　　D. 损失程度

88. 《贷款风险分类指导原则》采用贷款风险分类方法，按风险程度，将贷款划分为五类。即正常、关注、次级、可疑和（　　　　）。

A. 危险　　　　　　B. 无期　　　　　C. 坏账　　　　　D. 损失

89. 按照净现值法，贷款价值的确定主要依据对未来（　　　　）的贴现值。

A. 现金流入　　　　　　　　　　　B. 现金流出

C. 现金流量　　　　　　　　　　　D. 净现金流量

90. （　　　　）是判断贷款正常与否的最基本标志。

A. 贷款目的　　　　　　　　　　　B. 贷款来源

C. 还款来源　　　　　　　　　　　D. 还款记录

二、多项选择题（共 40 题，每题 1 分。在以下各小题所给出的 5 个选项中，至少有 1 个选项符合题目要求，请将正确选项的代码填入括号内）

1. 按贷款期限划分，公司信贷的种类有（　　　）。

A. 短期贷款　　　　　　　　B. 中期贷款

C. 长期贷款　　　　　　　　D. 流动资金贷款

E. 透支

2. 下列有关信用证的说法，正确的是（　　　）。

A. 信用证是由银行根据信用证相关法律规范依照客户的要求和指示开立的

B. 信用证是有条件的承诺付款的书面文件

C. 包括国际信用证

D. 包括国内信用证

E. 信用证是无条件承诺付款的书面文件

3. 信贷产品是指特定产品要素组合下的信贷服务方式，主要包括（　　　）。

A. 担保　　　　　　　　　　B. 承兑

C. 保函　　　　　　　　　　D. 信用支持

E. 承诺

4. 关于宽限期内利息和本金的说法，正确的有（　　　）。

A. 在宽限期内银行只收取利息，借款人不用还本

B. 本息都不用偿还，但是银行仍应按规定计算利息，直至还款期才向借款企业收取

C. 在宽限期内银行不收取利息，借款人也不用还本

D. 期末一次还本付息时，本息都不用偿还，银行不计算利息，直至还款期才向借款企业收取本金

E. 提款期不属于宽限期

5. 贷款利率的种类包括（　　　）。

A. 本币贷款利率和外币贷款利率

B. 浮动利率和固定利率

C. 法定利率、行业公定利率和市场利率

D. 基准利率和非基准利率

E. 差别利率和非差别利率

6. 市场环境分析的 SWOT 方法中，S、W、O、T 分别代表（　　　）。
A. 优势　　　　　　　　　　　　　B. 劣势
C. 机遇　　　　　　　　　　　　　D. 威胁
E. 努力程度

7. 在房地产市场上，银行要分析的风险包括（　　　）。
A. 政策风险　　　　　　　　　　　B. 信用风险
C. 经济风险　　　　　　　　　　　D. 市场风险
E. 开发风险

8. 公司信贷产品属性的反映方式有（　　　）。
A. 客户心理　　　　　　　　　　　B. 金融产品本身的价格水平
C. 金融产品质量　　　　　　　　　D. 商标
E. 市场定位战略

9. 银行公司信贷产品开发的目标不包括（　　　）。
A. 提高银行的资产负债率　　　　　B. 提高现有市场的份额
C. 吸引现有市场之外的新客户　　　D. 以更低的成本提供同样或类似的产品
E. 为客户提供更多的产品

10. 确定产品组合就要有效地选择产品组合的（　　　）。
A. 宽度　　　　　　　　　　　　　B. 深度
C. 关联性　　　　　　　　　　　　D. 有序性
E. 扩展性

11. 影响贷款价格的主要因素有（　　　）。
A. 贷款成本和贷款风险程度　　　　B. 贷款费用和贷款供求状况
C. 借款人与银行的关系　　　　　　D. 银行贷款的目标收益率和贷款的期限
E. 借款人从其他途径融资的融资成本

12. 借款人应符合的要求有（　　　）。
A. 新建项目企业法人所有者权益与所需总投资的比例不得低于国家规定的投资项目资本金比例
B. 借款人应证明其设立合法、经营管理合规合法
C. 除不需要经工商部门核准登记的事业法人外，应当经过工商部门办理年检手续

D. 符合国家产业政策和区域发展政策

E. 借款人恪守诚实守信原则

13. 现行的《银行账户管理办法》将企事业单位的存款账户划分为（　　　）。

A. 基本存款账户

B. 一般存款账户

C. 临时存款账户

D. 专项存款账户

E. 专用存款账户

14. 影响客户还贷能力的因素有（　　　）。

A. 现金流量构成

B. 经济效益

C. 还款资金来源

D. 贷款用途

E. 担保人的经济实力

15. 贷款承诺不同于贷款意向书，其特点是（　　　）。

A. 借贷双方就贷款的主要条件已经达成一致

B. 表明该文件为要约邀请

C. 这是一项书面承诺

D. 具有法律效力

E. 银行可以不受意向书任何内容的约束

16. 供应阶段的核心是进货，信贷人员应重点分析（　　　）。

A. 货品质量

B. 货品价格

C. 进货渠道

D. 技术水平

E. 付款条件

17. 财务分析的方法包括（　　　）。

A. 趋势分析法

B. 结构分析法

C. 比率分析法

D. 比较分析法

E. 因素分析法

18. 杠杆比率包括（　　　）。

A. 资产负债率

B. 流动比率

C. 负债与所有者权益比率

D. 负债与有形净资产比率

E. 利息保障倍数

19. 反映客户短期偿债能力的比率主要有（　　　　）。

A. 流动比率　　　　B. 资产负债率　　　C. 净利润率

D. 速动比率　　　　E. 现金比率

20. 营运能力分析常用的比率主要有（　　　　）。

A. 总资产周转率　　　　　　　B. 固定资产周转率

C. 应收账款周转率　　　　　　D. 存货周转率

E. 资产收益率和所有者权益收益率

21. 贷款担保的作用主要体现在（　　　　）。

A. 协调和稳定商品流转秩序，使国民经济健康运行

B. 降低银行贷款风险，提高信贷资金使用效率

C. 促进借款企业加强管理，改善经营管理状况

D. 巩固和发展信用关系

E. 增加风险管理

22. 贷款担保可以分为（　　　　）。

A. 人的担保　　　　　　　　　B. 抵押物的担保

C. 质押物的担保　　　　　　　D. 财产的担保

E. 定金担保

23. 下列关于担保的形式中，正确的是（　　　　）。

A. 抵押是债权人在担保财产中合法利益的保障

B. 抵押的一个重要特征是债务人仍保持对抵押财产的占有权

C. 质押是将为债务提供的动产担保品存放在债权人处的行为

D. 保证是指保证人和债权人约定，当债务人不履行债务时，保证人按照约定履行债务或者承担责任的行为

E. 留置是指债权人按照合同约定占有债务人的动产

24. 下列财产中，不得抵押的是（　　　　）。

A. 抵押人所有的机器、交通运输工具和其他财产

B. 土地所有权

C. 所有权、使用权不明或者有争议的财产

D. 抵押人所有的房屋和其他地上定着物

E. 学校、幼儿园、医院等以公益为目的的事业单位

25. 对于房屋建筑的估价，主要考虑的因素是（　　　）。

A. 房屋和建筑物的用途

B. 房屋和建筑物的经济效益

C. 新旧程度

D. 使用人的核定

E. 原来的造价

26. 项目评估的内容包括（　　　）。

A. 项目建设的必要性评估

B. 项目建设配套条件评估

C. 项目财务评估

D. 借款人的人员情况及管理水平

E. 项目技术评估

27. 关于项目建设配套条件评估，下列说法正确的是（　　　）。

A. 厂址选择是否合理，所需土地征用落实情况

B. 资源条件能否满足项目需要，原辅材料、燃料供应是否有保障，是否经济合理

C. 配套水、电、气、交通、运输条件能否满足项目需要

D. 项目所采用的技术是否先进、适用、合理、协调，是否与项目其他条件相配套

E. 环保指标是否达到有关部门的要求，环境影响报告书是否已经由权威部门批准

28. 贷款担保主要是针对（　　　）进行的评估。

A. 担保方式

B. 担保能力

C. 担保资格

D. 担保法律文件的完整性

E. 担保物

29. 信贷资金的运动特征有（　　　）。

A. 以偿还为前提的支出，有条件的让渡

B. 与社会物质产品的生产和流通相结合

C. 是一收一支的一次性资金运动

D. 信贷资金运动以银行为轴心

E. 产生经济效益才能良性循环

30. 对项目规模评估的方法包括（　　　）。

A. 效益成本评比法

B. 多因素评比法

C. 财务净现值

D. 净现值率

E. 投资回收期

31. 贷款合同分为（　　　）。
   A. 格式合同　　　　　　　　　B. 受托支付合同
   C. 非格式合同　　　　　　　　D. 实贷实付合同
   E. 自主支付合同

32. 可持续增长率的假设条件有（　　　）。
   A. 公司的资产周转率将维持当前水平
   B. 公司的销售净利率将维持当前水平，并且可以涵盖负债的利息
   C. 公司保持持续不变的红利发放政策
   D. 公司的财务杠杆不变
   E. 公司未增发股票，增加负债是其唯一的外部融资来源

33. 贷款发放前，抵押人与银行要以书面形式签订抵押合同，抵押合同包括（　　　）。
   A. 被担保的主债权种类、数额
   B. 债务人履行债务的期限
   C. 抵押物的名称、数量、质量、状况、所在地、所有权权属或者使用权权属
   D. 抵押担保的范围
   E. 当事人认为需要约定的其他事项

34. 银行对工程设计方案进行分析和评估，就是要分析工程设计方案是否经济合理，是否符合项目的总体发展。对工程设计方案的分析评估可以从（　　　）方面进行分析。
   A. 总平面布置方案分析　　　　B. 技术分析
   C. 效益分析　　　　　　　　　D. 风险分析
   E. 主要工程设计方案分析

35. 不良贷款指的是（　　　）。
   A. 正常　　　　　B. 关注　　　　　C. 次级
   D. 可疑　　　　　E. 损失

36. 下列内容体现经营风险的是（　　　）。
   A. 收购其他企业或者开设新销售网点，对销售和经营有明显影响
   B. 企业销售额下降，成本提高，收益减少，经营亏损
   C. 出售、变卖主要的生产性、经营性固定资产
   D. 厂房和设备未得到很好的维护，设备更新缓慢，缺乏关键产品生产线
   E. 建设项目的可行性存在偏差，或计划执行出现较大的调整

37. 下列内容体现企业管理状况风险的是（　　　　　）。

A. 管理层对环境和行业中的变化反应迟缓

B. 管理层对企业的发展缺乏战略性的计划，缺乏足够的行业经验和管理能力

C. 董事会和高级管理人员以短期利润为中心，并且不顾长期利益而使财务发生混乱

D. 借款人的主要股东、关联企业或母子公司等发生重大的不利变化

E. 中层管理层较为薄弱，企业人员更新过快或员工不足

38. 下列内容体现企业财务状况风险的是（　　　　　）。

A. 产品结构单一　　　　　　　　　B. 应收账款异常增加

C. 流动资产占总资产比重下降　　　D. 对存货、生产和销售的控制力下降

E. 短期负债增加失当，长期负债大量增加

39. 下列内容体现与银行往来异常现象的是（　　　　　）。

A. 企业销售额下降，成本提高，收益减少，经营亏损

B. 对短期贷款依赖较多，要求贷款展期

C. 贷款超过了借款人的合理支付能力

D. 借款人有抽逃资金的现象，并寻求贷款

E. 借款人在资金回笼后，在还款期限未到的情况下挪作他用，增加贷款风险

40. 下列关于担保的补充机制中，说法正确的是（　　　　　）。

A. 银行如果在贷后检查中发现借款人提供的抵押品或质押物的抵押权益尚未落实，可以要求借款人落实抵押权益或追加担保品

B. 如果抵押人的行为足以使抵押物价值降低的，抵押权人（银行）有权要求抵押人停止其行为

C. 如果由于借款人财务状况恶化，或由于贷款展期使得贷款风险增大，银行也会要求借款人追加担保品

D. 对由第三方提供担保的保证贷款，如果借款人未按时还本付息，就应由保证人为其承担还本付息的责任

E. 倘若保证人的担保资格或担保能力发生不利变化，其自身的财务状况恶化，银行应要求担保人追加新的保证人。

三、判断题（共15题，每题1分。请判断以下各小题的对错，正确的用√表示，错误的用×表示）

1. 信贷产品是指特定产品要素组合下的信贷服务方式。（　　　　　）

2. 根据《贷款通则》的规定，票据贴现的贴现期限最长不得超过3个月。（   ）

3. 根据《贷款通则》的规定，贷款期限根据借款人的生产经营周期、还款能力和银行的资金供给能力由借贷双方共同商议后确定，并在借款合同中载明。（   ）

4. 我国人民币短期贷款利率可分为6个月以下（含6个月）和6个月至1年（含1年）两个档次，中长期贷款利率可分为1~3年（含3年）、3~5年（含5年）以及5年以上3个档次。（   ）

5. 我国商业银行通常以中央银行公布的利率为基础确定外汇贷款利率。（   ）

6. 我国商业银行办理收付类业务时，不得向委托方以外的其他单位或个人收费。（   ）

7. 费率是指利率以外的银行提供信贷服务的价格，一般以信贷产品金额为基数，按一定比率计算。（   ）

8. 自营贷款的风险由银行承担，委托贷款的风险由委托人承担。（   ）

9. 中长期贷款一般采用分期偿还的方式。（   ）

10. 抵押贷款是指以借款人或第三人的动产或权利作为抵押发放的贷款。（   ）

11. 预期收入理论认为，只要未来收入有保障，长期信贷和消费信贷就能保持流动性和安全性。（   ）

12. 资产转换理论的出现促进了银行效益的提高。（   ）

13. 银行出借货币时也出让了对借出货币的所有权。（   ）

14. 信贷资金的运动以银行为轴心。（   ）

15. 与固定资产扩张相关的借款需求，其关键信息主要来源于公司管理层。（   ）

答案速查与精讲解析（二）

答案速查

一、单项选择题

1. B	2. B	3. B	4. C	5. B	6. C	7. D	8. C	9. D
10. B	11. A	12. A	13. A	14. B	15. B	16. A	17. C	18. A
19. B	20. D	21. D	22. C	23. C	24. A	25. B	26. C	27. D
28. A	29. D	30. A	31. C	32. B	33. A	34. A	35. B	36. B
37. C	38. D	39. B	40. C	41. D	42. A	43. C	44. D	45. B
46. C	47. D	48. D	49. C	50. A	51. B	52. C	53. D	54. D
55. D	56. D	57. D	58. C	59. B	60. A	61. B	62. C	63. D
64. D	65. A	66. B	67. C	68. A	69. B	70. D	71. C	72. A
73. D	74. C	75. A	76. C	77. A	78. D	79. C	80. A	81. B
82. D	83. C	84. C	85. A	86. C	87. A	88. D	89. D	90. A

二、多项选择题

1. ABC	2. ABCD	3. ABCDE	4. AB	5. ABC
6. ABCD	7. ACD	8. ABC	9. AE	10. ABC
11. ACDE	12. ABCDE	13. ABCE	14. ABCE	15. ACD
16. ABCE	17. ABCDE	18. ACDE	19. ADE	20. ABCDE
21. ABCD	22. AD	23. ABCDE	24. BCE	25. ABCE
26. ABCDE	27. ABCE	28. ABCD	29. ABDE	30. AB
31. AC	32. ABCDE	33. ABCDE	34. AE	35. CDE
36. ACDE	37. ABCDE	38. BCE	39. BCDE	40. ABCD

三、判断题

1. √	2. ×	3. √	4. √	5. ×	6. √	7. √	8. √
9. √	10. ×	11. √	12. √	13. ×	14. √	15. √	

精讲解析

一、单项选择题

1. 【解析】B　根据《贷款通则》的规定，票据贴现的贴现期限最长不得超过6个月，贴现期限为从贴现之日起到票据到期日止。

2. 【解析】B　我国计算利息传统标准是分、厘、毫，每10厘为1分，每10毫为1厘。故A选项说法正确，B选项说法错误。年息几分用百分之几表示，月息几厘用千分之几表示，日息几毫用万分之几表示，故CD选项说法正确。

3. 【解析】B　长期贷款是指贷款期限在5年（不含5年）以上的贷款。

4. 【解析】C　抵押的一个重要特征是债务人仍保持对抵押财产的占有权，而债权人（抵押权利人）则取得所有权或部分所有权，或者当债务人未按期偿还债务时获得对抵押财产所有权的权利。

5. 【解析】B　根据真实票据理论，长期投资的资金应来自长期资源，如留存收益、发行新的股票以及长期债券等，故ACD选项不符合题意。流动资金贷款属于短期资源，故B选项符合题意。

6. 【解析】C　超货币供给理论认为只有银行能够利用信贷方式提供货币的传统观念已经不符合实际。随着货币形式的多样化，非银行金融机构也可以提供货币，银行信贷市场将面临很大的竞争压力，因此，银行资产应该超出单纯提供信贷货币的界限，要提供多样化的服务，如购买证券、开展投资中介和咨询、委托代理等配套业务，使银行资产经营向深度和广度发展。

7. 【解析】D　真实票据理论认为，最好只发放以商业行为为基础的短期贷款，因为这样的短期贷款有真实的商业票据为凭证作抵押，带有自动清偿性质。

8. 【解析】C　信贷资金首先由银行支付给使用者，这是第一重支付；由使用者转化为经营资金，用于购买原料和支付生产费用，投入再生产，这是第二重支付。经过社会再生产过程，信贷资金在完成生产和流通职能以后，又流回到使用者手中，这是第一重归流；使用者将贷款本金和利息归还给银行，这是第二重归流。故C选项符合题意。

9. 【解析】D　在贷款规模一定的情况下，利息收入主要取决于利率和期限。贷款的期限越长，利率越高，收益也越大。A选项说法正确。银行必须保证客户的存款能及时足额提取，为了保证贷款的安全性，银行除保持足够的流动资产外，还必须合理安排贷款的种类和期限，使贷款保持流动性。B选项说法正确。在信贷资金总量一定的情况下，周转速度越快，流动性就越强，安全性就越能得到保证，但利率相应就越低，利息收入也就越少。C选项说法正确。贷款的期限越长，利润也就越高，但安全性和流动性也就越少。D选项说法错误。故本题应选D选项。

10. 【解析】B　银行对贷款的严格审查和管理是紧紧围绕着保障本金安全而展开的。

11. 【解析】A　承兑是银行在商业汇票上签章承诺按出票人指示到期付款的行为。担保是银行根据客户的要求，向受益人保证按照约定以支付一定货币的方式履行债务或者承担责任的行为。信用证是一种由银行根据信用证相关法律规范依照客户的要求和指示开立的有条件的承诺付款的书面文件，包括国际信用证和国内信用证。信贷承诺是指银行向客户作出的在未来一定时期内按商定条件为客户提供约定贷款或信用支持的承诺，在客户满足贷款承诺中约定的先决条件的情况下，银行按承诺为客户提供约定的贷款或信用支持。故 A 选项符合题意。

12.【解析】A 工艺技术方案进行分析评估的主要目的是分析产品生产全过程技术方法的可行性，并通过比较不同工艺方案，分析其技术方案是否为最佳综合效果的工艺技术方案。

13.【解析】A 项目的生产规模分析是指对拟建项目生产规模的大小所做的审查、评价和分析。银行通过分析项目的生产规模，可了解项目是否实现了规模经济，进而了解该项目的经济效益状况，为项目贷款决策提供依据。

14.【解析】B 当企业总资产利润率高于长期债务成本时，企业举债扩大资产规模经营就能获得正的利润，从而在权益资本一定时，可提高企业权益资本收益率。反之则意味着企业举债扩大资产规模经营获得的利润还不抵举债的成本，此时扩大资产经营规模会降低企业现有利润水平，从而降低权益资本收益率。

15.【解析】B 对于经营周期和资金周转周期的长度，特别是资金周转周期的延长引起的借款需求与应收账款周转天数、存货周转天数和应付账款周转天数有关。因为应收账款周转天数、存货周转天数和应付账款周转天数的延长将直接导致企业资金周转周期的延长，从而引起借款需求。

16.【解析】A 应付账款、应计费用均属于随着季节性企业销售收入和资产的季节性波动而发生季节性波动的负债，因而称其为季节性负债。在生产经营中，由于应付账款、应计费用从发生到支付有一定的时间间隔，因而在此期间这两笔费用可等同为自有资金，被拿来为企业季节性资产增加融资。

17.【解析】C 从资产负债表看，季节性销售增长、长期销售增长、资产效率下降可能导致流动资产增加；商业信用的减少及改变、债务重构可能导致流动负债的减少。固定资产重置及扩张、长期投资可能导致长期资产的增加；红利支付可能导致资本净值的减少。从损益表来看，一次性或非预期的支出、利润率的下降都可能对企业的收入支出产生影响，进而影响到企业的借款需求。

18.【解析】A 在质押贷款中，银行在放款时占主动权，处理质押物手续较为简单。此外，质物具有价值稳定性好、银行可控制性强、易于直接变现处理用于抵债的特点。

19.【解析】B 当季节性资产数量超过季节性负债时，超出的部分需要通过公司内部融资或者银行贷款来补充，这部分融资称作营运资本投资。公司一般会尽可能用内部资金来满足营运资本投资，如果内部融资无法满足全部融资需求，公司就会向银行申请短期贷款。

20.【解析】D 核心流动资产指的是在资产负债表上始终存在的那一部分流动资产。这部分资产应当由长期融资来实现。当一个公司的季节性和长期性销售收入同时增长时，流动资产的增长体现为核心流动资产和季节性资产的共同增长。

21.【解析】D 内部融资的资金来源是净资本、留存收益和增发股票。一般情况下，企业不能任意发行股票，因此，在估计可持续增长率时通常假设内部融资的资金来源主要是留存收益。增发债券属于外部融资。

22.【解析】C 根据 $SGR = ROE \times RR/(1 - ROE \times RR)$，$ROE = 100/800 = 0.125$，红利支付率 $= 30/100 = 0.3$，$RR = 1 - 0.3 = 0.7$，$SGR = 0.096$。

23.【解析】C 经过计算，该公司在不增加财务杠杆的情况下，可达到9.6%的年销售增长率，即这个公司通过内部资金的再投资可以实现9.6%的年销售增长率。因此，在利润率、资产使用率和红利支付率不变时，如果公司的销售增长率在9.6%以下，销售增长不能作为合理的借款原因；如果公司的销售增长率在9.6%以上，销售增长可以作为合理的借款原因。

24.【解析】A 新增的500万元债务融资用于总资产投资，那么公司的总资产为 $2\,000 + 500 = 2\,500$（万元），资产使用效率（销售收入/总资产）仍为1.25，因此，由于总资产的增加，销售收入从2 500万元增加到 $2\,500 \times 1.25 = 3\,125$（万元），利润率（净利润/销售收入）仍为0.04，净利润从100万元增加到 $3\,125 \times 0.04 = 125$（万元），留存比率保持不变仍为0.7，将以上数据代入 $SGR = ROE \times RR/(1 - ROE \times RR)$，得 $SGR = 0.123$。

25.【解析】B 银行通过对实际增长率和可持续增长率的趋势比较，可以做出合理的贷款决策：①如果实际增长率显著超过可持续增长率，那么，这时公司确实需要贷款；②如果实际增长率低于可持续增长率，那么，公司目前未能充分利用内部资源，银行不予受理贷款申请。

26.【解析】C 通过分析销售和净固定资产的发展趋势，银行可初步了解公司的未来发展计划和设备扩张需求间的关系，此时销售收入/净固定资产比率就是一个相当有用的指标。通常来讲，如果该指标较高或不断增长，则说明固定资产的使用效率较高。但当其超过一定比率之后，生产能力与销售增长就变得相当困难了，此时销售增长所要求的固定资产扩张便可成为企业借款的合理理由。

27.【解析】D 一般而言，国别风险具有六个特点。其中，国别风险（表现为利率风险、清算风险、汇率风险）与其他风险不是并列的关系，而是一种交叉关系。

28.【解析】A 银行自身的风险内控管理水平对信贷资产质量也具有重要影响。风险内控能力通常会体现在银行的经营指标和数据上，因此可选取一些重要的内部指标来进行分析。常用内部指标包括三个方面：信贷资产质量（安全性）、盈利性和流动性。

29.【解析】D 信贷余额扩张系数用于衡量目标区域因信贷规模变动对区域风险的影响程度。指标小于0时，目标区域信贷增长相对较慢，负数较大意味着信贷处于萎缩状态；指标过大则说明区域信贷增长速度过快。扩张系数过大或过小都可能导致风险上升。该指标侧重考察因区域信贷投放速度过快而产生扩张性风险。

30.【解析】A　盈利能力是区域管理能力和区域风险高低的最终体现。通过总资产收益率、贷款实际收益率两项主要指标，来衡量目标区域的盈利性。这两项指标高时，通常区域风险相对较低。

31.【解析】C　经济的周期性波动是以现代工商业为主体的经济总体发展过程中不可避免的现象，是经济系统存在和发展的表现形式。各种理论对经济周期成因的描述都不尽相同，但归纳起来主要是：各种因素导致供给和需求发生变化，使得经济增长处于非均衡状态，形成累积性的经济扩张或收缩，导致了经济的繁荣与衰退。

32.【解析】B　产业组织结构的影响主要包括行业市场集中度、行业壁垒程度等。集中度风险反映的是一个行业内部企业与市场的相互关系，也就是行业内企业间竞争与垄断的关系。行业壁垒，即行业进入壁垒，指行业内已有企业对准备进入或正在进入该行业的新企业所拥有的优势，或者说是新企业在进入该行业时所遇到的不利因素和限制。

33.【解析】A　竞争性进入威胁的严重程度取决于两方面的因素，这就是进入新领域的障碍大小与预期现有企业对于进入者的反应情况。

34.【解析】A　启动阶段行业的销售特点是价格比较高，销售量很小。

35.【解析】B　处于启动阶段的行业年增长率可以达到100%以上；处于成长阶段的行业通常年增长率会超过20%；处于成熟阶段的行业增长较为稳定，一般年增长率在5%~10%之间。处于衰退阶段的行业的共同点是销售额在很长时间内都是处于下降阶段。

36.【解析】B　在成长阶段的末期，行业中也许会出现一个短暂的"行业动荡期"。这一时期，很多企业可能为了生存而发动"价格战争"，采取大幅度打折的策略，否则它们将面临着被淘汰的地步。对于固定资产很高或者其他方面需要高投资的行业来说，出现"价格战争"的现象更为普遍。

37.【解析】C　资产、负债和所有者权益是资产负债表的基本内容。

38.【解析】D　反映借款人盈利能力的比率主要有销售利润率、营业利润率、税前利润率和净利润率、成本费用利润率，这些统称为盈利比率。

39.【解析】B　存货是流动资产中最重要的组成部分，常常达到流动资产总额的一半以上。因此，存货质量好坏、周转快慢，对客户资产周转循环长短具有重要影响。

40.【解析】C　客户评级的评价主体是商业银行，评价目标是客户违约风险，评价结果是信用等级。

41.【解析】D　商业银行在评级时主要考虑的因素包括以下方面内容：财务报表分析结果；借款人的行业特征；借款人财务信息的质量；借款人资产的变现性；借款人的管理水平；借款人所在国家；特殊事件的影响；被评级交易的结构。

42.【解析】A　目前所使用的定性分析方法，虽然有各种各样的架构设计，但其选择的关键要素都基本相似，其中，对企业信用分析的5Cs系统使用最为广泛。

43.【解析】C　客户主营业务的演变有以下几种情形：一是行业转换型；二是产品转换型；三是技术变换型；四是股权变更型；五是业务停顿型。

44.【解析】D 成长阶段的企业代表中等程度的风险，但是这一阶段也同时拥有所有阶段中最大的机会，因为现金和资本需求非常大。要想确定潜在借款人是否有能力在这一阶段获得成功，必须进行细致的信贷分析。此外，连续不断的销售增长和产品开发将会导致负的并且不稳定的经营现金流，从而引发偿付风险。

45.【解析】B 它符合比率分析法的具体定义，同时，比率分析法是最常用的一种方法。

46.【解析】C 流动资产是指一年内或在一个营业周期内变现或者耗用的资产。它包括货币资金、短期投资、应收票据、应收账款、预付账款、存货、待摊费用等项目。

47.【解析】D 人力资源供求预测的主要目的是估计未来某个时期企业对劳动力的需求，这是人力资源规划中较具技术性的关键部分。

48.【解析】D 我国的法律尚未对抵押物估价问题作出具体规定，一般的做法就是由抵押人与银行双方协商确定抵押物的价值，委托具有评估资格的中介机构给予评估或银行自行评估。其中，对于机器设备的估价，主要考虑的因素是无形损耗和折旧，估价时应扣除折旧。

49.【解析】C 根据我国《担保法》的规定，土地所有权不得抵押。

50.【解析】A 对库存商品、产成品等存货的估价，主要是考虑抵押物的市场价格、预计市场涨落、抵押物销售前景。

51.【解析】B 信贷人员应根据抵押物的评估现值，分析其变现能力，充分考虑抵押物价值的变动趋势，科学地确定抵押率。

52.【解析】C 风险分析是银行抵押贷款的首要工作。

53.【解析】D 抵押期限应等于或大于贷款期限。

54.【解析】D 在抵押期间，不论抵押物所产生的是天然孳息还是法定孳息，均由抵押人收取，抵押权人无权收取。

55.【解析】D 商业银行不可接受的财产包括租用的财产。

56.【解析】D 银行防范质物的价值风险，应要求质物经过有行业资格且资信良好的评估公司或专业质量检测、物价管理部门做价值认定，再确定一个有利于银行的质押率；选择价值相对稳定的动产或权利作为质物，谨慎地接受股票、权证等价值变化较大的质物。

57.【解析】D 项目的可行性研究必须对项目实施后可能面临的问题进行全面的研究，并作出在技术上、财务上是否可行的结论；而贷款项目评估是在审查了可行性研究报告并对项目进行全面调查的基础上进行的，它可以针对所发现或关心的问题，有所侧重地进行研究，不必面面俱到。

58.【解析】C 流动性效益评估属于银行效益评估。

59.【解析】D 项目对其投资环境具有选择性，这正是资本寻求其生存和发展的各种必要条件的集中表现。投资环境实为一个多层次、由多种因素构成的动态系统，它们之间既相互联系又相互制约。

60.【解析】A 潜在的市场需求量是指在一定时期内，在一定行业营销水平和一定的市场环境下，一个行业中所有企业可能达到的最大营销量之和。

61.【解析】B　设备的经济寿命是指设备在经济上的合理使用年限，它是由设备的使用费决定的。评估设备的寿命时，只能对项目的主要设备进行分析研究，在其他条件相同的情况下，设备的寿命越长，其经济性越好。

62.【解析】C　财力资源分析主要分析项目筹资方案能否足额及时供应资金，并与建设工程进度相适应。

63.【解析】D　项目生产条件分析主要是指项目建成投产后，对生产经营过程中所需要的物资条件和供应条件进行的分析。不同行业、不同性质、不同类型的建设项目的生产特点是不同的。

64.【解析】D　根据表 2 - 2 中的净现金流量可以求得累计净现金流量如表 2 - 3 所示。

表 2 - 3　累计净现净金流量

单元：万元

年份	0	1	2	3	4
净现金流量	− 100	− 50	10	80	150

投资回收期 = 累计净现金流量开始出现正值年份数 − 1 + 上年累计净现金流量绝对值/当年净现金流量 = 2 − 1 + 50/60 = 1.83（年）。

65.【解析】A　速动资产包括货币资金、交易性金融资产、应收票据、应收账款、其他应收款项等，但存货、预付账款、待摊费用等则不应计入。

66.【解析】B　资产负债率反映债权人所提供的资本占全部资本的比例，从债权人的立场看，他们最关心的是贷给企业款项的安全程度，也就是能否按期收回本金和利息，因而债权人希望资产负债比保持较低比率；从股东的角度看，由于企业通过举债筹措的资金与股东提供的资金经营中发挥同样的作用，所以，股东所关心的是全部资金利润率是否超过借入款项的利率，即借入资金的代价。

67.【解析】C　业务人员开展的贷款效益性调查包括：对借款人过去 3 年的经营效益情况进行调查；对借款人当前经营情况进行调查；对借款人过去和未来给银行带来收入、存款、结算、结售汇等综合效益情况进行调查、分析、预测。

68.【解析】A　国际上一些著名的评级机构在衡量国别风险时基本上都采取风险因素加权打分的方法，只是不同机构在风险因素设置、权重设置、打分的掌握及计算方法上有所差别。

69.【解析】B　在损益表结构分析中是以产品销售收入净额为 100%，计算产品销售成本、产品销售费用、产品销售利润等指标各占产品销售收入的百分比以及所占百分比的增减变动，来分析其对借款人利润总额的影响。

70.【解析】D　抵押是指借款人或第三人在不转移财产占有权的情况下，将财产作为债权的担保，银行持有抵押财产的担保权益，当借款人不履行借款合同时，银行有权以该财产折价或者以拍卖、变卖该财产的价款优先受偿。

71.【解析】C 贷款实务操作中，先决条件文件会因贷款而异，其余选项均正确。

72.【解析】A 首次放款的先决条件文件中贷款类文件包括：借贷双方已正式签署的借款合同；银行之间已正式签署的贷款协议（多用于银团贷款）。其余选项属于公司类文件包括的内容。

73.【解析】D 担保类文件包括：已正式签署的抵（质）押协议；已正式签署的保证协议；保险权益转让相关协议或文件；其他必要性文件。其他选项都属于与登记、批准、备案、印花税有关的文件。

74.【解析】C 对于以金融机构出具的不可撤销保函或备用信用证作担保的，须在收妥银行认可的不可撤销保函或备用信用证正本后，才能允许借款人提款。其余选项均正确。

75.【解析】A 建设项目的资本金即使因特殊原因不能按时足额到位，贷款支取的比例也应同步低于借款人资本金到位的比例。此外，贷款原则上不能用于借款人的资本金、股本金和企业其他需自筹资金的融资。

76.【解析】C 按照贷款担保方式可分为抵押贷款、质押贷款、保证贷款和信用贷款。

77.【解析】A 选项A属于企业管理状况风险，其余选项均是企业经营风险的体现。

78.【解析】D 经营者本人、董事会成员和公司员工是最了解企业情况的内部人员，企业决策人行为和经营观念的变化直接反映了公司经营的变化，对企业产生巨大影响，从而直接关系到贷款的安全。

79.【解析】C 选项C属于企业的财务风险，其余选项均属于企业管理状况风险。

80.【解析】A 选项A属于与银行往来的异常现象，其余选项均属于企业财务状况风险。

81.【解析】B 选项B属于与银行往来的异常现象，其余选项均属于企业的财务风险。

82.【解析】D 《担保法》规定禁止政府及其所属部门要求银行等金融机构或者企业为他人提供担保，并进一步规定银行等金融机构或企业对政府及其所属部门要求其为他人提供保证的行为，有权予以拒绝。

83.【解析】C 在我国银行业实践中，风险预警是一门新兴的交叉学科，可以根据运作机制将风险预警方法分为黑色预警法、蓝色预警法和红色预警法。

84.【解析】C 提前归还贷款指借款人希望改变贷款协议规定的还款计划，提前偿还全部或部分贷款，由借款人提出申请，经贷款行同意，缩短还款期限的行为。

85.【解析】A 借款人不能按期归还贷款时，应当在贷款到期日之前，向银行申请贷款展期，是否展期由银行决定。

86.【解析】C 借款人在征得保证人同意后进入贷款展期，此时保证人担保金额为借款人在整个贷款期内应偿还的本息和费用之和，包括因贷款展期而增加的利息费用。

87.【解析】A　我国贷款风险分类的标准有一条核心的内容，即贷款偿还的可能性。在市场约束和法制健全的情况下，借款人的还款能力几乎是唯一重要的因素。

88.【解析】D　中国人民银行从1998年5月开始试行《贷款风险分类指导原则》，并在2001年12月修订后正式发布。指导原则采用贷款风险分类方法，按风险程度，将贷款划分为五类（亦称"五级分类"）即正常、关注、次级、可疑、损失。

89.【解析】D　按照净现值法，贷款价值的确定主要依据对未来净现金流量的贴现值，这样，贷款组合价值的确定将包括贷款的所有预期损失，贷款盈利的净现值也会得到确认。

90.【解析】A　贷款目的即贷款用途，是判断贷款正常与否的最基本标志。贷款是否正确使用是贷款分类的最基本判断因素之一，贷款一旦被挪用，就意味着将产生更大的风险。

二、多项选择题

1.【解析】ABC　按贷款期限划分，公司信贷可分为短期贷款、中期贷款和长期贷款。其中短期贷款是指贷款期限在1年以内（含1年）的贷款，中期贷款是指贷款期限在1年以上（不含1年）5年以下（含5年）的贷款，长期贷款是指贷款期限在5年（不含5年）以上的贷款。

2.【解析】ABCD　信用证是一种由银行根据信用证相关法律规范依照客户的要求和指示开立的有条件的承诺付款的书面文件。信用证包括国际信用证和国内信用证。

3.【解析】ABCDE　信贷产品是指特定产品要素组合下的信贷服务方式，主要包括贷款、担保、承兑、信用支持、保函、信用证和承诺等。

4.【解析】AB　在宽限期内银行只收取利息，借款人不用还本；或本息都不用偿还，但是银行仍应按规定计算利息，直至还款期才向借款企业收取。

5.【解析】ABC　贷款利率即借款人使用贷款时支付的价格。贷款利率的种类包括本币贷款利率和外币贷款利率，浮动利率和固定利率，法定利率、行业公定利率和市场利率。

6.【解析】ABCD　SWOT分析方法中，S（Strength）表示优势，W（Weak）表示劣势，O（Opportunity）表示机遇，T（Threat）表示威胁。

7.【解析】ACD　银行在选择细分市场之前，还要对每个细分市场的风险进行分析。以房地产市场为例，银行要分析的风险包括政策风险、经济风险、市场风险等。

8.【解析】ABC　公司信贷产品的属性，有的可以从客户心理上反映出来，如经济实惠、因使用新的信贷产品而产生的领先意识；有的可以从金融产品本身的价格水平来表现，如高价、低价等；有的表现为金融产品质量，如替客户着想的态度、高效率的服务。

9.【解析】AE　银行公司信贷产品开发的目标有提高现有市场的份额、吸引现有市场之外的新客户、以更低的成本提供同样或类似的产品。

10.【解析】ABC　一个银行的产品组合，通常包括产品组合宽度和产品组合深度两个度量化要素。确定产品组合就要有效地选择其宽度、深度和关联性。

11.【解析】ACDE 影响贷款价格的主要因素包括：①贷款成本；②贷款风险程度；③贷款费用；④借款人与银行的关系；⑤银行贷款的目标收益率；⑥贷款供求状况；⑦贷款的期限；⑧借款人从其他途径融资的融资成本。

12.【解析】ABCDE 为保障信贷业务的正常开展，借款人应符合以下要求：①"诚信申贷"的基本要求；②借款人的主体资格要求；③借款人经营管理的合法合规性；④借款人信用记录良好；⑤贷款用途及还款来源明确合法。选项AD属于③中的内容，选项BE属于①中的内容，选项C属于②中的内容。

13.【解析】ABCE 现行的《银行账户管理办法》将企事业单位的存款账户划分为基本存款账户、一般存款账户、临时存款账户和专用存款账户。

14.【解析】ABCE 客户的还贷能力包括现金流量构成、经济效益、还款资金来源、担保人的经济实力等。

15.【解析】ACD 贷款承诺是借贷双方就贷款的主要条件已经达成一致，银行同意在未来特定时间内向借款人提供融资的书面承诺（这就表明贷款承诺不是在贷款意向阶段作出的），贷款承诺具有法律效力。

16.【解析】ABCE 技术水平为生产阶段中信贷人员应重点调查的方面。

17.【解析】ABCDE 财务分析的方法主要包括趋势分析法、结构分析法、比率分析法、比较分析法和因素分析法。

18.【解析】ACDE 所谓杠杆比率就是主要通过比较资产、负债和所有者权益的关系来评价客户负债经营的能力。它包括资产负债率、负债与所有者权益比率、负债与有形净资产比率、利息保障倍数等，这些统称为杠杆比率。

19.【解析】ADE 反映客户短期偿债能力的比率主要有：流动比率、速动比率和现金比率。

20.【解析】ABCDE 营运能力分析常用的比率主要有：总资产周转率、固定资产周转率、应收账款周转率、存货周转率、资产收益率和所有者权益收益率等，这些统称为效率比率。

21.【解析】ABCD 在我国市场经济体制建立和发展过程中，银行开展担保贷款业务具有重要的意义。担保的作用主要表现为四个方面：①协调和稳定商品流转秩序，使国民经济健康运行；②降低银行贷款风险，提高信贷资金使用效率；③促进借款企业加强管理，改善经营管理状况；④巩固和发展信用关系。

22.【解析】AD 贷款担保可分为人的担保和财产担保两种。

23.【解析】ABCDE 题中选项均正确。

24.【解析】BCE 不得抵押的财产有：土地所有权；耕地、宅基地（但有特别规定的除外），自留地、自留山等集体所有的土地使用权；学校、幼儿园、医院等以公益为目的的事业单位、社会团体的教育设施、医疗卫生设施和其他社会公益设施；所有权、使用权不明或者有争议的财产；依法被查封、扣押、监管的财产；依法不得抵押的其他财产。

25.【解析】ABCE　对于房屋建筑的估价，主要考虑房屋和建筑物的用途及经济效益、新旧程度和可能继续使用的年限、原来的造价和现在的造价等因素。因此，ABCE正确。

26.【解析】ABCDE　题中选项均正确。

27.【解析】ABCE　项目所采用的技术是否先进、适用、合理、协调，是否与项目其他条件相配套，这是项目技术评估考虑的问题。其他四项均是项目建设配套条件评估需要考虑的内容。

28.【解析】ABCD　贷款担保评估主要是对担保方式、担保能力、担保资格及担保法律文件的完善性进行评估。担保物不属于贷款担保评估的内容。

29.【解析】ABDE　信贷资金的运动特征有：①以偿还为前提的支出，有条件的让渡；②与社会物质产品的生产和流通相结合；③产生经济效益才能良性循环；④信贷资金运动以银行为轴心。故ABDE选项符合题意。信贷资金是二重支付和二重归流的价值特殊运动。它的这种运动是区别于财政资金、企业自有资金和其他资金的重要标志之一。财政资金、企业自有资金和其他资金都是一收一支的一次性资金运动。故C选项不符合题意。

30.【解析】AB　财务净现值、净现值率和投资回收期属于项目盈利能力的分析，其余为项目规模评估方法。因此，AB选项正确。

31.【解析】AC　贷款合同分为格式合同和非格式合同两种。其中，格式合同是指银行业金融机构根据业务管理要求，针对某项业务制定的在机构内部普遍使用的格式统一的合同。

32.【解析】ABCDE　题中选项均属于可持续增长率的假设条件。

33.【解析】ABCDE　抵押合同包括以下内容：①被担保的主债权种类、数额；②债务人履行债务的期限；③抵押物的名称、数量、质量、状况、所在地、所有权权属或者使用权权属；④抵押担保的范围；⑤当事人认为需要约定的其他事项。

34.【解析】AE　对工程设计方案的分析评估可以从以下方面进行分析：一是总平面布置方案分析，二是主要工程设计方案分析。

35.【解析】CDE　不良贷款是指次级类、可疑类和损失类贷款。

36.【解析】ACDE　选项B属于企业的财务风险，其余选项均体现企业的经营风险。

37.【解析】ABCDE　题中选项均属于企业管理状况风险。

38.【解析】BCE　选项A和D属于企业经营风险，其余选项均体现企业财务状况风险。

39.【解析】BCDE　选项A体现企业财务风险，其余选项均是与银行往来异常现象。

40.【解析】ABCD　倘若保证人的担保资格或担保能力发生不利变化，其自身的财务状况恶化；或由于借款人要求贷款展期造成贷款风险增大或由于贷款逾期，银行加收罚息而导致借款人债务负担加重，而原保证人又不同意增加保证额度；或抵（质）押物出现不利变化；银行应要求借款人追加新的保证人。

三、判断题

1.【解析】√　信贷产品是指特定产品要素组合下的信贷服务方式，主要包括贷款、担保、承兑、信用支持、保函、信用证、承诺等。

2.【解析】×　根据《贷款通则》的规定，票据贴现的贴现期限最长不得超过 6 个月，贴现期限为从贴现之日起到票据到期日止。

3.【解析】√　本题的说法正确。

4.【解析】√　本题的说法正确。

5.【解析】×　我国中央银行目前已不再公布外汇贷款利率，外汇贷款利率在我国已经实现市场化。国内商业银行通常以国际主要金融市场的利率（如伦敦同业拆借利率）为基础确定外汇贷款利率。

6.【解析】√　我国商业银行办理收付类业务实行"谁委托、谁付费"的收费原则，不得向委托方以外的其他单位或个人收费。

7.【解析】√　本题的说法正确。

8.【解析】√　自营贷款是指银行以合法方式筹集的资金自主发放的贷款，其风险由银行承担，并由银行收回本金和利息。委托贷款是指政府部门、企事业单位及个人等委托人提供资金，由银行（即受托人）根据委托人确定的贷款对象、用途、金额、期限、利率等代为发放、监督使用并协助收回的贷款。委托贷款的风险由委托人承担，银行（受托人）只收取手续费，不承担贷款风险，不代垫资金。

9.【解析】√　分期偿还贷款是指借款人与银行约定在贷款期限内分若干期偿还贷款本金。中长期贷款采用分期偿还方式，中长期消费贷款还需按季或按月偿还贷款。

10.【解析】×　抵押贷款是指以借款人或第三人财产作为抵押发放的贷款。质押贷款是以借款人或第三人的动产或权利作为质押物发放的贷款。

11.【解析】√　预期收入理论认为，贷款能否到期归还，是以未来收入为基础的，只要未来收入有保障，长期信贷和消费信贷就能保持流动性和安全性。

12.【解析】√　在资产转换理论的影响下，商业银行的资产范围显著扩大，由于减少非盈利现金的持有，银行效益得到提高。

13.【解析】×　银行出借货币只是暂时出让货币的使用权，仍然保留对借出货币的所有权。

14.【解析】√　信贷资金运动的一般规律性，在市场经济基础上，又产生了新的特点：银行成为信贷中心，贷款的发放与收回都是以银行为轴心进行活动的，银行成为信贷资金调节的中介机构。

15.【解析】√　与固定资产扩张相关的借款需求，其关键信息主要来源于公司管理层。管理层可以推迟固定资产扩张的时间，直到固定资产生产能力受限，或者利好机会出现以及融资成本降低时再进行投资。

▶2011 年银行业从业人员资格认证考试

《公司信贷》
押题预测试卷（三）

一、单项选择题（共 90 题，每题 0.5 分。在以下各小题所给出的 4 个选项中，只有 1 个选项符合题目要求，请将正确选项的代码填入括号内）

1. 在减免交易保证金业务中，从风险的角度看，（   ）承担了交易中的（   ）风险。
   A. 银行；利率   B. 银行；信用   C. 客户；利率   D. 客户；信用

2. 当行业处于发展阶段的后期和经济周期的低位时，企业所面临的竞争程度（   ）。
   A. 最小   B. 较小   C. 一般   D. 最大

3. 以下属于企业的非流动资产的是（   ）。
   A. 预付账款   B. 无形及递延资产
   C. 存货   D. 待摊费用

4. （   ）是指银行通过合法筹集资金而自主发放的贷款。它的特点在于，银行负责收回本息，风险全部由银行自己承担。
   A. 自营贷款   B. 委托贷款   C. 银团贷款   D. 特定贷款

5. 以下关于借款人资金结构表述正确的是（   ）。
   A. 资金结构不合理，经济基础较虚弱，抵御风险的能力较差，偿债能力也就会低下
   B. 季节性生产企业或贸易企业资产转换周期变化较大，对长期资金有很大的需求
   C. 生产制造企业资产转换周期较长且稳定，更多需要的是短期资金
   D. 企业总资产利润率高于长期债务成本时，应该降低长期债务比重

6. 不列关于委托贷款的特点，说法错误的是（   ）。
   A. 委托贷款的资金由委托人提供
   B. 银行不垫款，也不承担风险
   C. 银行只按照一定比例收取相应的手续费
   D. 委托贷款包括由国家责成银行发放的贷款

7. 以下不属于按贷款担保方式划分的贷款有（　　　　）。

A. 抵押贷款　　　　B. 银团贷款　　　　C. 质押贷款　　　　D. 保证贷款

8. 影响贷款价格的主要因素是（　　　　）。

A. 政策因素　　　　　　　　　　　　B. 竞争因素

C. 信贷市场的资金供求状况　　　　　D. 成本因素

9. 按照五层次理论，产品的咨询和融资便利属于公司信贷产品中的（　　　　）。

A. 核心产品　　　　B. 基础产品　　　　C. 延伸产品　　　　D. 期望产品

10. 关于风险溢价，下列说法错误的是（　　　　）。

A. 客户的信用状况越好，风险溢价越低

B. 贷款期限越长，风险溢价越高

C. 客户面临潜在的外部市场风险和内部运营风险越大，风险溢价越高

D. 银行同信贷客户关系越密切，风险溢价越高

11. 目前，公司信贷产品营销主要采用的广告方式是（　　　　）。

A. 产品广告　　　　B. 形象广告　　　　C. 典礼仪式　　　　D. 公益广告

12. 产品线专业型产品组合策略是指商业银行（　　　　）。

A. 尽量向自己业务范围内的所有顾客提供所需的产品

B. 着眼于向某专业市场提供其所需要的各种产品

C. 根据自己的专长，专注于某几类产品或服务的提供，并将它们推销给各类客户

D. 根据自己所具备的特殊资源条件和特殊技术专长，专门提供或经营某些具有优越销路的产品或服务项目

13. 下列不属于客户经理工作内容的是（　　　　）。

A. 为客户服务　　　　B. 风险防范　　　　C. 营销控制　　　　D. 刺激市场需求

14. 贷款承诺费是指银行对（　　　　）的那部分资金收取的费用。

A. 已承诺贷给客户，客户已经使用

B. 未承诺贷给客户，客户已经使用

C. 已承诺贷给客户，客户没有使用

D. 未承诺贷给客户，客户没有使用

15. 到目前为止，国内银行对项目进行评估时，基本上是采用以（　　　）为主进行评估的模式。

    A. 项目效益　　　　B. 银行本身人员　　C. 企业数据　　　　D. 企业经营效益

16. 在进行贷前调查时，下列不属于搜寻调查范围的是（　　　）。

    A. 查看官方记录　　　　　　　　　　　B. 阅读相关杂志

    C. 通过互联网搜寻资料　　　　　　　　D. 从其他银行购买客户信息

17. 下面不属于贷款合规性调查内容的是（　　　）。

    A. 认定借款人的法人资格

    B. 对借款人的借款目的进行调查

    C. 考察借款人是否建立了良好的公司治理机制

    D. 认定担保人的法定代表人签名的真实性和有效性

18. 以下不属于贷款效益性调查的是（　　　）。

    A. 对借款人过去 3 年的经营效益情况进行调查

    B. 对借款人的借款目的进行调查

    C. 对借款人当前经营情况进行调查

    D. 对借款人过去和未来给银行带来收入、存款、结算、结售汇等综合效益情况进行调查

19.《银行账户管理办法》规定的企事业单位的存款账户不包括（　　　）。

    A. 基本存款账户　　　　　　　　　　　B. 一般存款账户

    C. 临时存款账户　　　　　　　　　　　D. 保证金存款账户

20. 下列关于业务人员面谈结束后的做法，错误的是（　　　）。

    A. 在了解客户总体情况后，业务人员应及时对客户贷款申请作出必要的反应

    B. 对于合理的贷款申请，业务人员可立即作出受理的承诺

    C. 如果客户的贷款申请不予考虑，业务人员可向客户建议其他融资渠道

    D. 业务人员在与客户面谈结束之后，应进行内部意见反馈

21. 不属于商业银行信贷业务人员在面谈中需要了解的客户信息有（　　　）。

    A. 资本构成　　　　　　　　　　　　　B. 贷款背景

    C. 竞争市场状况　　　　　　　　　　　D. 抵押品变现难易程度

22. 项目的组织机构不包括（　　　　）。
A. 项目的实施机构
B. 项目的经营机构
C. 项目的承包机构
D. 项目的协作机构

23. 项目财务分析的基础性工作是（　　　　）。
A. 财务预测的审查
B. 现金流量分析
C. 盈利能力分析
D. 清偿能力分析

24. 营运资本投资等于（　　　　）。
A. 季节性负债数量
B. 季节性资产数量
C. 季节性资产数量和季节性负债数量的总和
D. 季节性资产数量超出季节性负债数量的部分

25. 一般而言，长期性销售收入的增加会引起（　　　　）的增加。
A. 季节性资产　　　B. 核心流动资产　　　C. 应收账款　　　D. 应付账款

26. 如果某公司固定资产的累计折旧为 50 万元，总固定资产为 100 万元，总折旧固定资产为 80 万元，则该公司的固定资产使用率为（　　　　）。
A. 62.5%　　　　B. 50%　　　　C. 80%　　　　D. 100%

27. 如果某公司的总折旧固定资产为 200 万元，净折旧固定资产为 100 万元，年折旧支出为 10 万元，则其固定资产剩余寿命是（　　　　）年。
A. 1　　　　B. 5　　　　C. 10　　　　D. 20

28. 下列选项中，公司发放红利不是合理的借款需求原因的是（　　　　）。
A. 公司股息发放的压力很大
B. 公司的营运现金流不能满足偿还债务、资本支出和预期红利发放的需要
C. 定期支付红利的公司现有的红利支付水平无法满足未来发展速度下的红利支付
D. 公司的投资者不愿在经营状况不好时削减红利

29. 借款需求不可能来自于（　　　　）。
A. 季节性销售增长
B. 商业信用的减少及改变
C. 债务重构
D. 商业信用的增加

30. 公司进行债务重构的原因不包括（　　　　）。
   A. 公司存货未售出导致无法归还到期的应收账款
   B. 对现在的银行不满意
   C. 想要降低目前的融资利率
   D. 想与更多的银行建立合作关系

31. 不属于固定资产使用率指标的不足之处有（　　　　）。
   A. 虽然固定资产基础可能相对较新，但有一些资产可能仍需要重置
   B. 公司可使用完全折旧但未报废的机械设备
   C. 公司可能在设备完全折旧之前就重置资产
   D. 在计算时没有考虑土地

32. 某国的政治风险评级为60，财务风险评级为32，经济风险评级为26，则使用PRS集团的计算方法得到的国家综合风险是（　　　　）。
   A. 59　　　　　B. 39　　　　　C. 45　　　　　D. 46

33. 评价信贷资产质量的指标不包括（　　　　）。
   A. 信贷余额扩张系数　　　　　B. 利息实收率
   C. 流动比率　　　　　D. 加权平均期限

34. 已知某企业存货为18万元，流动负债为30万元，速动比率为1.5，假设该企业的流动资产由速动资产和存货构成，则该企业的流动比率为（　　　　）。
   A. 2.1　　　　　B. 2.2　　　　　C. 2.3　　　　　D. 2.4

35. 下列关于经济周期的说法，错误的是（　　　　）。
   A. 各种因素导致供给和需求发生变化，使得经济增长处于非均衡状态，形成累积性的经济扩张或收缩，导致了经济的繁荣与衰退
   B. 经济周期风险是宏观经济运行的周期性规律
   C. 经济周期风险对国民经济的各个行业都会造成影响
   D. 经济周期风险对各个行业的影响程度是一样的

36. 替代品性价比越（　　　　）、用户转换成本越（　　　　），其所能产生的竞争压力就越强。
   A. 低；低　　　　　B. 低；高　　　　　C. 高；低　　　　　D. 高；高

37. 下列各项中，反映区域信贷资产质量的指标是（　　　　）。

A. 信贷平均损失比率　　　　　　　　B. 流动比率

C. 存量存贷比率　　　　　　　　　　D. 增量存贷比率

38. 一般来说，满足（　　　），购买者可能具有较强的讨价还价能力。

A. 供应方能够实行前向战略整合时

B. 购买者能够实行后向战略整合时

C. 供应方所提供的产品占购买者产品总成本的较大比例时

D. 购买者的总数较多且单个购买者的购买量较小时

39. 在行业发展的四阶段模型中，"行业动荡期"一般会出现在（　　　　）。

A. 启动阶段　　　　B. 成长阶段　　　　C. 成熟阶段　　　　D. 衰退阶段

40. 其他条件相同的情况下，最有可能获得银行贷款的公司是（　　　　）。

A. 利息保障倍数为 0.5，速动比率为 0.8

B. 利息保障倍数为 1.5，速动比率为 1

C. 利息保障倍数为 1.5，速动比率为 0.8

D. 利息保障倍数为 0.5，速动比率为 1

41. 借款人的还款记录可通过（　　　）查阅。

A. 人民银行企业信用信息基础数据库

B. 人民银行信贷登记咨询系统

C. 财政部公司信贷登记咨询系统

D. 银监会企业信用信息基础数据库

42. 下列不属于引起投资活动的现金流量变动的主要因素是（　　　）。

A. 流动资产　　　　B. 固定资产　　　　C. 长期投资　　　　D. 支付工资

43. 营运能力影响着借款人的偿债能力和盈利能力。从一方面看，借款人资产周转速度越快，就表明其（　　　）越强；从另一方面看，资产运用效率越高，资产周转速度就越快，借款人所取得的收入和盈利就越（　　　），那么借款人就会有足够的资金还本付息，因而其偿债能力就越强。

A. 经营能力；多　　　　　　　　　　B. 盈利能力；多

C. 偿债能力；少　　　　　　　　　　D. 周转能力；少

44. 下列关于信用评级的说法，错误的有（　　　　）。

A. 评价目标是客户的违约风险

B. 客户信用评级的评估主体是公司客户

C. 评价的结果是信用等级

D. 评价的依据是客户的偿债能力和偿债意愿

45. 计算公司某年的毛利率、净利率、各项周转率、资产负债率及利息覆盖倍数，这属于财务报表分析中的（　　　　）。

A. 趋势分析法　　　B. 结构分析法　　　C. 比率分析法　　　D. 比较分析法

46. 商业银行的产品组合策略中的市场专业型策略强调的是（　　　　）。

A. 产品组合的广度和深度　　　　　　　B. 产品组合的广度和关联性

C. 产品组合的深度和关联度　　　　　　D. 产品组合的深度

47. （　　　　）是以财务报表中的某一总体指标为100%，计算其各组成部分占总体指标的百分比，然后比较若干连续时期的各项构成指标的增减变动趋势。

A. 横截面分析　　　　　　　　　　B. 时间序列分析

C. 结构分析　　　　　　　　　　　D. 敏感性分析

48. （　　　　）是借款人偿债资金保证的绝对量，而（　　　　）最能反映客户直接偿付流动负债的能力。

A. 营运资金；现金类资产　　　　　　B. 速动比率；速动资产

C. 现金比率；应收账款　　　　　　　D. 营运资金；应收账款

49. 在贷款担保中，借款人将其不动产用于担保的是（　　　　）。

A. 保证　　　　B. 抵押　　　　C. 质押　　　　D. 留置

50. 下列关于贷款抵押的说法，错误的是（　　　　）。

A. 贷款抵押中，借款人或第三人将财产作为债权的担保

B. 贷款抵押中，银行获得抵押财产的所有权

C. 当借款人不履行到期债务时，银行有权以变卖该财产的价款优先受偿

D. 贷款担保的抵押物必须是抵押人所有或有权支配的财产

51. 以下关于风险预警方法表述不正确的是（　　　　）。

A. 黑色预警法只考查警素指标的时间序列变化规律，即循环波动特征

B. 蓝色预警法侧重定量分析，根据风险征兆等级预报整体风险的严重程度

C. 红色预警法重视定量分析与定性分析相结合

D. 当扩散指数大于 0.5 时，表示警兆指标中有半数处于上升，即风险正在下降

52. 财产抵押后，该财产的价值大于所担保债权的余额部分（　　　　）。

A. 不得抵押

B. 可以再次抵押，但不得超出其余额部分

C. 可以再次抵押，但不得超出原担保债权额

D. 应折算成现金返还借款人

53. 抵押人转让抵押物所得的价款（　　　　）。

A. 归债务人所有

B. 应当向银行提前清偿所担保的债权，超过债权数额的部分归银行所有

C. 应当向银行提前清偿所担保的债权，价款不足债权数额的部分由抵押人清偿

D. 应当向银行提前清偿所担保的债权，价款不足债权数额的部分由债务人清偿

54. 下面不属于贷款抵押风险防范的是（　　　　）。

A. 要对抵押物进行严格审查

B. 要对抵押物价值进行准确评估

C. 贷款合同期限应覆盖抵押合同期限

D. 要做好抵押物登记工作，确保抵押关系的效力

55. 下列关于质押率的说法，错误的是（　　　　）。

A. 质押率的确定要考虑质押财产的价值和质押财产价值的变动因素

B. 质押率的确定要考虑质物、质押权利价值的变动趋势

C. 质押权利价值可能出现增值

D. 对于变现能力较差的质押财产，应适当提高质押率

56. 假设某年我国人均购买冷饮 1.7 千克，总产能 22.8 亿千克，若计人口为 13 亿，平均每千克冷饮价格为 10 元，则我国冷饮市场的总市场潜量为（　　　　）亿元。

A. 22.1　　　　　　B. 221　　　　　　C. 22.8　　　　　　D. 228

57. 下列选项关于贷款项目评估描述正确的是（　　　　）。

A. 由公司客户或项目业主发起

B. 侧重于分析项目实施可能遇到的问题

C. 侧重于评估贷款资金的安全性和效益

D. 主要用于项目业主判断项目的可行性

58. 设备的经济寿命是由设备的（　　　　）决定的。

A. 制造商　　　　　　　　　　　B. 使用费

C. 技术水平　　　　　　　　　　D. 可靠度

59. 下列选项中，不属于项目组织机构的是（　　　　）。

A. 项目策划机构　　B. 项目实施机构　　C. 项目经营机构　　D. 项目协作机构

60. 财务内部收益率是反映项目（　　　）能力的（　　　）指标。

A. 获利；静态　　　B. 获利；动态　　　C. 偿债；静态　　　D. 偿债；动态

61. 从净现值率考虑，下列项目中效益最好的是（　　　　）。

A. 总投资现值为 100 万元，财务净现值为 30 万元

B. 总投资现值为 200 万元，财务净现值为 50 万元

C. 总投资现值为 500 万元，财务净现值为 100 万元

D. 总投资现值为 800 万元，财务净现值为 200 万元

62. 下列选项中，不能用于估算流动资金的选项是（　　　　）。

A. 比例系数法　　　　　　　　　B. 资产负债表法

C. 因素估算法　　　　　　　　　D. 分项详细估算法

63. 下列属于速动资产的是（　　　　）。

A. 存货　　　　　B. 预付账款　　　C. 其他应收款　　　D. 待摊费用

64. 财务评价的基本报表中销售收入（　　　）增值税的销项税，总成本中（　　　）进项税，销售税金中（　　　）增值税。

A. 含；含；含　　　　　　　　　B. 含；含；不含

C. 不含；不含；含　　　　　　　D. 不含；不含；不含

65. 银行的促销方式不含（　　　　）。

A. 广告　　　　　　　　　　　　B. 销售联盟

C. 公共宣传和公共关系　　　　　D. 人员促销

66.（　　　）是商业银行信贷业务全流程的决策环节，是信贷业务执行实施的前提与依据。

A. 贷款担保分析　　B. 客户分析　　　　C. 贷款项目评估　　D. 贷款审批

67. 对于银行公司信贷业务而言，处于启动阶段的行业风险最高的原因不包括（　　　）。

A. 很难分析新兴行业所面临的风险　　　B. 企业还款具有很大的不确定性

C. 拥有较弱的偿付能力　　　　　　　　D. 企业管理者缺乏行业经验

68. 在贷款发放的原则中，（　　　）原则是指在中长期贷款发放过程中，银行应按照完成工程量的多少进行付款。

A. 进度放款　　　　　　　　　　　　　B. 计划、比例放款

C. 等比例支用　　　　　　　　　　　　D. 资本金足额

69. 下列不属于借款人主体资格方面的主要审查内容的是（　　　）。

A. 借款人经营资格的合法性

B. 借款人与担保人是否存在关联关系

C. 借款人是否履行了法律法规或公司章程规定的授权程序

D. 借款人的银行及商业信用记录

70. 贷款风险的预警信号系统中关于经营状况的信号不包括（　　　）。

A. 投机于存货，使存货超出正常水平

B. 丧失一个或多个财力雄厚的客户

C. 关系到企业生产能力的某客户的订货变化无常

D. 应收账款余额或比例激增

71. 不属于保证担保范围的是（　　　）。

A. 主债权　　　　B. 主债权的利息　　C. 滞纳金　　　D. 损害赔偿金

72. 借款人出现财务风险的情况是（　　　）。

A. 经营性现金流量开始下降　　　　　B. 流动资产占总资产比重开始下降

C. 应收账款开始持续地增加　　　　　D. 银行账户之间资金过往甚为密切

73.（　　　）预警法侧重定量分析。

A. 黑色　　　　　B. 红色　　　　　　C. 黄色　　　　　D. 蓝色

74. 下列关于利用国外借入资金对国内转贷的贷款展期的说法，正确的是（　　　）。

A. "脱钩"方式指按照与国外银行签订的贷款协议规定的条件对内转贷

B. "挂钩"方式指在借款人接受和总行同意的情况下，按照不同于国外贷款协议规定的条件对内进行转贷

C. 采用"挂钩"方式转贷的贷款，一般是允许展期的

D. 采用"挂钩"方式转贷的借款人在国内转贷协议规定的每期还款到期时未能偿还的款项，均应按逾期贷款处理

75. 依法收贷的对象是（　　　）。

A. 展期贷款

B. 到期贷款

C. 正常贷款

D. 不良贷款

76. 下列不属于贷款风险的预警信号系统范畴的是（　　　）。

A. 有关经营者的信号

B. 有关财务状况的预警信号

C. 有关经营状况的信号

D. 有关借款人与银行往来关系的预警信号

77. 下列关于贷款档案管理期限的说法，错误的是（　　　）。

A. 贷款档案的保管期限自贷款结清（核销）当年起计算

B. 一般短期贷款结清后原则上再保管 5 年

C. 一般中长期贷款结清后原则上再保管 20 年

D. 经风险管理部及业务经办部门认定有特殊保存价值的项目可列为永久保存

78. 下列不属于黑色预警法应用的有（　　　）。

A. 商情指数

B. 预期合成指数

C. 波频指数

D. 经济扩散指数

79. 历史成本法的重要依据是（　　　）。

A. 审慎的会计准则

B. 匹配原则

C. 市场价值

D. 净现值

80. 按照审慎会计原则，当记载和反映估计性会计事项面临高和低两种可能的选择时，对估计损失的记载应选择（　　　），对利润的记载和反映要选择（　　　）。

A. 就高不就低；就高不就低

B. 就高不就低；就低不就高

C. 就低不就高；就低不就高

D. 就低不就高；就高不就低

81. 对于普通准备金计提基数的确定，（　　　　）计算出的准备金水平最高，目前比较常用的方法是（　　　　）。

A. 按全部贷款的余额确定；在全部贷款余额之中扣除专项准备金后确定

B. 在全部贷款余额之中扣除专项准备金后确定；按照正常类贷款余额确定

C. 按照正常类贷款余额确定；按全部贷款的余额确定

D. 按全部贷款的余额确定；按照正常类贷款余额确定

82. 以下不属于贷款损失准备金的是（　　　　）。

A. 普通准备金　　　B. 专项准备金　　　C. 特别准备金　　　D. 风险准备金

83. 对于划分为损失类的贷款，应按贷款余额的（　　　　）计提专项准备金。

A. 50%　　　　　B. 75%　　　　　C. 90%　　　　　D. 100%

84. 根据我国贷款五级分类制度。银行信贷资产分为（　　　　）五类。

A. 优秀、正常、次级、可疑、损失　　　B. 正常、关注、次级、可疑、损失

C. 优秀、关注、次级、可疑、损失　　　D. 关注、次级、可疑、损失、不良

85. 银行采取常规清收手段无效而向人民法院提起诉讼，银行如果不服地方人民法院一审判决的，有权在判决书送达之日起（　　　　）日内向上一级人民法院提起上诉。

A. 10　　　　　B. 15　　　　　C. 20　　　　　D. 30

86. 根据《呆账核销管理办法》，银行在采取所有可能的措施和实施必要的程序之后，由于借款人和担保人不能偿还到期债务，银行诉诸法律，借款人和担保人虽有财产，经法院对借款人和担保人强制执行超过（　　　　）年以上仍未收回的债权，可认定为呆账。

A. 1　　　　　B. 2　　　　　C. 5　　　　　D. 10

87. 下列抵债资产处置做法不太妥当的是（　　　　）。

A. 银行不得擅自使用抵债资产

B. 抵债资产在处置时限内不可以出租

C. 抵债资产收取后原则上不能对外出租

D. 抵债资产拍卖原则上应采用有保留价拍卖的方式

88. 中国人民银行从1998年5月开始试行《贷款风险分类指导原则》，并在（　　　　）年12月修订后正式发布。

A. 1998年　　　B. 1999年　　　C. 2000年　　　D. 2001年

89. 贷款风险分类最核心的内容就是（　　　　）。

A. 基本信贷分析 　　　　　　　　　B. 还款能力分析

C. 还款可能性分析 　　　　　　　　D. 确定分类结果

90. （　　　　）是导致"三角债"问题的重要原因。

A. 社会融资结构的影响 　　　　　　B. 宏观经济体制的影响

C. 社会信用环境影响 　　　　　　　D. 商业银行自身问题

二、多项选择题（共 40 题，每题 1 分。在以下各小题所给出的 5 个选项中，至少有 1 个选项符合题目要求，请将正确选项的代码填入括号内）

1. 广义的信贷期限通常分为（　　　　）。

A. 提款期 　　　　　　　　　　　　B. 谈判期

C. 宽限期 　　　　　　　　　　　　D. 申请期

E. 还款期

2. 根据《人民币利率管理规定》，下列关于利率的说法，正确的有（　　　　）。

A. 逾期贷款从逾期之日起，按罚息利率计收罚息，直到清偿本息为止

B. 短期贷款合同期内，遇利率调整分段计息

C. 中长期贷款利率实行半年一定

D. 贷款展期，期限累计计算，累计期限达到新的利率档次时，自展期之日起，按展期日挂牌的同档次利率计息

E. 借款人在借款合同到期日之前归还借款时，银行不得再按原贷款合同向借款人收取利息

3. 我国《担保法》规定的担保方式包括（　　　　）。

A. 保证 　　　　　　　　　　　　　D. 抵押

C. 质押 　　　　　　　　　　　　　D. 定金

E. 留置

4. 一般来说，银行在制定价格策略时要考虑的内容有（　　　　）。

A. 产品及其价格能被客户所认可 　　B. 实现盈利目标

C. 有助于扩大市场份额 　　　　　　D. 确保贷款安全

E. 维护银行形象

5. 银行公司信贷产品的市场定位过程涉及的步骤包括（　　　　）。

A. 产品设计　　　　　　　　　　　B. 识别重要属性

C. 制作定位图　　　　　　　　　　D. 定位选择

E. 执行定位

6. 下列关于产品组合宽度、深度和关联性的说法，正确的有（　　　　）。

A. 产品组合的宽度是指产品大类的数量或服务的种类

B. 银行每条产品线拥有的产品项目越少，其产品组合宽度就越小

C. 产品组合的深度是指银行经营的每条产品线内所包含的产品项目的数量

D. 银行拥有的产品线越多，其产品组合深度就越大

E. 产品组合的关联性是指银行所有的产品线之间的相关程度或密切程度

7. 下列关于贷款意向书和贷款承诺的说法，正确的有（　　　　）。

A. 银行要受贷款意向书内容的法律约束

B. 书面贷款承诺具有法律效力

C. 在出具贷款意向书时，超所在行权限的项目须报上级行审批

D. 贷款承诺必须按内部审批权限批准后才能对外出具

E. 对外出具贷款承诺，超基层行权限的项目须报上级行审批

8. 在进行贷前调查的过程中，开展现场调研工作的方法通常包括（　　　　）。

A. 搜寻调查　　　　　　　　　　　B. 现场会谈

C. 实地考察　　　　　　　　　　　D. 委托调查

E. 通过商会了解客户的真实情况

9. 根据贷款安全性调查的要求，良好的公司治理机制包括（　　　　）。

A. 清晰的发展战略　　　　　　　　B. 科学的决策系统

C. 严格的目标责任制　　　　　　　D. 创新的会计原则

E. 健全的人才培养机制

10. 借款人的义务包括（　　　　）。

A. 应当按照借款合同的约定用途使用贷款

B. 应当按照借款合同的约定及时偿还贷款本息

C. 将债务部分或全部转让给第三人的，必须经过贷款银行的同意

D. 有危及贷款人债权安全时，应当及时通知贷款人，同时采取保全措施

E. 应接受银行对其使用信贷资金情况和有关生产经营、财务活动的监督

11. 对于固定资产重置引起的融资需求，银行可以通过评估（　　　）来预测。

A. 公司的经营周期　　　　　　　　B. 资本投资周期

C. 设备的使用年限　　　　　　　　D. 设备目前状况

E. 影响固定资产重置的技术变化率

12. 在利用公式计算可持续增长率时，取决于（　　　）变量。

A. 利润率　　　　　　　　　　　　B. 留存利润

C. 净资本　　　　　　　　　　　　D. 杠杆

E. 资产效率

13. 下列关于并购融资的说法，正确的有（　　　）。

A. 并购融资在 20 世纪 80 年代非常普遍，而且大多是与杠杆收购相关的高杠杆交易

B. 如果相关法律制度不健全，放贷后银行对交易的控制权较少，自身利益保护不足，则要谨慎发放用于股权收购和公司并购的贷款

C. 银行在受理公司的股权收购贷款申请后，应当调查公司是否将贷款投资在事先约定的收购项目上

D. 如果银行向一个处于并购过程中的公司提供可展期的短期贷款，就一定要特别关注借款公司是否会将银行借款用于并购活动

E. 银行可以通过与公司管理层的沟通来判断并购是否是公司的真正借款原因

14. 公司的应付账款周转天数下降时，（　　　）。

A. 公司的商业信用增加　　　　　　B. 公司需要额外的现金及时支付供货商

C. 公司可能产生借款需求　　　　　D. 公司经营的风险加大

E. 公司可能进行长期融资

15. 在评估中，为编制基本财务报表，还必须编制一些辅助报表，下列属于辅助报表的是（　　　）。

A. 固定资产投资估算表

B. 流动资金估算表

C. 总成本费用估算表

D. 产品销售（营业）收入和销售税金及附加估算表

E. 借款还本付息表

16. 制约行业的内部因素包括（　　　）。

A. 国民经济　　　　　　　　　　　B. 生产经营管理水平

C. 现金流量和资金成本 D. 产业发展周期

E. 产业链位置

17. 关于出质人对质物、质押权利占有的合法性，下列说法正确的是（ ）。

A. 用动产出质的，应通过审查动产购置发票、财务账簿，确认其是否为出质人所有

B. 如质押财产为共有财产，出质是否经全体共有人同意

C. 审查质押的设定是否已由出质人有权决议的机关做出决议

D. 是否属于国家机关的财产

E. 用权利出质的，应核对权利凭证上的所有人与出质人是否为同一人

18. 区域风险分析时，需要考虑的内容主要包括（ ）。

A. 信贷资金的安全会受到哪些因素的影响

B. 何种信贷结构最妥当

C. 风险成本收益能否匹配

D. 银行内部管理对信贷资金的安全

E. 区域政府行为的一致性和合理性及其信用状况

19. 下列关于客户财务分析的说法，正确的有（ ）。

A. 以客户财务报表为主要依据

B. 分析客户财务状况、盈利能力、资金使用效率和偿债能力

C. 运用一定的分析方法对客户的财务过程进行研究和评价

D. 不必对客户发展变化趋势进行预测

E. 可以为贷款决策提供依据

20. 财务报表分析的资料包括（ ）。

A. 会计报表 B. 会计报表附注

C. 财务状况说明书 D. 财务分析报告

E. 企业法人营业执照

21. 在贷款决策中使用的财务指标包括（ ）。

A. 净利润率 B. 存货持有天数 C. 市场占有率

D. 利息保障倍数 E. 速动比率

22. 以下属于企业的非流动资产的是（ ）。

A. 预付账款 B. 存货 C. 无形及递延资产

D. 待摊费用 E. 长期投资

23. 下列属于财产担保的有（　　　）担保。

A. 房产　　　　　　B. 企业保证　　　C. 股票

D. 债券　　　　　　E. 保险单

24. 贷款担保的作用包括（　　　）。

A. 协调和稳定商品流转秩序　　　　B. 降低银行贷款风险

C. 促进借款企业加强管理　　　　　D. 巩固和发展信用关系

E. 增强贷款的可转让性

25. 抵押合同的内容包括（　　　）。

A. 被担保的主债权种类、数额

B. 债务人履行债务的期限

C. 抵押物的所有权归属或者使用权归属

D. 抵押担保的范围

E. 抵押物的名称、数量

26. 会引起贷款抵押风险的情形有（　　　）。

A. 抵押物虚假或严重不实

B. 将共有财产抵押而未经共有人同意

C. 资产评估不真实，导致抵押物不足值

D. 因主合同无效，导致抵押关系无效

E. 抵押物价值贬损或难以变现

27. 项目建设配套条件评估需要考虑的情况有（　　　）。

A. 厂址选择是否合理

B. 原辅材料、燃料供应是否有保障

C. 配套交通运输条件能否满足项目需要

D. 相关及配套项目是否同步建设

E. 环境影响报告书是否已经由权威部门批准

28. 技术及工艺流程分析涉及的内容包括（　　　）。

A. 产品技术方案分析　　　　　　B. 工艺技术方案

C. 设备评估　　　　　　　　　　D. 工程设计方案

E. 项目建设条件分析

29. 项目企业分析应包括对企业（　　　　）等的分析。

A. 管理水平
B. 财务状况
C. 经营状况
D. 信用度
E. 投资环境

30. 下列各项中，属于人力资源选择分析的是（　　　　）。

A. 年龄结构
B. 所受文化教育结构
C. 专业职称和技术等级结构
D. 业务和工种结构
E. 性别结构

31. 质押合同通常包括的基本条款有（　　　　）。

A. 保证期间
B. 借款人履行债务的期限
C. 质物移交时间
D. 被质押的贷款数额
E. 质押物的名称、数量、质量、状况等事项

32. 挪用贷款的情况一般包括（　　　　）。

A. 用贷款进行股本权益性投资
B. 用贷款进行有价证券、期货等投机
C. 未依法取得经营房地产资格的借款人使用贷款经营房地产业务
D. 套取贷款，相互借贷以获取非法收入
E. 借款企业挪用流动资金用于职工福利

33. 原辅料供给分析主要包括（　　　　）。

A. 分析和评价原辅料的质量是否符合生产工艺的要求
B. 分析和评价原辅料的价格是否合理
C. 分析和评价原辅料的供应数量能否满足项目的要求
D. 分析和评价原辅料的价格、运费及其变动趋势对项目产品成本的影响
E. 分析和评价原辅料的存储设施条件

34. 银行要关注借款人（　　　　）对其经营管理的影响。

A. 人员变化
B. 管理架构
C. 管理水平
D. 员工士气变化
E. 内部人员的道德风险

35. 还本付息通知单应包括的内容有（　　　）。
A. 还本付息的日期
B. 当前贷款余额
C. 本次还本金额
D. 本次付息金额
E. 计息天数

36. 公司信贷风险预警的理论和方法主要包括（　　　）。
A. 评级方法
B. 预期收入理论
C. 统计模型
D. 专家判断法
E. 信用评分方法

37. 在分析非财务因素对贷款偿还的影响程度时，银行可以从借款人的（　　　）等方面入手。
A. 行业风险
B. 经营风险
C. 管理风险
D. 自然及社会因素
E. 银行信贷管理

38. 下列关于贷款损失准备金计提比例的说法，正确的有（　　　）。
A. 普通准备金的计提比例可以确定为一个固定的比例
B. 专项准备金的计提比例，可以由商业银行按照各类贷款的历史损失概率确定
C. 对于没有内部风险计算体系的银行，监管当局可以为专项准备金计提比例规定一个参考比例
D. 特别准备金的计提比例，可以由监管当局按照国别或行业等风险的严重程度确定
E. 普通准备金的计提比例可以确定上、下限

39. 通过债务重组可达到（　　　）目的，同时其他贷款条件没有因此明显恶化的，可考虑办理债务重组。
A. 借款企业能够改善财务状况，增强偿债能力
B. 能够追加或者完善担保条件
C. 能够使银行债务先行得到部分偿还
D. 能够使银行贷款损失风险减少
E. 能够弥补贷款法律手续方面的重大缺陷

40. 下列关于抵债资产保管与处置的说法，正确的有（　　　）。
A. 银行在办理抵债资产接收后应根据抵债资产的类别、特点等决定采取上收保管、就地保管、委托保管等方式

B. 银行每季度应至少组织一次对抵债资产的账实核对

C. 抵债资产原则上应采用公开拍卖的方式进行处置

D. 抵债资产拍卖原则上应采用无保留价拍卖的方式

E. 抵债资产收取后原则上不能对外出租，银行也不得擅自使用抵债资产

三、判断题（共 15 题，每题 1 分。请判断以下各小题的对错，正确的用 √ 表示，错误的用 × 表示）

1. 根据《贷款通则》的规定，票据贴现的贴现期限最长不得超过 3 个月。（　　　）

2. 费率是指利率以外的银行提供信贷服务的价格，一般以信贷产品金额为基数，按一定比率计算。（　　　）

3. 在资金来源结构变化，尤其是市场利率变化的条件下，以资金平均成本作为新贷款定价的基础较为合适。（　　　）

4. 结合产品生命周期的营销渠道策略要求银行在产品介绍期主要通过中间商分销产品。（　　　）

5. 贷款承诺就是商业银行在贷款意向阶段向客户提供的书面承诺。（　　　）

6. 为了支持"长期销售收入增长"，企业的固定资产的规模也需要不断扩张，并表现出阶梯增长的模式。（　　　）

7. 区域风险分析一般包括区域自然、社会、经济和文化等外部因素。（　　　）

8. 趋势分析法是财务分析最常用的一种方法。（　　　）

9. 信用评级是一门科学，它需要运用科学的分析方法将客户方方面面的资料和信息加以标准化、数据化，不能有任何主观的判断。（　　　）

10. 保证人保证限额是指根据客户信用评级办法测算出来的保证人信用风险限额。（　　　）

11. 利用资产负债表法计算流动资金是从流动负债中扣除流动资产。（　　　）

12. 贷款的偿还，既可以到期一次性归还，也可在还款期内分期偿还。（　　　）

13. 对于到期未偿还的贷款，而借款人又没有及时到银行办理贷款展期申请的，银行有权按照有关规定对借款人加收罚息或依法诉讼。（　　　）

14. 如果大额次级贷款可能的还款来源还包括融资所产生的现金流量，也不应该从其贷款组合中区别出来和逐笔计算应计提贷款损失准备金。（　　　）

15. 所有权、使用权不明确或有争议的资产，根据人民法院和仲裁机构的决定，也能够被用于抵偿债务。（　　　）

答案速查与精讲解析（三）

答案速查

一、单项选择题

1. B	2. D	3. B	4. A	5. A	6. D	7. B	8. C	9. C
10. D	11. A	12. C	13. C	14. C	15. B	16. D	17. C	18. B
19. D	20. B	21. C	22. C	23. A	24. D	25. B	26. A	27. C
28. C	29. D	30. A	31. D	32. A	33. C	34. A	35. D	36. C
37. A	38. B	39. B	40. B	41. B	42. D	43. A	44. B	45. C
46. B	47. C	48. A	49. B	50. B	51. D	52. B	53. D	54. C
55. D	56. B	57. C	58. B	59. A	60. B	61. A	62. C	63. C
64. D	65. B	66. D	67. D	68. A	69. B	70. D	71. C	72. B
73. D	74. D	75. D	76. D	77. A	78. C	79. B	80. B	81. A
82. D	83. D	84. B	85. B	86. B	87. B	88. D	89. C	90. C

二、多项选择题

1. ACE	2. AD	3. ABCDE	4. ABCDE	5. BCDE
6. ACE	7. BDE	8. BC	9. ABCE	10. ABCDE
11. ABCDE	12. ABDE	13. ABCDE	14. BCDE	15. ABCD
16. BCD	17. ABCE	18. ABCDE	19. ABCE	20. ABC
21. ABDE	22. CE	23. ACDE	24. ABCD	25. ABCDE
26. ABCDE	27. ABCDE	28. ABCD	29. ABCD	30. ABCDE
31. BCDE	32. ABCDE	33. ACDE	34. ABCDE	35. ABCDE
36. ACDE	37. ABCDE	38. ABCDE	39. ABCE	40. ABCE

三、判断题

1. ×	2. √	3. ×	4. ×	5. ×	6. √	7. √	8. ×
9. ×	10. ×	11. ×	12. √	13. √	14. √	15. √	

精讲解析

一、单项选择题

1. **【解析】** B　减免交易保证金也是银行信贷的一种，它是指通过银行承担交易中的信用风险而为客户做出的减免安排，因而是信用支持的一种形式。

2. **【解析】** D　在行业发展阶段的后期，大量的企业开始进入此行业以图分享利润，市场达到饱和并开始出现生产能力过剩，价格战争开始爆发，竞争趋向白热化；在经济周期处于低位时，企业之间的竞争程度达到最大。

3. **【解析】** B　非流动资产是指借款人在一年内不能变成现金的那部分资产，它包括长期投资、固定资产、无形及递延资产、其他长期资产等。

4. **【解析】** A　自营贷款是指银行通过合法筹集资金而自主发放的贷款。它的特点在于，银行负责收回本息，风险全部由银行自己承担。

5. **【解析】** A　季节性生产企业或贸易企业，由于其资产转换周期变化较大，所以在经营活动繁忙时期就会对短期资金有很大的需求；生产制造企业资产周转周期较长且稳定，因此其融资需求更多的是稳定的长期资金；企业总资产利润率高于长期债务成本时，加大长期债务可使企业获得财务杠杆收益，从而提高企业权益资本收益率。

6. **【解析】** D　委托贷款是指由政府部门、企事业单位及个人等委托人提供资金，根据委托人确定的贷款对象、用途、金额、期限、利率等，由银行（即受托人）代为发放、监督使用并协助收回的贷款。委托贷款的特点在于，资金由委托人提供，银行不垫款，也不承担风险，银行只按照一定比例收取相应的手续费。

7. **【解析】** B　银团贷款是指由两家或两家以上的银行依据同样的贷款条件并使用一份共同的贷款协议，按约定的时间和比例，向借款人发放的并由一家共同的代理行管理的贷款，它属于按贷款经营模式划分的情况。

8. **【解析】** C　按照一般的价格理论，影响贷款价格的主要因素是信贷资金的供求状况。然而，由于信贷资金是一种特殊的商品，其价格的决定因素更加复杂。

9. **【解析】** C　从营销角度可以把公司信贷产品划分为五个层次。其中，延伸产品是指某种产品衍生增加的服务和收益。例如产品的咨询和融资便利等。

10. **【解析】** D　银行要求高风险客户支付更高的贷款利率，作为贷款风险的补偿，因此，客户的信用状况越好，风险越小，风险溢价越低。此外，银行发放长期贷款所面临的风险比短期贷款面临的风险大，长期风险溢价还要考虑货币的时间价值，也就是通货膨胀率，另外还要考虑到机会成本。因此，期限越长，风险溢价越高。

11. **【解析】** A　银行广告一般有形象广告和产品广告两种类型。公司信贷营销主要运用产品广告。在形象广告引起客户的注意和兴趣之后，以产品广告予以补充和深化、具体化，用产品广告向客户介绍各种具体信贷产品的内涵。

12. **【解析】** C　产品线专业型是指商业银行根据自己的专长，专注于某几类产品或服务的提供，并将它们推销给各类客户。这种策略强调的是产品组合的深度和关联性，产品组合的宽度一般较小。

13.【解析】C　客户经理的目标就是通过多种金融服务手段来巩固现有客户、发展新客户和培养潜在客户。客户经理的工作主要包括风险防范，为客户服务和刺激市场需求三方面的内容。

14.【解析】C　贷款承诺费是指银行对已承诺贷给客户而客户又没有使用的那部分资金收取的费用。也就是说，银行已经与客户签订了贷款意向协议，并为此做好了资金准备，但客户并没有实际从银行贷出这笔资金，承诺费就是对这笔已作出承诺但没有贷出的款项所收取的费用。

15.【解析】B　国内银行对项目进行评估时，基本上是采用以银行工作人员为主进行评估的模式，很少邀请与项目有关的技术及管理专家参加评估工作，这种评估模式在一定程度上影响了项目评估质量。

16.【解析】D　搜寻调查指通过各种媒介物搜寻有价值的资料开展调查。这些媒介物包括：有助于贷前调查的杂志、书籍、期刊、互联网资料、官方记录等。

17.【解析】C　贷款的合法合规性是指银行业务人员对借款人和担保人的资格合乎法律、合乎规章制度和信贷政策的行为进行调查、认定。调查的内容应包括：①认定借款人、担保人的法人资格。②认定借款人、担保人的法定代表人、授权委托人、法人公章、签名的真实性和有效性，并依据授权委托书所载明的代理事项、权限、期限认定授权委托人是否具有签署法律文件的资格、条件。③对需董事会决议同意借款和担保的，信贷业务人员应调查认定董事会同意借款、担保决议的真实性、合法性和有效性。④对抵押物、质押物清单所列抵（质）押物品或权利的合法性、有效性进行认定。⑤对贷款使用的合法合规性进行认定。⑥对购销合同的真实性进行认定。⑦对借款人的借款目的进行调查。

18.【解析】B　贷款的效益性是指贷款经营的盈利情况，是商业银行经营管理活动的主要动力。业务人员开展的调查内容应包括：①对借款人过去 3 年的经营效益情况进行调查，并进一步分析行业前景、产品销路以及竞争能力。②对借款人当前经营情况进行调查，核实其拟实现的销售收入和利润的真实性和可行性。③对借款人过去和未来给银行带来收入、存款、结算、结售汇等综合效益情况进行调查、分析、预测。对借款人的借款目的进行调查属于贷款合规性调查。

19.【解析】D　现行的《银行账户管理办法》将企事业单位的存款账户划分为基本存款账户、一般存款账户、临时存款账户和专用存款账户。

20.【解析】B　面谈结束时的注意事项：在对客户总体情况了解之后，调查人员应及时对客户的贷款申请（此时的申请通常不正式）作出必要反应。①如客户的贷款申请可以考虑（但还不确定是否受理），调查人员应当向客户获取进一步的信息资料，并准备后续调查工作，注意不得超越权限轻易作出有关承诺。②如客户的贷款申请不予考虑，调查人员应留有余地地表明银行立场，向客户耐心解释原因，并建议其他融资渠道，或寻找其他业务合作机会。

21.【解析】C　面谈中需了解的信息包括：①客户的公司状况。包括历史背景、股东背景、资本构成、组织构架、产品情况、经营现状等。②客户的贷款需求状况。包括贷款背景、贷款用途、贷款规模、贷款条件等。③客户的还贷能力。包括现金流量构成、经济效益、还款资金来源、担保人的经济实力等。④抵押品的可接受性。包括抵押品种类、权属、价值、变现难易程度等。⑤客户与银行关系。包括客户与本行及他行的业务往来状况、信用履约记录等。

22.【解析】C　项目的组织机构概括起来可以分为三大部分：项目的实施机构、项目的经营机构和项目的协作机构。

23.【解析】A　财务预测的审查是对项目可研报告财务评价的基础数据的审查，是项目财务分析的基础性工作。

24.【解析】D　当季节性资产数量超过季节性负债时，超出的部分需要通过公司内部融资或者银行贷款来补充，这部分融资称做营运资本投资。

25.【解析】B　核心流动资产指的是在资产负债表上始终存在的那一部分流动资产。这部分资产应当由长期融资来实现。当一个公司的季节性和长期性销售收入同时增长时，流动资产的增长体现为核心流动资产和季节性资产的共同增长。

26.【解析】A　固定资产使用率 = 累计折旧/总折旧固定资产 × 100%。其中，在"总折旧固定资产"中要排除不需要折旧的固定资产。本题中固定资产使用率 = 50/80 × 100% = 62.5%。

27.【解析】C　结合固定资产使用率，银行可以对剩余的固定资产寿命作出一个粗略的估计，进一步推测未来固定资产的重置时机。固定资产"剩余寿命"比率可以用来衡量公司的全部固定资产的平均剩余寿命：固定资产剩余寿命 = 净折旧固定资产/折旧支出，本题中固定资产剩余寿命 = 100/10 = 10（年）。

28.【解析】C　银行可以通过以下方面来衡量公司发放红利是否为合理的借款需求：①公司为了维持在资本市场的地位或者满足股东的最低期望，通常会定期发放股利。②通过营运现金流量分析来判断公司的营运现金流是否仍为正的，并且能够满足偿还债务、资本支出和预期红利发放的需要。③对于定期支付红利的公司来说，银行要判断其红利支付率和发展趋势。如果公司未来的发展速度已经无法满足现在的红利支付水平，那么红利发放就不能成为合理的借款需求原因。

29.【解析】D　借款需求的主要影响因素包括季节性销售增长、长期销售增长、资产效率下降、固定资产重置及扩张、长期投资、商业信用的减少及改变、债务重构、利润率下降、红利支付、一次性或非预期的支出等。

30.【解析】A　在某些情况下，公司可能仅仅想用一个债权人取代另一个债权人，原因可能是：①对现在的银行不满意；②想要降低目前的融资利率；③想与更多的银行建立合作关系，增加公司的融资渠道；④为了规避债务协议的种种限制，想要归还现有的借款。在这种情况下，银行要通过与公司管理层的详细交谈了解债务重构的原因是否真实，并进一步判断是否适合发放贷款。

　　31.【解析】D　"固定资产使用率"存在以下不足之处：①该比率中的固定资产价值代表了一个公司的整个固定资产基础，而固定资产基础可能相对较新，但有一些个人资产可能仍需要重置。②折旧并不意味着用光，因为折旧仅仅是一种会计学上的概念，它使随时间消耗的资产成本与预期生产的产品和服务相匹配。就公司而言，使用完全折旧但未报废的机械设备是很正常的。③为了提高生产力，公司可能在设备完全折旧之前就重置资产。④固定资产使用价值会因折旧会计政策的变化和经营租赁的使用而被错误理解。

　　32.【解析】A　在PRS集团的计算方法中，国家综合风险（CRR）=0.5×（PR+FR+ER），其中：PR为政治风险评级，FR为财务风险评级，ER为经济风险评级。分值100风险最低，0风险最高。分值在0~50分之间，代表风险非常高；而85~100分则代表风险非常低。本题中的国家综合风险=0.5×（60+32+26）=59。

　　33.【解析】C　区域信贷资产质量是对区域信贷风险状况的直接反映，它是衡量内部风险最重要的指标。信贷资产质量好，则表明该区域信贷风险低。评价信贷资产质量主要有以下几个指标：①信贷平均损失比率；②信贷资产相对不良率；③不良率变幅；④信贷余额扩张系数；⑤利息实收率；⑥加权平均期限。

　　34.【解析】A　速动资产=速动比率×流动负债=1.5×30=45，流动比率=流动资产/流动负债=（速动资产+存货）/流动负债=（45+18）/30=2.1。

　　35.【解析】D　由于各个行业的特点不同，各个行业与经济周期的关联性不同，经济周期风险对各个行业的影响程度也有所不同。

　　36.【解析】C　替代品价格越低、质量越好、用户转换成本越低，其所能产生的竞争压力就越强；而这种来自替代品生产者的竞争压力的强度，可以具体通过考察替代品销售增长率、替代品厂家生产能力与盈利扩张情况来加以描述。

　　37.【解析】A　区域信贷资产质量是对区域信贷风险状况的直接反映，它是衡量内部风险最重要的指标。信贷平均损失比率用于评价区域全部信贷资产的损失情况，指标越高，区域风险越大。该指标从静态上反映了目标区域信贷资产整体质量。

　　38.【解析】B　一般来说，满足如下条件的购买者可能具有较强的讨价还价能力：①购买者的总数较少，而每个购买者的购买量较大，占了卖方销售量的很大比例；②卖方行业由大量相对来说规模较小的企业所组成；③购买者所购买的基本上是一种标准化产品，同时向多个卖主购买产品在经济上也完全可行；④购买者有能力实现后向一体化，而卖主不可能实现前向一体化。

　　39.【解析】B　在成长阶段的末期，行业中也许会出现一个短暂的"行业动荡期"。出现这种情况的原因是：很多企业可能无法拥有足够的市场占有率或产品不被接受，也有可能是因为没有实现规模经济及生产效率提高，从而无法获得足够的利润。这些企业将会逐渐退出市场，或者选择进入其他行业。

　　40.【解析】B　利息保障倍数越高，说明借款人支付利息费用的能力越强，因此，它既是借款人举债经营的前提，又是衡量借款人长期偿债能力强弱的重要标志。根据经验，一般认为速动比率为1较为合适。如果速动比率低，说明借款人的短期偿债能力存在问题；速动比率过高，则又说明借款人拥有过多的速动资产，可能失去一些有利的投资或获利机会。

41.【解析】B　借款人的还款记录可通过"人民银行信贷登记咨询系统"查阅，看客户过去有无拖欠银行贷款或与银行不配合等事项。

42.【解析】D　一般来说，出售证券（不包括现金等价物）、出售固定资产、收回对外投资本金能够带来现金流入；而购买有价证券、购置固定资产会带来现金的流出。支付工资引起的现金流出不属于投资活动的现金流量变动。

43.【解析】A　从一方面看，借款人资产周转速度越快，就表明其经营能力越强；从另一方面看，资产运用效率越高，资产周转速度就越快，借款人所取得的收入和盈利就越多，盈利能力就越强，那么借款人就会有足够的资金还本付息，因而其偿债能力就越强。

44.【解析】B　客户信用评级是商业银行对客户偿债能力和偿债意愿的计量和评价，反映客户违约风险的大小。客户评级的评价主体是商业银行，评价目标是客户违约风险，评价结果是信用等级。

45.【解析】C　比率分析法是在同一张财务报表的不同项目之间、不同类别之间，或在两张不同财务报表如资产负债表和损益表的有关项目之间做比较，用比率来反映它们之间的关系，以评价客户财务状况和经营状况好坏的一种方法。毛利率、净利率和利息覆盖倍数属于损益表内的项目比率，资产负债率属于资产负债表内的项目比率，而各项周转率属于资产负债表与损益表之间的比率。

46.【解析】B　市场专业型策略是指商业银行着眼于向某专业市场提供其所需要的各种产品。该策略强调的是产品组合的广度和关联性，产品组合的深度一般较小。

47.【解析】C　结构分析，是以财务报表中的某一总体指标为100%，计算其各组成部分占总体指标的百分比，然后比较若干连续时期的各项构成指标的增减变动趋势。在损益表结构分析中就是以产品销售收入净额为100%，计算产品销售成本、产品销售费用、产品销售利润等指标各占产品销售收入的百分比，计算出各指标所占百分比的增减变动，分析其对借款人利润总额的影响。

48.【解析】A　现金类资产是速动资产扣除应收账款后的余额，包括货币资金和易于变现的有价证券，它最能反映客户直接偿付流动负债的能力。在分析客户短期偿债能力时，可将流动比率、速动比率和现金比率三个指标结合起来观察，特别是还可将营运资金指标结合起来进行全面分析，一般能够得到评价借款人短期偿债能力的更佳效果，因为营运资金是借款人偿债资金保证的绝对量，而流动比率、速动比率和现金比率是相对数。

49.【解析】B　抵押的一个重要特征是债务人仍保持对抵押财产的占有权，而债权人（抵押权利人）则取得所有权或部分所有权，或者当债务人未按期偿还债务时获得对抵押财产所有权的权利。

50.【解析】B 贷款抵押是指借款人或第三人在不转移财产占有权的情况下，将财产作为债权的担保，银行持有抵押财产的担保权益，当借款人不履行借款合同时，银行有权以该财产折价或者以拍卖、变卖该财产的价款优先受偿。

51.【解析】D 当扩散指数大于0.5时，表示警兆指标中有超过半数处于上升，即风险整体呈上升趋势；如果小于0.5，则表示半数以上警兆指数收缩或下降，即风险整体呈下降趋势。

52.【解析】B 抵押人所担保的债权不得超出其抵押物的价值。财产抵押后，该财产的价值大于所担保债权的余额部分，可以再次抵押，但不得超出其余额部分。

53.【解析】D 抵押人转让抵押物所得的价款，应当向银行提前清偿所担保的债权，超过债权数额的部分，归抵押人所有，不足部分由债务人清偿。总之，抵押权不得与其担保的债权分离而单独转让或者作为其他债权的担保。

54.【解析】C 贷款抵押的风险防范主要包括：①对抵押物进行严格审查；②对抵押物的价值进行准确评估；③做好抵押物登记工作，确保抵押关系的效力；④抵押合同期限应覆盖贷款合同期限。

55.【解析】D 信贷人员应根据质押财产的价值和质押财产价值的变动因素，科学地确定质押率。确定质押率的依据主要有：①质物的适用性、变现能力。对变现能力较差的质押财产应适当降低质押率。所以D选项的说法错误。②质物、质押权利价值的变动趋势。一般可从质物的实体性贬值、功能性贬值及质押权利的经济性贬值或增值三方面进行分析。

56.【解析】B 潜在的市场需求量是指在一定时期内，在一定行业营销水平和一定的市场环境下，一个行业中所有企业可能达到的最大营销量之和。总市场潜量可表示为：$Q = npq = 13 \times 10 \times 1.7 = 221$（亿元）。其中，$Q$为总市场潜量，$n$为给定的条件下特定产品或市场中的购买者的数量，$p$为单位产品的价格，$q$为购买者的平均购买量。

57.【解析】C 贷款项目评估是以项目可行性研究报告为基础，根据国家现行方针政策、财税制度以及银行信贷政策的有关规定，结合调研得来的有关项目生产经营的信息材料，从技术、经济等方面对项目进行科学审查与评价的一种理论与方法。贷款项目评估是以银行的立场为出发点，以提高银行的信贷资产质量和经营效益为目的，根据项目的具体情况，剔除项目可行性研究报告中可能存在的将影响评估结果的各种非客观因素，重新对项目的可行性进行分析和判断，为银行贷款决策提供依据。

58.【解析】B 设备的经济寿命是指设备在经济上的合理使用年限，它是由设备的使用费决定的。

59.【解析】A 项目的组织机构概括起来可以分为三大部分：项目的实施机构、项目的经营机构和项目的协作机构。

60.【解析】B 使项目在计算期内各年净现金流量累计净现值等于零时的折现率就

是财务内部收益率，财务内部收益率是反映项目获利能力的动态指标。

61.【解析】A　净现值率也即项目的净现值与总投资现值之比，其计算公式为：FNPVR = FNPV/PVI。其中，FNPVR 为净现值率，FNPV 为财务净现值，PVI 为总投资现值。净现值率主要用于投资额不等的项目的比较，净现值率越大，表明项目单位投资能获得的净现值就越大，项目的效益就越好。

62.【解析】C　流动资金估算方法有比例系数法、资产负债表法、分项详细估算法等。

63.【解析】C　速动资产包括货币资金、短期投资、应收票据、应收账款、其他应收款项等，但存货、预付账款、待摊费用等则不应计入。

64.【解析】D　根据现行的新税制和企业实际会计核算办法，销售收入不含增值税的销项税，总成本中不含进项税，销售税金中不含增值税。

65.【解析】B　银行的促销方式主要有四种：广告、人员促销、公共宣传和公共关系以及销售促进。

66.【解析】D　贷款审批是商业银行信贷业务全流程的决策环节，是信贷业务执行实施的前提与依据。其目标是把借款风险控制在银行可接受的范围之内，力求避免不符合贷款要求和可能导致不良贷款的信贷行为。

67.【解析】D　处于启动阶段的行业代表着最高的风险，其原因主要有以下三点：①由于是新兴行业，几乎没有关于此行业的信息，也就很难分析其所面临的风险；②行业面临很快而且难以预见的各种变化，使企业还款具有很大的不确定性；③本行业的快速增长和投资需求将导致大量的现金需求，从而使一些企业可能在数年中都会拥有较弱的偿付能力。

68.【解析】A　进度放款原则是指，在中长期贷款发放过程中，银行应按照完成工程量的多少进行付款。如果是分次发放或发放手续较复杂，银行应在计划提款日前与借款人取得联系。借款人如需变更提款计划，应于计划提款日前合理时间内，向银行提出申请，并征得银行同意。如借款人未经银行批准擅自改变款项的用途，银行有权不予支付。

69.【解析】B　在贷款审查过程中，对借款人的资格条件方面的审查内容主要有：①借款人主体资格及经营资格的合法性，贷款用途是否在其营业执照规定的经营范围内；②借款人股东的实力及注册资金的到位情况，产权关系是否明晰，法人治理结构是否健全；③借款人申请贷款是否履行了法律法规或公司章程规定的授权程序；④借款人的银行及商业信用记录以及法定代表人和核心管理人员的背景、主要履历、品行和个人信用记录。

70.【解析】D　有关经营状况的信号主要包括：丧失一个或多个客户，而这些客户财力雄厚；关系到企业生产能力的某一客户的订货变化无常；投机于存货，使存货超出正常水平；工厂或设备维修不善，推迟更新过时的无效益的设备等。D 选项属于有关财务状况的信号。

71.【解析】C　保证担保的范围是指保证人所担保的主债权的范围，也是保证人承担保证责任的范围。保证范围一般包括：主债权及其利息、违约金、损害赔偿金及实现债权的费用。

72.【解析】B　企业的财务风险主要体现在：①企业不能按期支付银行贷款本息；②经营性净现金流量持续为负值；③产品积压、存货周转率下降；④应收账款异常增加；⑤流动资产占总资产比重下降；⑥短期负债增加失当，长期负债大量增加；⑦银行账户混乱，到期票据无力支付；⑧企业销售额下降，成本提高，收益减少，经营亏损；⑨不能及时报送会计报表，或会计报表有造假现象；⑩财务记录和经营控制混乱。

73.【解析】D　蓝色预警法侧重定量分析。

74.【解析】D　凡利用国外借入资金对国内转贷的贷款展期问题，应按"挂钩"和"脱钩"两种方式区别处理。"挂钩"方式指按照与国外银行签订的贷款协议规定的条件对内转贷；"脱钩"方式指在借款人接受和总行同意的情况下，按照不同于国外贷款协议规定的条件对内进行转贷。凡采用"挂钩"方式转贷的，一般不允许展期。借款人在国内转贷协议规定的每期还款到期时未能偿还的款项，均应按逾期贷款处理。凡采用"脱钩"方式转贷的，在国内贷款协议规定的每期还款期限到期前，经银行同意，视其具体情况允许适当展期，但每次展期最长不超过2年。

75.【解析】D　依法收贷的对象，是不良贷款。

76.【解析】D　贷款风险的预警信号系统通常应包含以下几个主要方面：①有关财务状况的预警信号；②有关经营者的信号；③有关经营状况的信号。

77.【解析】A　贷款档案的保管期限自贷款结清（核销）后的第2年起计算。其中：①5年期：一般适用于短期贷款，结清后原则上再保管5年；②20年期：一般适用于中长期贷款，结清后原则上再保管20年；③永久：经风险管理部及业务经办部门认定有特殊保存价值的项目可列为永久保存。

78.【解析】C　黑色预警法，这种预警方法不引进警兆自变量，只考察警素指标的时间序列变化规律，即循环波动特征。例如，我国农业大体上存在5年左右的一个循环周期，而工业的循环周期大体上在3年左右。各种商情指数、预期合成指数、商业循环指数、经济扩散指数、经济波动图等都可以看做是黑色预警法的应用。

79.【解析】B　历史成本法，主要是对过去发生的交易价值的真实记录，其优点是具有客观性且便于核查。历史成本法的重要依据是匹配原则，即把成本摊派到与其相关的创造收入的会计期间。

80.【解析】B　审慎会计原则又称为保守会计原则，是指对具有估计性的会计事项，应当谨慎从事，应当合理预计可能发生的损失和费用，不预计或少预计可能带来的利润。当记载和反映估计性会计事项，面临着高和低两种可能的选择时，对估计损失的记载应选择就高不就低，对利润的记载和反映要选择就低而不就高。要及时将估计的损失如实地反映在账簿中，对利润的记载和反映要选择保守的数据，不能低估损失和高估利润，不能提前使用未来的收益。

81.【解析】A　对普通准备金的计提基数的确定方法，各国有所不同。有些国家是按照全部贷款的余额确定；有的国家是在全部贷款余额之中扣除专项准备金后确定；还有的国家是在贷款风险分类后，按照正常类贷款余额计提。按照三种方法分别计算出的普通准备金水平略有不同，第一种方法计算出的准备金水平最高，但有重复计算风险的可能；第二种方法略微复杂，但更为合理；第三种方法相对简便，但计算出的普通准备金水平相对较低。目前，比较常用的方法是第二种方法。

82.【解析】D　商业银行一般提取的贷款损失准备金有三种：普通准备金、专项准备金和特别准备金。

83.【解析】D　对于划分为损失类的贷款，应按贷款余额的100%计提专项准备金。

84.【解析】B　我国实行贷款五级分类制度，该制度按照贷款的风险程度，将银行信贷资产分为五类：正常、关注、次级、可疑、损失。不良贷款指次级类、可疑类和损失类贷款。

85.【解析】B　人民法院审理案件，一般应在立案之日起6个月内作出判决。银行如果不服地方人民法院第一审判决的，有权在判决书送达之日起15日内向上一级人民法院提起上诉。

86.【解析】B　由于借款人和担保人不能偿还到期债务，银行诉诸法律，借款人和担保人虽有财产，经法院对借款人和担保人强制执行超过2年以上仍未收回的债权；或借款人和担保人无财产可执行，法院裁定执行程序终结或终止（中止）的债权。

87.【解析】B　抵债资产收取后应尽快处置变现，抵债资产收取后原则上不能对外出租。因受客观条件限制，在规定时间内确实无法处置的抵债资产，为避免资产闲置造成更大损失，在租赁关系的确立不影响资产处置的情况下，可在处置时限内暂时出租。银行不得擅自使用抵债资产。确因经营管理需要将抵债资产转为自用的，视同新购固定资产办理相应的固定资产购建审批手续。

88.【解析】D　我国《贷款风险分类指导原则》于1998年5月开始试行，于2001年12月修订后正式发布。

89.【解析】C　贷款风险分类最核心的内容就是贷款偿还的可能性。还款可能性分析包括还款能力分析、担保状况分析和非财务因素分析。

90.【解析】C　整体上，我国的信用环境还有待提高。国内有些地方没有形成较好的信用文化是导致"三角债"问题的重要原因。有的企业没有偿还银行贷款的动机，相关的法律法规也没有得到很好的实施，由此形成了大量的不良资产。

二、多项选择题

1.【解析】ACE　广义的信贷期限是指银行承诺向借款人提供以货币计量的信贷产品的整个期间，即从签订合同到合同结束的整个期间。狭义的信贷期限是指从具体信贷产品发放到约定的最后还款或清偿的期限。在广义的定义下，通常分为提款期、宽限期和还款期。

2.【解析】AD　《人民币利率管理规定》有关利率的相关规定。短期利率按贷款合同签订日的相应档次的法定贷款利率计息。贷款合同期内，遇利率调整不分段计息。

中长期贷款利率实行一年一定。贷款根据贷款合同确定的期限，按贷款合同生效日相应档次的法定贷款利率计息，满一年后，再按当时相应档次的法定贷款利率确定下一年度利率。

贷款展期，期限累计计算，累计期限达到新的利率档次时，自展期之日起，按展期日挂牌的同档次利率计息；达不到新的期限档次时，按展期日的原档次利率计息。

逾期贷款或挤占挪用贷款，从逾期或挤占挪用之日起，按罚息利率计收罚息，直到清偿本息为止，遇罚息利率调整分段计息。

借款人在借款合同到期日之前归还借款时，银行有权按原贷款合同向借款人收取利息。

3.【解析】ABCDE　按照我国《担保法》的有关规定，担保方式包括保证、抵押、质押、定金和留置五种方式。在信贷业务中经常运用的主要是前三种方式中的一种或几种。

4.【解析】ABCDE　一般来说，银行在制订价格策略时要考虑如下几方面的内容：产品及其价格能被客户所认可；实现盈利目标；有助于扩大市场份额；确保贷款安全；维护银行形象。

5.【解析】BCDE　银行市场定位战略建立在对竞争对手和客户需求进行分析的基础上。也就是说，银行在确立市场定位战略之前，首先应该明确竞争对手是谁、竞争对手的定位战略是什么、客户构成及其对竞争对手的评价。具体地说，银行公司信贷产品的市场定位过程包括以下四个步骤：识别重要属性；制作定位图；定位选择；执行定位。

6.【解析】ACE　①产品组合宽度，是指产品组合中不同产品线的数量，即产品大类的数量或服务的种类。银行拥有的产品线越多，其产品组合宽度就越大，反之则越窄。②产品组合的深度，是指银行经营的每条产品线内所包含的产品项目的数量。银行每条产品线拥有的产品项目越多，其产品组合深度就越大，反之则越小。③产品组合的关联性，是指银行所有的产品线之间的相关程度或密切程度。一般而言，若银行的各类产品在产品功能、服务方式、服务对象和营销方面都有着密切的联系，则关联性较大，反之则较小。

7.【解析】BDE　贷款意向书表明该文件为要约邀请，是为贷款进行下一步的准备和商谈而出具的一种意向性的书面声明，但该声明不具备法律效力，银行可以不受意向书任何内容的约束。贷款承诺是借贷双方就贷款的主要条件已经达成一致，银行同意在未来特定时间内向借款人提供融资的书面承诺，贷款承诺具有法律效力。

在项目建议书批准阶段或之前，各银行可以对符合贷款条件的项目出具贷款意向书，一般没有权限限制，超所在行权限的项目须报上级行备案。项目在可行性研究报告批准阶段，各银行应按批准贷款的权限，根据有关规定，对外出具贷款承诺，超基层行权限的项目需报上级行审批。

8. 【解析】BC 由于现场调研可获得对企业最直观的了解，因此现场调研成为贷前调查中最常用、最重要的一种方法，同时也是在一般情况下必须采用的方法。开展现场调研工作通常包括现场会谈和实地考察两个方面。

9. 【解析】ABCE 考察借款人、保证人是否已建立良好的公司治理机制，主要包括是否制定清晰的发展战略、科学的决策系统、审慎的会计原则、严格的目标责任制及与之相适应的激励约束机制、健全的人才培养机制和健全负责的董事会。

10. 【解析】ABCDE 借款人的义务主要包括：①应当如实提供贷款人要求的资料（法律规定不能提供者除外），应当向贷款人如实提供所有开户行、账号及存贷款余额情况，配合贷款人的调查、审查和检查；②应当接受贷款人对其使用信贷资金情况和有关生产经营、财务活动的监督；③应当按借款合同约定用途使用贷款；④应当按借款合同约定及时清偿贷款本息；⑤将债务全部或部分转让给第三人的，应当取得贷款人的同意；⑥有危及贷款人债权安全情况时，应当及时通知贷款人，同时采取保全措施。

11. 【解析】ABCDE 固定资产重置的原因主要是设备自然老化和技术更新。与公司管理层进行必要的沟通，有助于了解固定资产重置的需求和计划。借款公司在向银行申请贷款时，通常会提出明确的融资需求，但是银行也能通过评估以下几方面来达到预测需求的目的：①公司的经营周期，资本投资周期，设备的使用年限和目前状况；②影响固定资产重置的技术变化率。

12. 【解析】ABDE 一个公司的可持续增长率取决于以下四个变量：①利润率：利润率越高，销售增长越快；②留存利润：用于分红的利润越少，销售增长越快；③资产效率：效率越高，销售增长越快；④杠杆：杠杆越高，销售增长越快。

13. 【解析】ABCDE 并购融资在20世纪80年代非常普遍，而且大多是与杠杆收购相关的高杠杆交易。如果相关法律制度不健全，放贷后银行对交易控制权较少，自身利益保护不足，则要谨慎发放用于股权收购和公司并购的贷款。因为一旦借款公司借款后不是投资在事先约定的项目上，而是用于购买其他公司的股权，对银行来说将产生很大的风险。所以，银行在受理公司的贷款申请后，应当调查公司是否有这样的投资计划或战略安排。如果银行向一个处于并购过程中的公司提供可展期的短期贷款，就一定要特别关注借款公司是否会将银行借款用于并购活动。针对这一情况，比较好的判断方法就是银行通过与公司管理层的沟通来判断并购是否才是公司的真正借款原因。此外，银行还可以从行业内部、金融部门和政府部门等渠道获得相关信息。

14. 【解析】BCDE 商业信用的减少反映在公司应付账款周转天数的下降，这就意味着公司需要额外的现金及时支付供货商。如果现金需求超过了公司的现金储备，那么应付账款周转天数的下降就可能会引起借款需求；对于无法按时支付应付账款的公司，供货商会削减供货或停止供货，公司的经营风险加大，这时银行受理公司的贷款申请风险也是很大的；对于发展迅速的公司来说，为了满足资产增长的现金需求，公司可能会延迟支付对供货商的应付账款。如果供货商仍然要求按原来的付款周期付款的话，公司就需要通过借款来达到供货商的还款周期要求。这意味着公司的运营周期将发生长期性变化，因此，采用长期融资方式更合适。

15.【解析】ABCD　辅助报表一般包括：固定资产投资估算表；流动资金估算表；投资计划与资金筹措表；固定资产折旧费计算表；无形及递延资产摊销估算表；总成本费用估算表；产品销售（营业）收入和销售税金及附加估算表；投入物成本计算表（用于计算生产中投入物成本和进项税）。而借款还本付息表属于基本财务报表。

16.【解析】BCD　在现实中，投资和经营任何一个行业都存在风险，因为行业是组成国民经济的基本元素，它不但会受到企业自身规模效益、生产经营管理水平、现金流量和资金成本以及产业发展周期和市场需求等行业内部因素的制约，还会受到国民经济、外部经济、国家政策、地区生产力布局、产业链位置等行业外部条件的影响。

17.【解析】ABCE　关于出质人对质物、质押权利占有的合法性，有以下规定：用动产出质的，应通过审查动产购置发票、财务账簿，确认其是否为出质人所有；用权利出质的，应核对权利凭证上的所有人与出质人是否为同一人；审查质押的设定是否已由出质人有权决议的机关作出决议；如质押财产为共有财产，出质是否经全体共有人同意。

18.【解析】ABCDE　区域风险是指受特定区域的自然、社会、经济、文化和银行管理水平等因素影响，而使信贷资产遭受损失的可能性。这既包括外部因素引发的区域风险，也包括内部因素导致的区域风险。分析一个特定区域的风险，关键是要判断信贷资金的安全会受到哪些因素影响、什么样的信贷结构最恰当、风险成本收益能否匹配等。相对于自然环境、经济水平等外在因素，银行内部管理的差异和影响也非常重要，再好的外部区域环境，如果没有良好的信贷管理，也很难获得预期的效果。此外，区域政府的行为和信用状况也是影响信贷风险的重要因素。ABCDE均是区域风险分析需要考虑的因素。

19.【解析】ABCE　财务分析是以客户财务报表为主要依据，运用一定的分析方法，对客户的财务过程和结果进行研究和评价，以分析客户财务状况、盈利能力、资金使用效率和偿债能力，并由此预测客户的发展变化趋势，从而为贷款决策提供依据。

20.【解析】ABC　银行在进行财务报表分析时要注意搜集丰富的财务报表资料，以便于正确地作出贷款决策。具体包括以下内容：①会计报表；②会计报表附注和财务状况说明书；③注册会计师查账验证报告；④其他资料。

21.【解析】ABDE　在贷款决策中，上述分析除了使用财务报表本身的资料外，还需使用财务指标综合反映借款人的财务状况。这些指标分为四类：①盈利比率。它主要包括销售利润率、营业利润率、净利润率、成本费用率等；②效率比率。它主要包括总资产周转率、固定资产周转率、应收账款回收期、存货持有天数、资产收益率、所有者权益收益率等；③杠杆比率。它一般包括资产负债率、负债与所有者权益比率、负债与有形净资产比率、利息保障倍数等；④流动比率。它主要包括流动比率、速动比率、现金比率等。

22.【解析】CE　借款人在一年内不能变现的那部分资产称做非流动资产，包括长期投资、固定资产、无形及递延资产、其他长期资产等。预付账款、存货、待摊费用均属于流动资产。

23.【解析】ACDE　财产担保又分为不动产、动产和权利财产（例如股票、债券、保险单等）担保。

24.【解析】ABCD　在我国市场经济体制建立和发展过程中，银行开展担保贷款业务具有重要的意义。担保的作用主要表现为以下四个方面：①协调和稳定商品流转秩序，使国民经济健康运行；②降低银行贷款风险，提高信贷资金使用效率；③促进借款企业加强管理，改善经营管理状况；④巩固和发展信用关系。

25.【解析】ABCDE　贷款发放前，抵押人与银行要以书面形式签订抵押合同。抵押合同包括以下内容：①被担保的主债权种类、数额；②债务人履行债务的期限；③抵押物的名称、数量、质量、状况、所在地、所有权权属或者使用权权属；④抵押担保的范围；⑤当事人认为需要约定的其他事项。根据我国《担保法》的规定，办理财产抵押的，还应按有关规定办理抵押登记手续，方可取得贷款。

26.【解析】ABCDE　贷款抵押风险分析主要包括：①抵押物虚假或严重不实；②未办理有关登记手续；③将共有财产抵押而未经共有人同意；④以第三方的财产作抵押而未经财产所有人同意；⑤资产评估不真实，导致抵押物不足值；⑥未抵押有效证件或抵押的证件不齐；⑦因主合同无效，导致抵押关系无效；⑧抵押物价值贬损或难以变现。

27.【解析】ABCDE　项目建设配套条件评估要考虑以下情况：①厂址选择是否合理，所需土地征用落实情况；②资源条件能否满足项目需要，原辅材料、燃料供应是否有保障，是否经济合理；③配套水、电、气、交通、运输条件能否满足项目需要；④相关及配套项目是否同步建设；⑤环保指标是否达到有关部门的要求，环境影响报告书是否已经由权威部门批准；⑥项目所需资金的落实情况。

28.【解析】ABCD　银行对项目进行技术及工艺流程分析就是分析比较项目的设计方案、生产工艺和设备造型等内容，分析和评估项目生产规定产品的技术方案是否是最佳技术方案，分析和评估项目的生产（服务）过程是否是在最经济的条件下得以实现。包括：①产品技术方案分析；②工艺技术方案评估；③设备评估；④工程设计方案的评估。

29.【解析】ABCD　对项目单位概况的分析应从以下几个方面入手：①企业的基础；②企业管理水平；③企业财务状况；④企业经营状况；⑤企业信用度。

30.【解析】ABCDE　对于拟建项目人力资源，可以多方位、多角度地进行配置和组合，不同方位和角度的组合，形成不同类别的人力资源结构。人力资源选择分析主要包括以下几个方面：①人力资源自然结构；②人力资源文化结构；③人力资源专业技能结构；④人力资源业务或工种结构。人力资源自然结构又包括人力资源的性别结构和年龄结构。

31.【解析】BCDE　质押合同的条款审查应注意以下条款：①被质押的贷款数额。质押设立的目的就是为了担保主债权的实现，所以主债权的种类、数额必须首先在质押合同

中明确约定。②借款人履行债务的期限。质权人对质物行使变价优先受偿权的前提是债务
履行期限届满而未得到清偿，所以质押合同应当包括债务人履行债务的期限的条款。③质
物的名称、数量、质量、状况。④质押担保的范围。⑤质物移交的时间。⑥质物生效的时
间。⑦当事人认为需要约定的其他事项。

32.【解析】ABCDE　具体而言，挪用贷款的情况一般包括：①用贷款进行股本权益
性投资；②用贷款在有价证券、期货等方面从事投机经营；③未依法取得经营房地产资格
的借款人挪用贷款经营房地产业务；④套取贷款相互借贷牟取非法收入；⑤借款企业挪用
流动资金进行基本建设或用于财政性开支，或者用于弥补企业亏损，或者用于职工福利。

33.【解析】ACDE　原辅料供给分析主要包括：①分析和评价原辅料的质量是否符合
生产工艺的要求；②分析和评价原辅料的供应数量能否满足项目的要求；③分析和评价原
辅料的价格、运费及其变动趋势对项目产品成本的影响；④分析和评价原辅料的存储设施
条件。

34.【解析】ABCDE　银行一定要关注借款人的管理水平、管理架构、人员变化、员
工士气变化以及企业内部人员的道德风险对公司经营的影响。

35.【解析】ABCDE　还本付息通知单应包括的内容有：贷款项目名称或其他标志、
还本付息的日期、当前贷款余额、本次还本金额和付息金额，以及利息计算过程中涉及的
利率、计息天数、计息基础等。

36.【解析】ACDE　风险预警的理论和方法近年来在世界范围内取得了显著进展。依
托IT技术，许多金融机构将非结构化的逻辑回归分析和神经网络技术引入了预警模型，
通过监测一套先导指标体系来预测危机发生的可能性。主要方法有专家判断法、评级方
法、信用评分方法和统计模型。

37.【解析】ABCDE　影响贷款偿还的非财务因素在内容和形式上都是复杂多样的，
一般可以从借款人的行业风险、经营风险、管理风险、自然及社会因素、银行信贷管理等
几个方面入手分析非财务因素对贷款偿还的影响程度。

38.【解析】ABCDE　贷款损失准备金的计提比率具体如下：普通准备金的计提比
例，一般确定一个固定比例，或者确定计提比例的上限或下限；专项准备金的计提比例，
由商业银行按照各类贷款的历史损失概率确定。对于没有内部风险计算体系的银行，监管
当局往往规定一个参考比例。特别准备金的计提比例，由商业银行或监管当局按照国别或
行业等风险的严重程度确定。

39.【解析】ABCE　总的来说，办理贷款重组的条件是：有利于银行贷款资产风险度
的下降及促进现金回收，减少经济损失。具备以下条件之一，同时其他贷款条件没有因此
明显恶化的，可考虑办理债务重组：①通过债务重组，借款企业能够改善财务状况，增强
偿债能力；②通过债务重组，能够弥补贷款法律手续方面的重大缺陷；③通过债务重组，
能够追加或者完善担保条件；④通过债务重组，能够使银行债务先行得到部分偿还；⑤通
过债务重组，可以在其他方面减少银行风险。

40.【解析】ABCE 抵债资产原则上应采用公开拍卖方式进行处置。抵债资产拍卖原则上应采用有保留价拍卖的方式，D选项的说法错误。

三、判断题

1.【解析】× 根据《贷款通则》的规定，票据贴现的期限最长不得超过6个月，具体的贴现期限为从贴现之日起到票据到期之日为止的时间段。

2.【解析】√ 费率是指利率以外的银行提供信贷服务的价格，一般以信贷产品金额为基数按一定比率计算。费率的类型较多，主要包括担保费、承诺费、承兑费、银团安排费、开证费等。

3.【解析】× 资金边际成本是指银行每增加一个单位的投资所需花费的利息、费用额。因为它反映的是未来新增资金来源的成本，所以，在资金来源结构变化，尤其是在市场利率变化的条件下，以它作为新贷款定价的基础较为合适。

4.【解析】× 金融产品具有一定的生命周期，与之相对应，营销策略也可以根据金融产品的生命周期理论，在产品所处的不同阶段采取不同的营销渠道，这就是结合产品生命周期的营销渠道策略。如产品介绍期应以自销或独家经销为主，尽快占领市场，提高新产品的声誉；在成长期应拓宽营销渠道，与更多的中间商积极配合进一步扩展业务活动的范围；在产品的衰退期选择声望较高的中间商分销产品，获取产品最后的经济效益。

5.【解析】× 贷款承诺是借贷双方就贷款的主要条件已经达成一致，银行同意在未来特定时间内向借款人提供融资的书面承诺，贷款承诺具有法律效力。

6.【解析】√ "长期销售收入增长"最终必须得到固定资产增长的支持。与销售收入线性增长模式不同，固定资产增长模式通常是呈阶梯形发展，每隔几年才需要一次较大的资本支出。

7.【解析】√ 本题的说法正确。

8.【解析】× 比率分析法是在同一张财务报表的不同项目之间、不同类别之间，或在两张不同财务报表如资产负债表和损益表的有关项目之间做比较，用比率来反映它们之间的关系，以评价客户财务状况和经营状况好坏的一种方法。比率分析法是最常用的一种方法。

9.【解析】× 对客户进行评级既是一种科学方法，同时也是一门艺术。尤其是定性方法更多地体现了评级人的经验等不可量化的内容。要对被评级对象有一个清晰、客观、全面的评价，定性分析如行业特征、管理水平、特殊事件的影响、交易结构（如抵押品状况）等因素是同样必须考虑的因素。

10.【解析】× 保证人保证限额，是指根据客户信用评级办法测算出的保证人信用风险限额减去保证人对商业银行的负债（包括或有负债）得出的数值。

11.【解析】× 资产负债表法是根据项目的资产负债表的数据来计算项目的流动资金需用量，计算公式为：流动资金=流动资产−流动负债。

12.【解析】√　还款方式一般有两种：一是还款期结束前一次性归还全部贷款；二是在还款期内分次还款。

13.【解析】√　本题的说法正确。

14.【解析】√　对于大额的次级类贷款，如果可能的还款来源仅仅是抵押品，相对明确并容易量化，也应该区别出来逐笔计提。而如果可能的还款来源还包括借款人的其他活动，如融资等所产生的现金流量，则不应该从其贷款组合中区别出来逐笔计算应计提的贷款损失准备金。

15.【解析】√　下列资产不得用于抵偿债务，但根据人民法院和仲裁机构生效法律文书办理的除外：①抵债资产本身发生的各种欠缴税费，接近、等于或超过该财产价值的；②所有权、使用权不明确或有争议的；③资产已经先于银行抵押或质押给第三人的；④依法被查封、扣押、监管的资产；⑤债务人公益性质的职工住宅等生活设施、教育设施和医疗卫生设施；⑥其他无法或长期难以变现的资产。

▶2011 年银行业从业人员资格认证考试

《公司信贷》

押题预测试卷（四）

一、单项选择题（共 90 题，每题 0.5 分。在以下各小题所给出的 4 个选项中，只有 1 个选项符合题目要求，请将正确选项的代码填入括号内）

1. 依据我国贷款分类的核心定义，尽管借款人目前有能力偿还本息，但是存在一些对偿还贷款有不利影响因素的是（　　　　）类贷款。

　A. 正常　　　　　　　B. 关注　　　　　　　C. 次级　　　　　　　D. 可疑

2. 产品组合的宽度极小，深度不大，但关联性极强。有这种特点的产品组合策略的形式是（　　　　）。

　A. 全线全面型　　　　　　　　　　B. 特殊产品专业型

　C. 产品线专业型　　　　　　　　　D. 市场专业型

3. 抵押品的可接受性可从其种类、权属、价值、（　　　　）等方面考察。

　A. 适用性　　　　　　　　　　　　B. 重置难易程度

　C. 转让难易程度　　　　　　　　　D. 购买难易程度

4. 公司信贷中，内部意见反馈原则适用于（　　　　）。

　A. 每次业务面谈　　　　　　　　　B. 初次业务面谈

　C. 首次与最后一次业务面谈　　　　D. 最后一次业务面谈

5. 在（　　　　）阶段，各银行可对符合贷款条件项目出具贷款意向书，一般无权限限制。

　A. 表明贷款意向后　　　　　　　　B. 告知客户后

　C. 项目建议书批准阶段或之前　　　D. 项目建议书批准之后

6. 质押贷款最主要的风险因素是（　　　　）。

　A. 虚假质押风险　　　B. 司法风险　　　C. 汇率风险　　　D. 操作风险

7. 国家机关可作为保证人的一种特殊情况是（　　　　）。

　A. 上级部门批准后，为外企保证

B. 上级部门批准后，为涉外企业保证

C. 国务院批准后，为使用外国政府或国际经济组织贷款进行转贷保证

D. 发改委批准后，为涉外企业保证

8. 关于保证合同的形式，下列说法正确的是（　　　　）。

A. 可以口头形式订立

B. 可以单独订立

C. 不可以以主合同担保条款的形式存在

D. 具有担保性质的信函、传真不属于保证合同

9. 受法律保护的借贷关系开始于（　　　　）。

A. 贷款审查通过　　B. 贷款审批通过　　C. 签署借款合同　　D. 借款合同生效

10. 借款合同中，贷款利率应（　　　　）确定。

A. 按法定利率　　　　　　　　　　B. 由银行与借款方自由协商确定

C. 在法定利率基础上由双方协商　　D. 在法定利率基础上在央行允许范围内

11. 下列关于准备金计提基数的说法，错误的是（　　　　）。

A. 实际操作中，专项准备金以各类不良贷款总额为基数计提

B. 普通准备金可以全部贷款扣除已提取专项准备金后的余额为基数计提

C. 对于具有某种相同特性的贷款，可按照其历史损失概率确定计提比例，批量计提专项准备金

D. 特别准备金的计提基数一般为某一特定贷款组合的全部贷款余额

12. 下列对大额不良贷款计提专项准备金的做法，正确的是（　　　　）。

A. 对大额可疑类贷款按固定的比率计提专项准备金

B. 对可能还款来源仅为抵押品的大额次级类贷款逐笔计提专项准备金

C. 对可能还款来源中包含融资现金流的大额次级类贷款逐笔计提专项准备金

D. 对批量贷款计提准备金时扣除贷款抵押品的价值

13. 关于银行矩阵制的营销机构组织形式，下列说法正确的是（　　　　）。

A. 业务部门间易缺乏沟通效率

B. 加强了营销部门和信贷业务部门的横向联系

C. 增加了费用开支

D. 容易滋长本位主义

14. 在成本加成定价法中，贷款利率不包括（　　　）。

A. 筹集可贷资金的成本

B. 银行非资金性的营业成本

C. 银行对贷款违约风险所要求的补偿

D. 大额贷款借款人支付的期限风险溢价

15. 根据规模细分的各子市场中，商业银行应重点争取的客户群为（　　　）。

A. 工业企业

B. 大型、特大型企业

C. 中小企业

D. 国有企业

16. 下列关于呆账核销及呆账核销制度建立的说法，错误的是（　　　）。

A. 呆账核销是指银行经过央行审核确认后，将无法收回或者长期难以收回的贷款或投资从账面上冲销

B. 我国的呆账核销制度起建于 1989 年

C. 目前银行主要依据《金融企业呆账核销管理办法（2008 年修订版）》进行呆账核销

D. 银行主要通过动用呆账准备金冲销呆账

17. 呆账核销后进行的检查，应将重点放在（　　　）上。

A. 检查呆账申请材料是否完备

B. 检查呆账申请材料是否真实

C. 检查整个核销过程中有无纰漏

D. 核实债务人与担保人的财务状况

18. 下列关于确定贷款分类结果的说法，正确的是（　　　）。

A. 对被判定为正常类的贷款，需分析判断的因素最少

B. 如果一笔贷款的贷款信息或信贷档案存在缺陷，即使这种缺陷对还款不构成实质性影响，贷款也应被归为关注类

C. 在判断可疑类贷款时，只需考虑"明显缺陷"的关键特征

D. 损失类贷款并不意味着贷款绝对不能收回或没有剩余价值，只说明贷款已不具备或基本不具备作为银行资产的价值

19. 借款人还款能力的主要标志就是（　　　）。

A. 借款人的管理水平是否很高

B. 借款人的资产负债比率是否足够低

C. 借款人的现金流量是否充足

D. 借款人的销售收入和利润是否足够高

20. （   ）的目的是使产品投入市场后能够适销对路，确保项目企业获得预期效益。

A. 工艺流程方案分析   B. 产品技术方案分析

C. 设备选型分析   D. 工程设计方案分析

21. 某银行最近推出一种新的贷款品种，该品种的利率每年根据通货膨胀率调整一次，则该贷款属于（   ）品种。

A. 固定利率   B. 行业公定利率

C. 市场利率   D. 浮动利率

22. 从资产负债表看可能导致流动资产增加的借款需求影响因素是（   ）。

A. 红利支付   B. 债务重构

C. 固定资产重置及扩张   D. 季节性销售增长

23. 下列不属于公司信贷接受主体的是（   ）。

A. 法人   B. 经济组织

C. 非自然人   D. 自然人

24. 从银行角度来讲，资产转换周期是银行信贷资金由（   ）转化为实物资本，再由实物资本转化为金融资本的过程。

A. 资产资本   B. 金融资本

C. 资金成本   D. 金融资产

25. 下列属于直接融资行为的是（   ）。

A. 何某向工商银行借款 100 000 元专门用于其企业的工程结算

B. A 公司向 B 公司投入资金 8 000 000 元，并占有 B 公司 30% 的股份

C. A 公司通过融资机构向 B 公司借款 600 000 元

D. 何某通过金融机构借入资金 120 000 元

26. 公司信贷的基本要素不包括（   ）。

A. 交易对象、信贷产品、信贷金额

B. 存款业务和贷款业务

C. 信贷期限、贷款利率和费率、清偿计划

D. 担保方式和约束条件

27. 关于商业银行对大额不良贷款逐笔计提专项准备金的做法，错误的是（ ）。

A. 损失类的贷款，应按贷款余额的 100% 计提专项准备金

B. 可疑类贷款有必要也可以从其贷款组合中区别出来逐笔计算

C. 如果次级类贷款可能的还款来源是抵押品，相对明确并容易量化，应该区别出来逐笔计提

D. 对于单笔贷款计提准备金时，不需要扣除该笔贷款抵押品的价值

28. 下列各项有关贷款期限的说法，错误的是（ ）。

A. 自营贷款期限最长一般不得超过 10 年，超过 10 年应当报监管部门备案

B. 票据贴现的贴现期限最长不得超过 6 个月

C. 不能按期归还贷款的，借款人应当在贷款到期日之前，向银行申请贷款展期，是否展期由监管部门决定

D. 短期贷款展期期限累计不得超过原贷款期限，中期贷款展期期限累计不得超过原贷款期限的一半，长期贷款展期期限累计不得超过 3 年

29. 以下关于费率的说法，错误的是（ ）。

A. 费率是指利率以外的银行提供信贷服务的价格

B. 费率一般以信贷产品金额为基数按一定比率计算

C. 费率的类型主要包括担保费、承诺费、承兑费、银团安排费、开证费等

D. 商业银行办理收付类业务可以向委托方以外的其他单位或个人收费

30. 下列关于委托贷款的说法，错误的是（ ）。

A. 委托贷款是指政府部门、企事业单位及个人等委托人提供资金

B. 由银行（即受托人）根据委托人确定的贷款对象、用途、金额、期限、利率等进行贷款发放

C. 银行代为发放、监督使用并协助收回的贷款

D. 委托贷款的风险由受托人承担

31. 公司信贷理论的发展历程是（ ）。

A. 资产转换理论、预期收入理论、超货币供给理论、真实票据理论

B. 预期收入理论、超货币供给理论、真实票据理论、资产转换理论

C. 真实票据理论、资产转换理论、预期收入理论、超货币供给理论

D. 真实票据理论、预期收入理论、资产转换理论、超货币供给理论

32. 信贷资金的供求状况属于影响银行营销决策的（　　　）因素。
A. 经济技术环境
B. 社会与文化环境
C. 宏观环境
D. 微观环境

33. 市场细分的作用不包括（　　　）。
A. 有利于选择目标市场和制定营销策略
B. 有利于产品的生产和研发
C. 有利于发掘市场机会，开拓新市场，更好地满足不同客户对金融产品的需要
D. 有利于集中人力、物力投入目标市场，提高银行的经济效益

34. 下列关于信贷余额扩张系数的说法，错误的是（　　　）。
A. 扩张系统越大，可能导致风险越大
B. 扩张系数越小，可能导致风险越小
C. 指标过大则说明区域信贷增长速度过快
D. 指标小于 0 时，意味着信贷处于委缩状态

35. 市场定位的步骤首先是（　　　）。
A. 制作定位图
B. 识别重要属性
C. 定位选择
D. 执行定位

36. 下列关于盈亏平衡点的说法，错误的是（　　　）。
A. 当销售收入在盈亏平衡点以下时，企业要承受损失
B. 当销售收入在盈亏平衡点以上时，企业创造利润
C. 盈亏平衡点越低，企业的经营风险越低
D. 盈亏平衡点越高，企业的经营风险越低

37. 既强调产品组合的深度和关联性，产品组合的宽度又较小的产品组合策略形式是（　　　）。
A. 全线全面型
B. 市场专业型
C. 产品线专业型
D. 特殊产品专业型

38. 某种银行信贷产品市场上出现了大量的替代产品，许多客户减少了对老产品的使用，产品销售量急剧下降，价格也大幅下跌，银行利润日益减少。那么这种银行信贷产品所处的生命周期是（　　　）。
A. 介绍期
B. 成长期
C. 成熟期
D. 衰退期

39. 蓝天公司向银行申请1 000万元的贷款。首先，银行为了取得这笔资金，以4%的利率吸收存款，这笔贷款成本中含有4%的资金成本；其次，分析、发放和管理这笔贷款的非资金性营业成本估计为总贷款额的2%；再次，银行贷款部门可能会因为贷款违约风险追加2%的贷款利率；最后，银行在贷款财务、运营和风险成本之上，再追加1%的利润率，作为这笔贷款为股东创造的收益。总的来看，这笔贷款利率为（　　　　）。

A. 8%　　　　　　　　B. 9%　　　　　　　　C. 10%　　　　　　　　D. 13%

40. 下列条件下，可以采用渗透定价策略的是（　　　　）。

A. 新产品的需求价格弹性非常大

B. 规模化的优势可以大幅度节约生产或分销成本

C. 该产品需要采用很低的初始价格打开销路

D. 产品没有预期市场，不存在潜在客户愿意支付高价购买该产品

41. 银团贷款属于（　　　　）营销渠道模式。

A. 自营　　　　　　　B. 代理　　　　　　　C. 合作　　　　　　　D. 网点

42. 公司信贷的借款人指（　　　　）。

A. 经工商行政管理机关（或主管机关）核准登记的自然人

B. 经行政机关核准登记的企（事）业法人

C. 经行政机关核准登记的自然人

D. 经工商行政管理机关（或主管机关）核准登记的企（事）业法人

43. 除国务院规定外，有限责任公司和股份有限公司对外股本权益性投资累计不得超过其净资产总额的（　　　　）。

A. 20%　　　　　　　B. 40%　　　　　　　C. 50%　　　　　　　D. 70%

44. 企事业单位只能通过（　　　　）办理工资、奖金等现金的支取。

A. 基本存款账户　　　B. 一般存款账户　　　C. 临时存款账户　　　D. 专用存款账户

45. 下列各项中，属于贷款人权利的是（　　　　）。

A. 如实提供银行要求的资料

B. 按借款合同约定用途使用贷款

C. 按借款合同的约定及时清偿贷款本息

D. 在征得银行同意后，有权向第三方转让债务

46. 商业银行在取得抵债资产时，要冲减（   ）。

A. 贷款本金   B. 应收利息

C. 贷款本金与应收利息   D. 抵押资产的价值

47. 在初次面谈，了解客户贷款需求状况时，除贷款目的、贷款金额、贷款期限、贷款利率、贷款条件外，还应了解（   ）。

A. 经济走势   B. 宏观政策

C. 还款资金来源   D. 贷款用途

48. 银企合作协议涉及的贷款安排一般属于（   ）性质。

A. 贷款申请   B. 贷款意向书   C. 借款申请书   D. 贷款承诺

49. （   ）是银行发放贷款前最重要的一环，也是贷款发放后能否如数按期收回的关键。

A. 现场调研   B. 搜寻调查   C. 委托调查   D. 贷前调查

50. 对借款人当前经营情况进行调查是对贷款的（   ）进行调查。

A. 合法合规性   B. 安全性   C. 效益性   D. 流动性

51. 下列属于商业银行固定资产贷前调查报告内容要求的是（   ）。

A. 对贷款担保的分析   B. 借款人财务状况

C. 借款人生产经营及经济效益情况   D. 还款能力

52. 关于展期贷款的偿还，下列说法错误的是（   ）。

A. 银行信贷部门应按展期后的还款计划向借款人发送还本付息通知单

B. 对于设立了抵押的贷款展期，在到期前银行有权行使抵押权

C. 展期贷款逾期后，应按规定加罚利息

D. 展期贷款逾期后，银行有权对应收未收利息计复利

53. 某食品企业经营状况最近发生如下变化，银行应重点监控的是（   ）。

A. 企业上月产量 5 000 件，本月产量下滑至 4 900 件

B. 企业主业务由零售业转向餐饮服务业

C. 企业利润率再次居行业首位

D. 企业在北京拥有多加食品分店，最近又在当地新开一家食品分店

54. 下列（　　　）不属于银行应重点监控的管理状况风险。

A. 管理层的品位、修养　　　　　　　　B. 中层管理层薄弱

C. 借款人的关联企业倒闭　　　　　　　D. 借款人在银行存款大幅下降

55. 依法收贷的对象为（　　　　）。

A. 逾期贷款　　　　B. 展期贷款　　　　C. 不良贷款　　　　D. 到期贷款

56. 起诉前申请财产保全被人民法院采纳后，应在人民法院采取保证措施（　　　）天内正式起诉。

A. 10　　　　　　　B. 15　　　　　　　C. 20　　　　　　　D. 30

57. 目前我国商业银行按照贷款余额（　　　　）提取的贷款呆账准备金相当于普通准备金。

A. 1%　　　　　　B. 2%　　　　　　　C. 2.25%　　　　　D. 2.5%

58. 借款人的固定资产贷款项目处于停缓状态，这样的贷款属于（　　　　）。

A. 正常类　　　　　B. 损失类　　　　　C. 关注类　　　　　D. 可疑类

59. 通常（　　　　）是偿还债务最有保障的来源。

A. 资产转换　　　　　　　　　　　　　B. 抵质押物

C. 正常的资产销售　　　　　　　　　　D. 正常经营获得的现金流量

60. 对于银行和企业，决定资产价值的主要是（　　　　）。

A. 资产账面价值　　　　　　　　　　　B. 预计的市场价格

C. 当前的市场价格　　　　　　　　　　D. 资产历史成本

61. 历史成本法坚持（　　　　），即要把成本平均摊派到与其相关的创造收入的会计期间，从而无法反映特殊情况下资产负债的变化。

A. 匹配原则　　　　B. 审慎原则　　　　C. 及时原则　　　　D. 真实原则

62. 贷款档案管理中，永久、20 年期的贷款档案应由贷款档案员移交（　　　　）归档。

A. 本行业务经办部门　　　　　　　　　B. 本行档案部门

C. 上级行档案部门　　　　　　　　　　D. 上级行风险管理部门

63. 下列对于一级文件（押品）保管的做法，错误的是（　　　　）。

A. 视同现金管理　　　　　　　　　　　B. 指定双人分别管理钥匙、密码

C. 双人入、出库　　　　　　　　　　　D. 按规定整理成卷，交信贷档案员保管

64. 下列对信用评级的说法，错误的是（　　　　）。

A. 分为外部评级和内部评级

B. 外部评级依靠专家分析，内部评级依靠商业银行内部分析

C. 外部评级以定量分析为主，内部评级以定性分析为主

D. 外部评级主要适用于大中型企业

65. 银行从国外借入资金，缩短贷款期限、降低贷款利率对国内企业提供的贷款称为（　　　　）。

A. 挂钩转贷　　　　B. 脱钩转贷　　　　C. 间接转贷　　　　D. 直接转贷

66. 借款人不能按期还款时，应在（　　　　）向银行申请展期。

A. 借款合同签订后　　　　　　　　　　B. 最后支款日前

C. 贷款到期日前　　　　　　　　　　　D. 最后支款日后、贷款到期日前

67. 银行应在短期贷款到期前（　　　　）天向借款人发送还本付息通知单。

A. 2　　　　　　　　B. 3　　　　　　　　C. 7　　　　　　　　D. 14

68. 预控性处置发生在（　　　　）。

A. 风险预警报告正式作出前

B. 风险预警报告已经作出，决策部门尚未采取措施前

C. 风险预警报告尚未作出，决策部门尚未采取措施前

D. 风险预警报告已经作出，决策部门已经采取措施后

69. 为了使负债水平不同、筹资成本不同的项目具有共同的比较基础，评估中需编制（　　　　）。

A. 资产负债表　　　　　　　　　　　　B. 全部投资现金流量表

C. 自有资金现金流量表　　　　　　　　D. 资金来源与运用表

70. 流动资金分年使用计划应根据（　　　　）来安排。

A. 建设进度　　　B. 资金来源渠道　　　C. 资金到位情况　　　D. 项目达产率

71. 处在成熟期的行业的风险性（　　　）。

A. 最高　　　　　B. 最低　　　　　C. 中等　　　　　D. 较高

72. 下列关于项目协作机构分析的说法，错误的是（　　　）。

A. 主要包含国家计划部门与主管部门、地方政府机构、业务往来单位三个层次

B. 分析与项目有关的国家机构时，应着重对国家机构制定有关政策的能力及政策的正确与否、各部门机构在政策上的协调性进行分析

C. 应根据需要设置和调整地方机构，加强对项目的基层管理

D. 应考察与项目有关的协作单位机构是否健全、规章制度是否完善以及工作能力如何

73. 负责提供项目实施成果的机构为（　　　）。

A. 项目的实施机构　　　　　　　　B. 项目的协作机构

C. 项目的经营机构　　　　　　　　D. 项目的宣传机构

74. 下列关于项目环境条件的说法，错误的是（　　　）。

A. 仅是对项目生产的自然环境条件、交通运输条件等方面进行分析

B. 主要包括项目建设条件与生产条件

C. 既有可控制的静态条件，又有动态的不确定性条件

D. 银行对其分析时要重点关注不确定条件及相关项目

75. 当可行性研究报告中提出几种不同方案，并从中选择了最优方案时，银行评估人员应（　　　）。

A. 考核选择是否正确

B. 从几种不同的可行性方案中选择最优方案

C. 肯定原来的方案

D. 提出更好的方案

76. 主要从项目发起人和项目本身着手的项目分析属于（　　　）。

A. 项目可行性分析　　　　　　　　B. 项目宏观背景分析

C. 项目微观背景分析　　　　　　　D. 项目企业分析

77. 抵押物由于技术相对落后发生的贬值称为（　　　）。

A. 实体性贬值　　　B. 功能性贬值　　　C. 经济性贬值　　　D. 科技性贬值

78. 由作为第三人的自然人或法人向银行提供的，许诺借款人按期偿还贷款的保证属于（   ）。

    A. 人的担保　　　　B. 财产担保　　　　C. 抵押担保　　　　D. 质押担保

79. H 银行 2010 年初对国内整个房地产行业贷款 5 000 万元，后由于我国房市震荡，H 银行无法按期收回贷款，该风险属于（   ）。

    A. 经营风险　　　　B. 行业风险　　　　C. 区域风险　　　　D. 国家风险

80. 银行信贷专员小王在运用相关指标对 B 区域风险状况进行分析时，发现该银行的信贷资产相对不良率小于 1、不良率变幅为负、贷款实际收益率较高，如果小王仅以以上信息判断，该区域风险（   ）。

    A. 较大，不适合发展信贷业务

    B. 较小，可发展信贷业务

    C. 根据前两项指标判断，信贷资产质量较差，导致区域风险较大；以第三项判断，盈利性较高，区域风险较小

    D. 根据前一项指标判断，信贷资产质量较差，区域风险较大；以第二、三项判断，信贷区域风险较小

81. 反映某区域信贷风险在银行系统内所处位置的内部指标是（   ）。

    A. 利息实收率　　　　　　　　　　B. 加权平均期限

    C. 增量存贷比率　　　　　　　　　D. 信贷资产相对不良率

82. 利率风险与汇率风险都属于（   ）。

    A. 市场风险　　　　B. 流动性风险　　　　C. 经营风险　　　　D. 非系统性风险

83. 2010 年，某银行海外 A 支行因资金紧缺连续 6 个月未向该银行 B 支行支付汇差资金，从而导致 B 支行发生结算困难，由此引发了挤兑，此种风险属于（   ）。

    A. 利率风险　　　　B. 流动性风险　　　　C. 信用风险　　　　D. 清算风险

84. 贾某为 B 公司向银行申请的一笔保证贷款的连带保证人，贷款金额 50 万元，则贷款到期时，如 B 公司仍未偿还贷款，银行（   ）。

    A. 只能先要求 B 公司偿还，然后才能要求贾某偿还

    B. 只能要求贾某先偿还，然后才能要求 B 公司偿还

    C. 可要求 B 公司或贾某中任何一者偿还，但只能要求贾某偿还部分金额

    D. 可要求 B 公司或贾某中任何一个偿还全部金额

85. 借款人需要将其动产或权利凭证移交银行占有的贷款方式为（　　　）。

A. 抵押贷款　　　　　　　　　　B. 质押贷款

C. 信用贷款　　　　　　　　　　D. 留置贷款

86. 对于季节性融资，如果某公司在银行有多笔贷款，且贷款可展期，银行一定要确保其不被用于（　　　）。

A. 长期投资　　B. 股票投资　　C. 投机投资　　D. 其他投资

87. 对于长期投资，除（　　　）外，其他方面长期融资需求可能具有投机性，银行应慎重处理。

A. 实物产品投资　　　　　　　　B. 控股子公司

C. 股权投资　　　　　　　　　　D. 维持公司正常运转的生产设备

88. 如果企业销售收入增加足够快，且核心流动资产增长主要是通过短期融资实现时，需要（　　　）。

A. 将长期债务重构为短期债务　　B. 将短期债务重构为长期债务

C. 将长期债务重构为股权　　　　D. 将短期债务重构为股权

89. （　　　）被认为是公司的无成本融资来源。

A. 应收账款　　B. 应付账款　　C. 股权融资　　D. 债权融资

90. 与固定资产扩张相关的借款需求，其关键信息主要来源于（　　　）。

A. 管理层　　　　　　　　　　　B. 固定资产使用率

C. 固定资产折旧率　　　　　　　D. 固定资产剩余寿命

二、多项选择题（共40题，每题1分。在以下各小题所给出的5个选项中，至少有1个选项符合题目要求，请将正确选项的代码填入括号内）

1. 下列属于企业经营风险的是（　　　）。

A. 产品结构单一

B. 对存货、生产和销售的控制力下降

C. 对一些客户或供应商过分依赖，可能引起巨大的损失

D. 在供应链中的地位关系变化，如供应商不再供货或减少授信额度

E. 购货商减少采购

2. 公司贷款定价原则包括（　　　　）。

A. 利润最大化原则　　　　　　　B. 扩大市场份额原则

C. 保证贷款流动性原则　　　　　D. 客户利益最大化原则

E. 维护金融秩序稳定原则

3. 成本加成定价法中，在考虑成本的基础上，对贷款做出客户可以接受、银行有利可图的价格，那么贷款利率的组成部分包括（　　　　）。

A. 筹集可贷资金的成本　　　　　B. 银行对市场风险所要求的补偿

C. 银行对战略风险所要求的补偿　D. 银行对贷款违约风险所要求的补偿

E. 每笔贷款的预期利润

4. 一般地，银行制定一个较完整的公司信贷营销计划应包括（　　　　）等。

A. 行动方案　　　　　　　　　　B. 计划概要

C. 损益预算表　　　　　　　　　D. 机会与问题分析

E. 营销战略与策略

5. 公司信贷中，初次面谈的提纲应包括（　　　　）等。

A. 客户总体情况　　　　　　　　B. 客户信贷需求

C. 可承受偿还期限　　　　　　　D. 可承受偿还利率

E. 拟向客户推介的信贷产品

6. 对外商投资企业或股份制企业，银行确立贷款意向后，除一般资料还应提交（　　　　）。

A. 抵（质）押物清单　　　　　　B. 产品销售合同

C. 董事会决议　　　　　　　　　D. 借款授权书正本

E. 借款授权书副本

7. 现场调研通常包括（　　　　）。

A. 现场走访　　　　　　　　　　B. 现场会谈

C. 实地考察　　　　　　　　　　D. 走访工商局

E. 查询官方资料

8. 贷前调查特别要对贷款的（　　　　）进行调查。

A. 信用等级　　　　　　　　　　B. 股东结构

C. 合法合规性　　　　　　　　　D. 安全性

E. 效益性

9. 复杂企业结构更容易产生潜在信用风险的原因包括（　　　　）。

A. 贷款原因复杂

B. 人员复杂

C. 贷款资金有可能被转移到集团其他公司

D. 内部集团资金流有可能转化为现金并用于债务清偿

E. 发生在集团其他公司的问题有可能影响借款企业

10. 直接运用违约概率模型估计客户违约概率的条件有（　　　）。

A. 建立一致的、明确的违约定义

B. 在建立一致、明确违约定义的基础上积累至少五年的数据

C. 与传统的专家系统相结合

D. 建立统一的信贷评估指引和操作流程

E. 建立统一的关键要素指标

11. 按贷款用途划分，公司信贷的种类包括（　　　）。

A. 保证贷款　　　　　　　　　　　B. 并购贷款

C. 特定贷款　　　　　　　　　　　D. 固定资产贷款

E. 流动资金贷款

12. 从损益表来看，（　　　）可能影响企业的收入支出，进而影响企业的借款需求。

A. 固定资产重置

B. 商业信用的减少

C. 债务重构

D. 一次性或非预期支出

E. 利润率下降

13. 关于主要工程设计方案，下列说法正确的有（　　　）。

A. 对工程量的分析应采用相应的行业标准

B. 土建工程主要指地基、一般土建、工业管道、电气及照明等工程

C. 建筑工程方案分析主要对建筑物的平面布置和楼层高度是否适应工艺和设备需要、建筑结构选择是否经济实用进行评估

D. 施工组织设计分析主要对施工方案、进度、顺序、产品原材料供应进行分析

E. 主要工程设计方案是指土建工程设计方案

14. 下列关于固定利率和浮动利率的说法。正确的有（　　　　）。

A. 浮动利率和固定利率的区别是借贷关系持续期内利率水平是否变化

B. 浮动利率是指借贷期限内利率随市场利率或其他因素变化相应调整的利率

C. 浮动利率的特点是可以灵敏地反映金融市场上资金的供求状况

D. 浮动利率借贷双方所承担的利率变动风险较大

E. 在贷款合同期内，无论市场利率如何变动，固定利率的借款人都按照固定的利率支付利息

15. 对于用票据设定质押的，票据背书的连续性审查包括（　　　　）。

A. 每一次背书记载事项、各类签章完整齐全

B. 每一次背书不得附有条件

C. 各背书相互衔接

D. 办理了质押权背书手续，并记明"担保"字样

E. 票据办理了质押权背书手续

16. 我国人民币贷款利率按贷款期限可分为（　　　　）。

A. 票据贴现利率　　　　　　　　　B. 短期贷款利率

C. 展期贷款利率　　　　　　　　　D. 久期贷款利率

E. 中长期贷款利率

17. 授信额度包括（　　　　）。

A. 信用证开证额度　　　　　　　　B. 提款额度

C. 保函额度　　　　　　　　　　　D. 承兑汇票额度

E. 现金额度

18. 我国现有的外汇贷款币种包括（　　　　）。

A. 美元　　　　　　B. 港元　　　　　　C. 日元

D. 欧元　　　　　　E. 澳元

19. 按贷款期限划分，公司信贷的种类包括（　　　　）。

A. 短期贷款　　　　　　　　　　　B. 中期贷款

C. 长期贷款　　　　　　　　　　　D. 永久贷款

E. 透支

20. 下列属于公司信贷理论的有（　　　　）。

A. 真实票据理论　　　　　　　B. 资产转换理论

C. 预期收入理论　　　　　　　D. 商业贷款理论

E. 超货币供给理论

21. 根据真实票据理论，以商业行为为基础的短期贷款的特点包括（　　　　）。

A. 有利于满足银行资金的流动性需求

B. 带有自动清偿性质

C. 以真实的商业票据为凭证作抵押

D. 可以在金融市场上被出售

E. 会增加银行的信贷风险

22. 下列属于真实票据理论的缺陷的有（　　　　）。

A. 使得缺乏物质保证的贷款大量发放，为信用膨胀创造了条件

B. 由于收入预测与经济周期有密切联系，资产的膨胀和收缩会影响资产质量，因此会增加银行的信贷风险

C. 局限于短期贷款不利于经济的发展

D. 贷款平均期限的延长会增加银行系统的流动性风险

E. 自偿性贷款随经济周期决定信用量，从而会加大经济波动

23. 下列关于资产转换理论的说法，正确的有（　　　　）。

A. 在该理论的影响下，商业银行的资产范围显著扩大

B. 该理论认为，银行能否保持流动性，关键在于银行资产能否转让变现

C. 该理论认为，稳定的贷款应该建立在现实的归还期限与贷款的证券担保的基础上

D. 该理论认为，把可用资金的部分投放于二级市场的贷款与证券，可以满足银行的流动性需要

E. 依照该理论进行信贷管理的银行在经济局势和市场状况出现较大波动时，可以有效避免资产抛售带来的巨额损失

24. 预期收入理论的观点包括（　　　　）。

A. 贷款能否到期归还是以未来收入为基础的

B. 稳定的贷款应该建立在现实的归还期限与贷款的证券担保的基础上

C. 中央银行可以作为资金流动性的最后来源

D. 当流动性的需要增大时，可以在金融市场上出售贷款资产

E. 长期投资的资金应来自长期资源

25. 预期收入理论带来的问题包括（   ）。
A. 缺乏物质保证的贷款大量发放，为信用膨胀创造了条件
B. 贷款平均期限的延长会增加银行系统的流动性风险
C. 由于收入预测与经济周期有密切关系，因此可能会增加银行的信贷风险
D. 银行的资金局限于短期贷款，不利于经济的发展
E. 银行危机一旦爆发，其规模和影响范围将会越来越大

26. 信贷资金的运动特征有（   ）。
A. 以偿还为前提的支出，有条件的让渡
B. 与社会物质产品的生产和流通相结合
C. 是一收一支的一次性资金运动
D. 信贷资金运动以银行为轴心
E. 产生经济效益才能良性循环

27. 下列关于风险预警的程序和方法的说法中，正确的是（   ）。
A. 根据运作机制将风险预警方法分为黑色预警法、蓝色预警法和红色预警法
B. 黑色预警法需要引进警兆自变量，考查警素指标的时间序列变化规律。即循环波动特征
C. 风险处置是指在风险警报的基础上，为控制和最大限度地消除商业银行风险而采取的一系列措施
D. 按照阶段划分，风险处置可以划分为预控性处置与全面性处置
E. 风险预警在运行过程中要不断通过时间序列分析等技术来检验其有效性

28. 影响贷款偿还的非财务因素在内容和形式上都是复杂多样的，一般可以从（   ）分析非财务因素对贷款偿还的影响程度。
A. 借款人的行业风险、经营风险、管理风险、自然及社会因素
B. 银行信贷管理
C. 借款人行业的成本结构、成长期
D. 产品的经济周期性和替代性、行业的盈利性、经济技术环境的影响
E. 对其他行业的依赖程度以及有关法律政策对该行业的影响程度

29. 下列银行收费服务中，采用政府指导价的有（   ）。
A. 担保   B. 承诺
C. 承兑   D. 汇兑
E. 委托收款

30. 下列选项中，符合次级贷款的主要特征的是（　　　）。

A. 借款人支付出现困难并且难以按市场条件获得新的资金

B. 借款人不能偿还对其他债权人的债务

C. 借款人内部管理问题未解决，妨碍债务的及时足额清偿

D. 借款人处于停产、半停产状态

E. 借款人采取隐瞒事实拿不正当手段套取贷款

31. 与其他产品一样，银行的信贷产品也会经历生命周期，下列关于产品生命周期策略的说法，正确的有（　　　）。

A. 在介绍期，研制费用可以减少

B. 在衰退期，银行利润日益减少

C. 在成熟期，银行的利润较稳定

D. 在成熟期，销售量的增长出现下降趋势

E. 在成长期，银行要花费大量资金来做广告宣传

32. 下列债权或者股权不得作为呆账核销的有（　　　）。

A. 借款人或者担保人有经济偿还能力，未按期偿还的银行债权

B. 违反法律法规的规定，以各种形式逃废或者悬空的银行债权

C. 行政干预逃废或者悬空的银行债权

D. 银行未向借款人和担保人追偿的债权

E. 其他不应当核销的银行债权或者股权

33. 常规清收包括（　　　）。

A. 依法收贷

B. 直接追偿

C. 协商处置抵（质）押物

D. 委托第三方清收

E. 依法追偿

34. 贷款意向书和贷款承诺都是贷款程序中不同阶段的成果，下列关于贷款意向书和贷款承诺的说法，正确的有（　　　）。

A. 贷款意向书不具备法律效力

B. 贷款承诺表明该文件为要约邀请

C. 每一笔中长期贷款均需做贷款意向书和贷款承诺

D. 贷款承诺必须按内部审批权限批准后才能对外出具

E. 对外出具贷款承诺，超基层行权限的项目须报上级行审批

35. 公司信贷中，借款人申请贷款时一般应当向银行如实提供（　　　）情况。

A. 所有开户行　　　　　　　　　　B. 开户账号

C. 存贷款余额　　　　　　　　　　D. 账户余额

E. 多头开户

36. 借款需求分析对银行的意义在于（　　　）。

A. 帮助银行有效地评估风险

B. 帮助银行确定合理的贷款结构与贷款利率

C. 为公司提供融资方面的合理建议

D. 确定贷款总供给量

E. 帮助银行增加盈利

37. 银行判断公司销售收入增长是否会产生借款需求的方法有（　　　）。

A. 判断其持续销售增长率是否足够高

B. 判断利润增长率

C. 判断成本节约率

D. 判断其资产效率是否相对稳定，且销售收入是否保持稳定、快速增长，且经营现金流不足以满足营运资本投资和资本支出增长

E. 比较若干年的"可持续增长率"与实际销售增长率

38. 下列会影响行业风险的情形有（　　　）。

A. 新兴行业处于发展期　　　　　　B. 经济周期正处于衰退时期

C. 某些行业的上游产业快速发展　　D. 国家出台一些影响行业的经济政策

E. 行业内企业间竞争较弱，形成自然垄断局面

39. 银行可从（　　　）方面对区域政府信用进行分析。

A. 政府以往信用记录　　　　　　　B. 区域产业政策合理性

C. 政府收入结构与支出结构的变动趋势　D. 政府法制化程度

E. 政府市场化水平

40. 下列属于企业经营风险的有（　　　）。

A. 无力偿还债务　　　　　　　　　B. 增加债务融资导致风险

C. 购买美国次级债无法收回　　　　D. 机器厂房因地震提前报废

E. 股票变现损失

三、判断题（共15题，每题1分。请判断以下各小题的对错，正确的用√表示，错误的用×表示）

1. 信贷资金运动就是信贷资金的筹集、运用、分配的过程。（　　　）

2. 短期流动资金贷款均为固定利率贷款。（　　　）

3. 银行内部资源分析就是将银行已有资源与营销需求相比较，确定自身的优势和劣势。（　　　）

4. 商业银行应选择对公司信贷产品有足够购买力的市场，其购买力不一定稳定，只要平均购买力足够即可。（　　　）

5. 商业银行每条产品线拥有的产品项目越多，其产品组合的宽度越大。（　　　）

6. 银行债权受偿方式有货币形式和以物抵债两种方式，二者无优先级别。（　　　）

7. 信贷档案是确定借贷双方法律关系和权利义务的重要凭证，是贷款管理情况的重要记录。（　　　）

8. 银行为提高贷款的收益性，通常希望借款人保持较高的资产负债率。（　　　）

9. 为顺利向银行取得公司贷款，公司在平时应尽可能积极主动与本行及他行发生业务往来，并维持良好的信用履约记录。（　　　）

10. 银行流动资金贷前调查报告中，应包含数额较大或账龄较短的国内外应收账款情况。（　　　）

11. 呆账核销后的管理只包括检查工作和抓好催收工作两项。（　　　）

12. 各级分支行发生的呆账，要逐户、逐级上报，上级行接到下级行的核销申请，应当组织有关部门进行严格审查并签署意见，并由上级行审批核销。（　　　）

13．公司借款需求与借款目的区别在于：借款需求强调借款发生的原因，而借款目的强调借款的用途。（　　　）

14．通常情况下，季节性负债增加就能满足季节性资产增长所产生的资金需求。（　　　）

15．当公司实际增长率超过可持续增长率时，公司必然需要贷款。（　　　）

答案速查与精讲解析（四）

答案速查

一、单项选择题

1. B	2. B	3. C	4. A	5. C	6. A	7. C	8. B	9. D
10. D	11. A	12. B	13. B	14. D	15. B	16. A	17. B	18. D
19. C	20. B	21. D	22. D	23. D	24. B	25. B	26. D	27. D
28. C	29. D	30. D	31. C	32. D	33. B	34. B	35. D	36. D
37. C	38. D	39. B	40. C	41. C	42. D	43. C	44. A	45. D
46. C	47. D	48. B	49. D	50. C	51. D	52. B	53. B	54. D
55. C	56. A	57. A	58. D	59. D	60. C	61. A	62. B	63. D
64. C	65. B	66. C	67. C	68. B	69. B	70. D	71. B	72. C
73. C	74. A	75. A	76. C	77. B	78. A	79. B	80. B	81. D
82. A	83. D	84. D	85. B	86. A	87. D	88. B	89. B	90. A

二、多项选择题

1. ABCDE	2. AB	3. ADE	4. ABCDE	5. ABE
6. CD	7. BC	8. CDE	9. CDE	10. AB
11. BDE	12. DE	13. BCE	14. ABCE	15. ABCE
16. ABE	17. ABCDE	18. ABCD	19. ABCE	20. ABCDE
21. ABC	22. CE	23. ABD	24. ABC	25. CE
26. ABDE	27. ACDE	28. ABCDE	29. CDE	30. ABCE
31. BCD	32. ABCDE	33. BCD	34. ADE	35. ABCDE
36. ABC	37. ADE	38. ABCDE	39. AC	40. CDE

三、判断题

1. ×	2. √	3. ×	4. ×	5. ×	6. ×	7. √	8. ×
9. √	10. ×	11. ×	12. ×	13. √	14. ×	15. ×	

精讲解析

一、单项选择题

1.【解析】B　尽管借款人目前有能力偿还贷款本息，但是存在一些可能对偿还贷款本息产生不利影响的因素。此类贷款属于关注级别的贷款。

2.【解析】B　特殊产品专业型，是指商业银行根据自身所具备的特殊资源条件和特殊技术专长，专门提供或经营某些具有优越销路的产品或服务项目。该策略的特点是：产品组合的宽度极小，深度不大，但关联性极强。

3.【解析】C　初次面谈中，抵押品的可接受性可从其种类、权属、价值、变现难易程度等方面考察。而抵押品越容易转让，其变现性越强。

4.【解析】A　公司信贷中，业务人员每一次与客户面谈后，都应当进行内部意见反馈，以使下一阶段工作顺利开展。

5.【解析】C　根据《贷款通则》对出具贷款意向书权限的要求，在项目建议书批准阶段或之前，各银行可以对符合贷款条件的项目出具贷款意向书，一般无权限限制。

6.【解析】A　在质押贷款中，虚假质押风险是贷款质押最主要的风险因素。如不法企业用变造或伪造的银行定期存单到银行骗取贷款。目前各家银行对此都作了严格的规定，只有本银行系统的存单才可用于在本行作质押贷款，但应注意，即使是同银行系统，不同机构存单也须加以核实并通知办理质押手续方能贷款。

7.【解析】C　根据《担保法》的规定，国家机关经国务院批准可对特定事项作保证人，该特定事项为：经国务院批准，为使用外国政府或国际经济组织贷款进行转贷。

8.【解析】B　根据《担保法》的规定，保证合同要以书面形式订立，以明确双方当事人的权利和义务。书面保证合同可以单独订立，包括当事人之间的具有担保性质的信函、传真等，也可以是主合同中的担保条款。

9.【解析】D　借款合同一经签订生效后，受法律保护的借贷关系即告确立，此时双方依据借款合同约定享有权利和承担义务。

10.【解析】D　借款合同中，贷款利率应当在人民银行规定的法定利率基础上在人民银行允许的范围内确定。

11.【解析】A　在实际操作中，并不能简单地以各类不良贷款为基数，乘以相应的计提比例来计提专项准备金。对于大额不良贷款，特别是大额可疑类贷款，要逐笔确定内在损失金额，以此为基数计提；对于其他不良贷款或具有某种相同特性的贷款，按照该类贷款的历史损失概率确定一个计提比例，实行批量计提。

12.【解析】B　选项A，对于大额可疑类贷款，应将其从贷款组合中区别出来，逐笔计算，专门计提专项准备金。选项C，对于大额次级类贷款，如果可能的还款来源还包括借款人的其他活动，如融资等所产生的现金流，则不应该从其贷款组合中区别出来逐笔计算应计提的贷款损失准备金。选项D，对于单笔贷款计提准备金时，应当扣除该笔贷款抵押品的价值；对批量贷款计提准备金时，则不需要扣除。

13.【解析】B 矩阵制是指在直线职能制垂直形态组织系统的基础上，再增加一种横向的领导系统。其优点是加强了横向联系，克服了信贷、结算、财务、信贷计划、外联等各个部门相互脱节的现象；专业人员和专用设备能得到充分的利用；具有较大的机动性；各种人员在一起可以互相激励、相得益彰。其缺点是成员不固定，有临时观念。

14.【解析】D 成本加成定价法下，贷款利率包括四部分：筹集可贷资金的成本、银行非资金性的营业成本、银行对贷款违约风险所要求的补偿以及预期利润水平。

15.【解析】B 大型、特大型企业或企业集团是一国国民经济的重要支撑者和贡献者，是政府主抓的对象，且这类企业对资金的需求十分庞大，对银行扩展自身市场份额具有很大作用，因此是商业银行重点争取的客户。

16.【解析】A 呆账核销是指银行经过内部审核确认后，动用呆账准备金将无法收回或者长期难以收回的贷款或投资从账面上冲销，从而使账面反映的资产和收入更加真实。

17.【解析】B 呆账核销后进行的检查，应将重点放在检查呆账申请材料是否真实上。一旦发现弄虚作假现象，应立即采取补救措施，并且对直接责任人和负有领导责任的人进行处理和制裁。触犯法律的，应移交司法机关追究法律责任。

18.【解析】D 选项A，在贷款分类中，对于被判定为正常类贷款的，应该对其分析判断的因素更多，判断过程更长。选项B，如果一笔贷款仅仅是贷款信息或信贷档案存在缺陷，并且这种缺陷对于还款不构成实质性影响，贷款不应被归为关注类，也不能将有特定风险的某一种类的贷款片面地归入关注类。选项C，在判断可疑类贷款时，要考虑"有明显缺陷，且有大部分损失"的关键特征。

19.【解析】C 现金流量是偿还贷款的主要还款来源，因此借款人还款能力的主要标志就是借款人的现金流量是否充足。在考察现金流量时，需要编制现金流量表，对借款人的现金流量进行结构分析，判断其现金流量是从经营活动、筹资，还是投资中得来的，从现金流量表中可以了解借款人在本期内各项业务活动中收益情况。

20.【解析】B 产品技术方案分析，就是分析项目产品的规格、品种、技术性能以及产品质量。产品选择应建立在市场调查和科学的需求预测的基础上，使拟建项目选择的产品在投产后进入市场时能适销对路，保证企业获得预期的经济效益。

21.【解析】D 浮动利率是指借贷期限内利率随物价、市场利率或其他因素变化相应调整的利率。根据题意，此银行所推出贷款品种的利率在借贷期限内每年随通货膨胀率变化，因而为浮动利率品种。

22.【解析】D 具有季节性销售特点的公司将经历存货和应收账款等资产的季节性增长。通常情况下，在销售高峰期，应收账款和存货的增长速度往往要高于应付账款和应计费用增长的速度，因此会导致流动资产的增加。D选项符合题意。

23.【解析】D 公司信贷是指以法人和其他经济组织等非自然人为接受主体的资金借贷或信用支持活动。

24.【解析】B　从银行角度来讲，资产转换周期是银行信贷资金由金融资本转化为实物资本，再由实物资本转化为金融资本的过程。

25.【解析】B　融资是指资金的借贷与资金的有偿筹集活动。通过金融机构进行的融资为间接融资；不通过金融机构，资金盈余单位与资金需求单位直接协议的融资活动为直接融资。

26.【解析】B　公司信贷的基本要素主要包括交易对象、信贷产品、信贷金额、信贷期限、贷款利率和费率、清偿计划、担保方式和约束条件等。

27.【解析】D　对于单笔贷款计提准备金时，应当扣除该笔贷款抵押品的价值；而对于批量贷款计提准备金时，则不需要扣除该笔贷款抵押品的价值。

28.【解析】C　不能按期归还贷款的，借款人应当在贷款到期日之前，向银行申请贷款展期，是否展期由银行决定。

29.【解析】D　费率是指利率以外的银行提供信贷服务的价格，一般以信贷产品金额为基数按一定比率计算。费率的类型较多，主要包括担保费、承诺费、承兑费、银团安排费、开证费等。商业银行办理收付类业务实行"谁委托、谁付费"的收费原则，不得向委托方以外的其他单位或个人收费。

30.【解析】D　委托贷款的风险由委托人承担，银行（受托人）只收取手续费，不承担贷款风险，不代垫资金。

31.【解析】C　公司信贷理论的发展大体上经历了真实票据理论、资产转换理论、预期收入理论和超货币供给理论四个阶段。

32.【解析】D　影响银行营销决策的微观环境有信贷资金的供求状况、信贷客户的需求、信贷动机及直接影响客户信贷需求的因素、银行同业竞争对手的实力与策略。

33.【解析】B　市场细分的作用有利于选择目标市场和制定营销策略、有利于发掘市场机会，开拓新市场，更好地满足不同客户对金融产品的需要，有利于集中人力、物力投入目标市场，提高银行的经济效益。

34.【解析】B　信贷余额扩张系数是用于衡量目标区域因信贷规模变动对区域风险的影响程度。指标小于0时，目标区域信贷增长相对较慢，负数则意味着处于萎缩状态；指标过大则说明区域信贷增长速度过快。扩张系数过大或过小都可能导致风险上升，因此B选项的说法错误。

35.【解析】B　银行公司信贷产品定位的第一步是识别目标市场客户购买决策的重要因素。这些因素就是所要定位的公司信贷产品应该或者必须具备的属性，或者是目标市场客户具有的某些重要的共同表征。

36.【解析】D　盈亏平衡点是某一企业销售收入与成本费用相等的那一点。当销售收入在盈亏平衡点以下时，企业亏损；以上时，则创造利润。如果盈亏平衡点较高，很少的销售下滑便有可能导致较大的利润下滑，所以D选项错误。反过来说，盈亏平衡点较低，影响盈利水平的风险也越小。

37. **【解析】** C　产品线专业型是指商业银行根据自己的专长，专注于某几类产品或服务的提供，并将它们推销给各类客户。这种策略强调的是产品组合的深度和关联性，产品组合的宽度一般较小。

38. **【解析】** D　衰退期是指银行产品已滞销并趋于淘汰的时期。这个阶段的特点是：市场上出现了大量的替代产品，许多客户减少了对老产品的使用，产品销售量急剧下降，价格也大幅下跌，银行利润日益减少。

39. **【解析】** B　贷款利率＝筹集可贷资金的成本＋银行的非资金性经营成本＋银行对贷款违约风险要求的补偿＋银行预期利润水平＝4%＋2%＋2%＋1%＝9%。

40. **【解析】** C　渗透定价策略采用很低的初始价格打开销路，以便尽早占领较大的市场份额，树立品牌形象后，再相应地提高产品价格，从而保持一定的盈利性。这也被称为"薄利多销定价策略"。如果存在以下一个或多个条件时，应慎重考虑采用该策略：①新产品的需求价格弹性非常大；②规模化的优势可以大幅度节约生产或分销成本；③产品没有预期市场，不存在潜在客户愿意支付高价购买该产品。

41. **【解析】** C　银团贷款是指由两家或两家以上的银行依据同样的贷款条件并使用一份共同的贷款协议，按约定的时间和比例，向借款人发放的并由一家共同的代理行管理的贷款，又称辛迪加贷款。

42. **【解析】** D　公司信贷的借款人应当是经工商行政管理机关（或主管机关）核准登记的企（事）业法人。

43. **【解析】** C　除国务院规定外，有限责任公司和股份有限公司对外股本权益性投资累计不得超过其净资产总额的50%。

44. **【解析】** A　现行的《银行账户管理办法》将企事业单位的存款账户划分为基本存款账户、一般存款账户、临时存款账户和专用存款账户。一个企事业单位只能选择一家银行的一个营业机构开立一个基本存款账户，主要用于办理日常的转账结算和现金收付。企事业单位的工资、奖金等现金的支取，只能通过该账户办理。

45. **【解析】** D　ABC是贷款人的义务，D项是贷款人的权利。

46. **【解析】** C　商业银行在取得抵债资产时，要同时冲减贷款本金与应收利息。

47. **【解析】** D　初次面谈时，对客户贷款需求状况的调查主要包括贷款目的、贷款金额、贷款期限、贷款利率、贷款条件和贷款用途。

48. **【解析】** B　银企合作协议涉及的贷款安排一般属于贷款意向书性质。如果要求协议具有法律效力，则对其中的贷款安排应以授信额度协议来对待。

49. **【解析】** D　贷前调查是银行受理借款人申请后，对借款人的信用等级以及借款的合法性、安全性、盈利性等情况进行调查，核实抵（质）押物、保证人情况，测定贷款风险度的过程。贷前调查是银行发放贷款前最重要的一环，也是贷款发放后能否如数按期收回的关键。ABC项是贷前调查的具体方法。

50. **【解析】** C　贷款效益性调查的内容包括：对借款人过去3年的经营效益情况进

行调查；对借款人当前经营情况进行调查；对借款人过去和未来给银行带来的综合效益情况进行调查。

51.【解析】D 选项 D 是商业银行固定资产贷前调查报告的内容要求，选项 ABC 是银行流动资金贷前调查报告内容要求。

52.【解析】B 对于设立了保证或抵（质）押的展期贷款，在到期后仍不能按时偿还时，银行才有权向担保人追索或行使抵（质）押权，以弥补贷款损失。

53.【解析】B 在信贷经营中，银行对企业监控的重点是一些可能导致经营风险的异常状况：如企业的经营状况发生了显著的变化，处于停产、半停产或经营停止；企业的业务性质发生变化；主要数据在行业统计中呈现不利变化或趋势；兼营不熟悉的业务或在不熟悉的地区开展业务。A 项属于企业生产的正常波动，不属于显著的变化；B 项企业的业务性质发生变化，如转型不成功，将会给企业带来较大影响，银行应重点监控；C 项企业的利润率在行业中呈现出了有利的变化；D 项企业在熟悉的地区开展熟悉的业务，一般也不会导致经营风险。

54.【解析】D 管理状况监控主要关注借款人的管理水平、管理结构、人员变化、员工士气变化及企业内部道德风险，管理层的品味、修养、中层管理层的管理水平、主要股东或管理企业的状况变化均属于企业管理状况范畴，借款人在银行存款状况反映的是企业与银行往来情况。

55.【解析】C 依法收贷是对不良贷款采取法律手段清理收回的活动，收贷的对象是不良贷款。逾期贷款、展期贷款如借款人在宽限期内偿还，就不必对其采用法律途径，不构成依法收贷的对象。只有在借款人拒不还款时银行才会采取法律手段维权，此时贷款对银行而言已成为不良贷款。

56.【解析】A 根据法律规定，财产保全可在起诉前申请、也可在起诉后判决前申请，起诉前申请财产保全被人民法院采纳后，应该在人民法院采取保全措施 10 天内正式起诉。

57.【解析】A 普通准备金又称一般准备金，是按照贷款余额的一定比例提取的贷款损失准备金。我国商业银行现行的、按照贷款余额 1% 提取的贷款呆账准备金相当于普通准备金。

58.【解析】D 可疑类资产的具体体现是：①借款人处于停产、半停产状态；②固定资产贷款项目处于停缓状态；③借款人已资不抵债；④银行已诉诸法律来回收贷款；⑤贷款经过了重组仍然逾期，或仍然不能正常归还本息，还款状况没有得到明显改善等。

59.【解析】D 偿还来源的稳定性和可变现性不同、成本费用不同，因而风险程度也不同。但通常正常经营所获得的资金（现金流量）是偿还债务最有保障的来源。担保或重新筹资存在较多的不确定性因素，且成本较高，因而风险较大，偿债保障性较低。

60.【解析】C 对于银行和企业，决定资产价值的主要因素是当前的市场价格。历史成本不能决定资产价值，也不能及时、准确地反映资产价值的变化。

61.【解析】A　历史成本法坚持匹配原则，即把成本平均摊派到与其相关的创造收入的会计期间。这与会计的审慎准则相抵触，使历史成本法在贷款分类应用中存在很大缺陷。从而无法反映特殊情况下资产负债的变化。

62.【解析】B　贷款档案员要在贷款结清（核销）后，完成该笔贷款文件的立卷工作，形成贷款档案。其中永久、20年期贷款档案应由贷款档案员填写贷款档案移交清单后向本行档案部门移交归档。

63.【解析】D　一级文件（押品）是信贷的重要物权凭证，在存放保管时应视同现金管理，可将其放置在金库或保险箱（柜）中保管，指定双人（押品保管员），分别管理钥匙和密码，双人入、出库，形成存取制约机制，而不应整理成卷交信贷档案员保管。对二级文件可在整理成卷后交信贷档案员管理。

64.【解析】C　信用评级分为外部评级和内部评级：前者是专业评级机构对债务人信用状况的整体评估，主要依靠专家定性分析，评级对象主要为企业；后者为商业银行根据内部数据和标准，对客户的风险进行评价，侧重于定量分析，所以C选项错误。

65.【解析】B　"脱钩"贷款是指在借款人接受和总行同意的情况下，银行按照不同于国外贷款协议规定的条件（如缩短贷款期限、提高或降低贷款利率等）对内进行转贷。

66.【解析】C　借款人如不能按期归还贷款时，应在贷款到期日前，向银行申请贷款展期。但是否展期要由银行决定。

67.【解析】C　《贷款通则》规定，银行在短期贷款到期1个星期前、中长期贷款到期1个月前，应向借款人发送还本付息通知单。

68.【解析】B　预控性处置是在风险预警报告已经作出，决策部门尚未采取相应措施之前，由风险预警部门或决策部门对尚未爆发的潜在风险提前采取控制措施，避免风险继续扩大对商业银行造成不利影响的一种风险处置方法。

69.【解析】B　为了使负债水平不同和筹资成本不同的项目具有共同的比较基础，评估中需假设企业全部资金均为自有资金，编制全部投资现金流量表，并将其作为评估的主要报表。通过该表计算的指标是判断项目效益情况的主要依据。

70.【解析】D　确定项目建设资金和流动资金分年使用计划时，应根据项目的达产率来安排流动资金分年使用计划。

71.【解析】B　处于成熟期的行业，其销售的波动性及不确定性都是最小，而现金流为最大，利润相对来说非常稳定，并且已经有足够多的有效信息来分析行业风险；产品实现标准化并且被大众所接受；扰乱整个行业运作的未知因素并不常见，除了碰到一些特殊情况，这一行业的成功率相对较高。因此，成熟期的行业风险性最低。

72.【解析】C　在分析与项目有关的地方机构时，由于地方项目的开发往往从地区角度出发，带有各自地区性目标，因此分析时应根据需要设置和调整地方机构，加强对项目中层的管理。

73.【解析】C　项目经营机构主要负责提供项目实施的成果，即项目投产后的经营，如产品的产、供、销。

74.【解析】A　项目环境条件分析是对拟建项目的人力、物力、财力等资源，以及相关协作配套项目和环境保护工作等方面进行审查分析，而不单单是项目自然环境条件、交通运输条件等方面的分析。

75.【解析】A　当可行性研究报告中对生产规模提出几种不同方案，并从中选择最优方案时，银行评估人员应对提出的最优方案进行审查、计算和分析，考核其选择是否正确。当可行性研究报告中未提出最优方案项目时，银行人员应从几种不同的可行性方案中选出最优方案。

76.【解析】C　分析项目的微观背景主要从项目发起人和项目本身着手。首先应分析项目发起人单位，然后分析项目提出的理由，并对项目的投资环境进行分析。

77.【解析】B　抵押物由于技术相对落后而造成的贬值称为功能性贬值，即由于科学技术发展，导致被评估设备与新设备比较，功能相对落后而发生贬值，或新技术、新材料、新工艺的运用导致被评估设备发生贬值。

78.【解析】A　贷款担保可分为人的担保和财产担保两种：前者是由作为第三人的自然人或法人向银行提供的，许诺借款人按期偿还贷款的保证；后者是以债务人或第三人的不动产、动产或权利财产为担保。

79.【解析】B　H银行面临的风险是整个房地产行业震荡，导致银行无法收回贷款，属于行业风险。

80.【解析】B　信贷资产相对不良率小于1时，表明该区域信贷风险低于银行一般水平，因而区域风险相对较低；不良率变幅为负时，表明该区域不良资产率在下降，区域风险下降；资产实际收益率较高，表明该区域信贷业务能创造较大的价值，区域风险相对较低。综合起来，以上三个指标都表明该区域的风险较小，因而可发展信贷业务。

81.【解析】D　信贷资产相对不良率指标是通过系统内比较，找出某区域信贷资产质量（风险）在整个银行系统中所处的位置，从而反映目标区域风险大小的一个指标。当该指标大于1时，说明目标区域信贷风险高于银行一般水平。

82.【解析】A　市场风险是指因股市价格、利率、汇率等的变动而导致证券价值遭受损失的风险，利率风险与汇率风险都属于市场风险的特殊形式。

83.【解析】D　该风险是由于银行系统内支行汇差资金占用，从而引发其他支行支付困难所导致的，属于清算风险。

84.【解析】D　在保证贷款中，连带保证人承担的是连带责任，即与债务人共同对债务负责，偿还顺序不分先后，且偿还金额不受限制。因此，当贷款到期时，银行可要求B公司偿还全部金额，也可要求贾某偿还全部金额。

85.【解析】B　将借款人的动产与权力凭证移交银行占有的方式属于质押，因而此种贷款方式属于质押贷款。

86.【解析】A　如果公司在银行有多笔贷款，且贷款是可以展期的，此时银行一定要确保季节性融资不被用于长期投资，比如营运资金投资，这样做的目的是为了保证银行发放的短期贷款只用于公司的短期投资，从而确保银行能够按时收回发放的贷款。

87.【解析】D　对于长期投资，一般除了维持公司正常运转的生产设备外，其他方面的长期融资需求，可能具有投机性，银行应当慎重处理，以免增大信用风险暴露。

88.【解析】B　在对企业贷款时，银行需要分析公司的财务匹配状况。如果销售收入增长足够快，且核心流动资产的增长主要是通过短期融资而非长期融资实现的，此时就需要将短期债务重构为长期债务。替代债务的期限取决于付款期缩短和财务不匹配的原因，以及公司产生现金流的能力。

89.【解析】B　应付账款被认为是公司的无成本融资来源，因为公司在应付账款到期前可以充分利用这部分资金购买商品和服务等。因此，当公司出现现金短缺时，通常会向供应商请求延期支付应付账款。

90.【解析】A　与固定资产扩张相关的借款需求，其关键信息主要来源于公司管理层。管理层可推迟固定资产扩张的时间，直到固定资产生产能力受限，或者利好机会出现以及融资成本降低时再进行投资。因而银行必须与公司管理层进行详细讨论，了解公司的资本投资计划，进而评估固定资产扩张是否可成为合理的借款原因。

二、多项选择题

1.【解析】ABCDE　选项ABCDE均属于企业经营风险。

2.【解析】AB　公司贷款定价原则包括：①利润最大化原则；②扩大市场份额原则；③保证贷款安全原则；④维护银行形象原则。

3.【解析】ADE　成本是定价的基础，在给企业贷款时，价格制订者要考虑筹集资金的成本和营业成本。在考虑成本的基础上，对贷款做出客户可以接受、银行有利可图的价格。任何贷款的利率都是由四部分组成：①筹集可贷资金的成本；②银行非资金性的营业成本；③银行对贷款违约风险所要求的补偿；④要为银行股东提供一定的资本收益，就必须考虑的每笔贷款的预期利润水平。

4.【解析】ABCDE　一般地，一个较完整的公司信贷产品市场营销计划应包括以下几个板块：计划概要、当前营销状况、机会与问题分析、营销目标、营销战略与策略、行动方案、损益预算表和营销控制。

5.【解析】ABE　初次面谈，调查人员应当做好充分准备，拟定详细面谈工作提纲。提纲内容应包括：①客户总体情况；②客户信贷需求；③拟向客户推介的信贷产品等。

6.【解析】CD　根据《贷款通则》的规定，借款人为外商投资企业或股份制企业的，银行在确立贷款意向后，除提交一般资料外还应向银行提交关于同意申请借款的董事会决议和借款授权书正本。

7.【解析】BC　现场调研是贷前调查中最常用、最重要的一种方法，开展现场调研工作通常包括现场会谈和实地考察两方面。

8.【解析】CDE　根据《贷款通则》的规定，业务人员在开展贷前调查时，应围绕借款人、保证人、抵（质）押人、抵（质）押物等从有关方面入手进行全面调查，特别是对贷款合法合规性、安全性和效益性方面进行调查。

9.【解析】CDE　复杂企业结构更容易产生潜在信用风险主要是由于以下原因：①贷款资金有可能被转移到集团其他公司；②内部集团资金流有可能转化为现金并用于债务清偿；③无论借款企业的条件和业绩有多优秀，发生在集团其他公司的问题也有可能影响到借款企业。

10.【解析】AB　与传统的定性分析方法相比，违约概率模型能够直接估计客户的违约概率，因此它对历史数据的要求较高，需要商业银行建立一致的、明确的违约定义，并且在此基础上积累至少五年的数据。

11.【解析】BDE　按贷款用途划分，公司信贷可以分为固定资产贷款、流动资金贷款、并购贷款、房地产贷款和项目融资。选项A属于按贷款担保方式划分的种类；选项C属于按贷款经营模式划分的种类。

12.【解析】DE　一般固定资产重置、商业信用减少、债务重构反映在资产负债表中，其中固定资产重置可能导致长期资产增加，商业信用减少、债务重构可能导致资本净值的减少。而从损益表来看，一次性或非预期支出、利润率下降可能影响企业收入支出，进而影响企业借款需求。

13.【解析】BCE　选项A，在施工方案分析中，对工程量的分析应以相应的额定标准为依据来进行。选项D，施工组织设计分析主要对施工方案、进度、顺序、建设材料供应计划等进行分析，产品原材料分析一般不在本阶段进行，而在原辅料供给分析阶段进行。

14.【解析】ABCE　按照借贷关系持续期内利率水平是否变化来划分，利率可分为固定利率和浮动利率，A选项说法正确。浮动利率是指借贷期限内利率随物价、市场利率或其他因素变化相应调整的利率，B选项说法正确。浮动利率的特点是可以灵敏地反映金融市场上资金的供求状况，借贷双方所承担的利率变动风险较小，C选项说法正确，D选项说法错误。固定利率是指在贷款合同签订时即设定好固定的利率，在贷款合同期内，无论市场利率如何变动，借款人都按照固定的利率支付利息，不需要"随行就市"，E选项正确。

15.【解析】ABCE　对于用票据设定质押的，必须对背书进行连续性审查。审查的内容包括：①每一次背书记载事项、各类签章完整齐全并不得附有条件，各背书相互衔接，即前一次转让的被背书人必须是后一次转让的背书人；②票据质押办理质押权背书手续，办理了质押权背书手续的票据应记明"质押"、"设质"等字样。

16.【解析】ABE　我国人民币贷款利率按贷款期限划分可分为短期贷款利率、中长期贷款利率及票据贴现利率。

17.【解析】ABCDE　授信额度是指银行在客户授信限额以内，根据客户的还款能力和银行的客户政策最终决定给予客户的授信总额。它是通过银企双方签署的合约形式加以明确的，包括信用证开证额度、提款额度、各类保函额度、承兑汇票额度、现金额度等。

18.【解析】ABCD　以外汇作为借贷货币的贷款称为外汇贷款。现有的外汇贷款币种有美元、港元、日元、英镑和欧元。

19.【解析】ABCE　按贷款期限划分，公司信贷可分为透支、短期贷款、中期贷款和长期贷款。

20.【解析】ABCDE　公司信贷理论的发展大体上经历了真实票据理论、资产转换理论、预期收入理论和超货币供给理论四个阶段，故 ABCE 选项符合题意。美国称"真实票据理论"为"商业贷款理论"，故 D 选项也符合题意。

21.【解析】ABC　根据亚当·斯密的理论，银行的资金来源主要是同商业流通有关的闲散资金，都是临时性的存款，银行需要有资金的流动性，以应付预料不到的提款需要。因此，最好只发放以商业行为为基础的短期贷款，因为这样的短期贷款有真实的商业票据为凭证作抵押，带有自动清偿性质。故 ABC 选项符合题意。

22.【解析】CE　真实票据理论的缺陷比较明显，银行短期存款的沉淀、长期资金的增加，使银行具备大量发放中长期贷款的能力，局限于短期贷款不利于经济的发展。同时，自偿性贷款随经济周期而决定信用量，从而可以加大经济的波动。故 CE 选项符合题意。AD 选项是资产转换理论的缺陷，B 选项是预期收入理论的缺陷，不符合题意。

23.【解析】ABD　在资产转换理论的影响下，商业银行的资产范围显著扩大，由于减少非盈利现金的持有，银行效益得到提高，A 选项说法正确。资产转换理论认为，银行能否保持流动性，关键在于银行资产能否转让变现，把可用资金的部分投放于二级市场的贷款与证券，可以满足银行的流动性需要，故 BD 选项说法正确。C 选项是预期收入理论的观点。资产转换理论也可能带来一些问题，在经济局势和市场状况出现较大波动时，证券的大量抛售同样会造成银行的巨额损失，故 E 选项说法错误。

24.【解析】ABC　预期收入理论认为，贷款能否到期归还，是以未来收入为基础的，只要未来收入有保障，长期信贷和消费信贷就能保持流动性和安全性。稳定的贷款应该建立在现实的归还期限与贷款的证券担保的基础上。按照以前的一些理论，这样一种贷款可称之为"合格的票据"，如果需要的话，可以拿到中央银行去贴现。这样，中央银行就成为资金流动性的最后来源了。D 选项是资产转换理论的观点，E 选项是真实票据理论的观点，不符合题意。

25.【解析】CE　预期收入理论带来的问题是，由于收入预测与经济周期有密切关系，同时资产的膨胀和收缩也会影响资产质量，因此可能会增加银行的信贷风险。银行危机一旦爆发，其规模和影响范围将会越来越大。故 CE 选项符合题意。AB 选项是资产转换理论带来的问题，D 选项是真实票据理论带来的问题，不符合题意。

26.【解析】ABDE　信贷资金的运动特征有：①以偿还为前提的支出，有条件的让渡；②与社会物质产品的生产和流通相结合；③产生经济效益才能良性循环；④信贷资金运动以银行为轴心。故 ABDE 选项符合题意。信贷资金是二重支付和二重归流的价值特殊运动。它的这种运动是区别于财政资金、企业自有资金和其他资金的重要标志之一。财政资金、企业自有资金和其他资金都是一收一支的一次性资金运动。故 C 选项不符合题意。

27.【解析】ACDE　黑色预警法不引进警兆自变量，只考察警素指标的时间序列变化规律，即循环波动特征，选项 B 错误。其余选项均正确。

28.【解析】ABCDE　一般可以从借款人的行业风险、经营风险、管理风险、自然及社会因素和银行信贷管理等几个方面入手分析非财务因素对贷款偿还的影响程度。也可以从借款人行业的成本结构、成长期、产品的经济周期性和替代性、行业的盈利性、经济技术环境的影响、对其他行业的依赖程度以及有关法律政策对该行业的影响程度等几个方面来分析借款人所处行业的基本状况和发展趋势，由此判断借款人的基本风险。

29.【解析】CDE　采用政府指导价的商业银行服务范围为人民币基本结算类业务，包括银行汇票、银行承兑汇票、本票、支票、汇兑、委托收款及托收承付等，不包含担保与承诺。

30.【解析】ABCE　ABCE 选项属于次级贷款的主要特征，D 选项属于可疑级贷款的主要特征。

31.【解析】BCD　选项 A，在成长期，研制费用可以减少；选项 E，在介绍期，银行要花费大量资金来做广告宣传。

32.【解析】ABCDE　不得作为呆账核销的有：①借款人或者担保人有经济偿还能力，未按期偿还的银行债权；②违反法律法规的规定，以各种形式逃废或者悬空的银行债权；③行政干预逃废或者悬空的银行债权；④银行未向借款人和担保人追偿的债权；⑤其他不应当核销的银行债权或者股权。

33.【解析】BCD　常规清收包括直接追偿、协商处置抵（质）押物、委托第三方清收等方式。

34.【解析】ADE　贷款意向书表明该文件为要约邀请，是为贷款进行下一步的准备和商谈而出具的一种意向性的书面声明，选项 B 说法错误；并非每一笔中长期贷款均需做贷款意向书和贷款承诺，有的贷款操作过程中既不需要贷款意向书也不需要贷款承诺，选项 C 说法错误。

35.【解析】ABCDE　公司信贷中，借款人应当如实向银行提供其要求的资料，包括所有开户行、账号、存贷款余额情况，配合银行的调查、审查和检查。如实向银行提供其多头开户、账户余额等情况，使银行可真实掌握借款人资金运行情况。

36.【解析】ABC　总体来说，银行进行贷款需求分析的意义在于控制贷款风险，具体来说，就是帮助银行有效地评估风险，帮助银行确定合理的贷款结构与贷款利率，为公司提供融资方面合理建议，这不但有利于公司的稳健经营，也有利于银行降低贷款风险。

37.【解析】ADE　银行判断公司长期销售收入增长是否会产生借款需求的方法主要

有三种：①快速简单的方法是判断持续的销售增长率是否足够高；②更为准确的方法是确定是否存在以下三种情况：销售收入保持稳定、快速增长，且经营现金流不足以满足营运资本投资和资本支出的增长，资产效率相对稳定；③确定若干年的"可持续增长率"并将其同实际销售增长率相比较。

38.【解析】ABCDE　行业风险的产生主要受以下因素影响：①受经济周期的影响；②受产业发展周期的影响；③受产业组织结构的影响；④受地区生产力布局的影响；⑤受国家政策的影响；⑥受产业链的位置影响。A选项属于②；B选项属于①；C选项属于⑥；D选项属于⑤；E选项属于③。

39.【解析】AC　政府信用状况是影响信贷风险的重要因素，一般对其考察可通过查阅以往信用记录了解政府信用历史，分析其信用可靠程度；另一方面，可通过分析政府收入结构与支出结构变动趋势，来考察其未来还款的保障能力。

40.【解析】CDE　企业经营风险是指企业控制和管理的全部资产的不确定性。C项企业购买美国次级债无法收回实质上是企业应收账款无法收回；D项机器厂房因地震提前报废属于固定资产比预计年限提前报废；E项股票变现损失属于资产贬值。企业无力偿还债务、增加债务融资导致风险都属于资产负债结构不当造成的风险，不属于经营风险。

三、判断题

1.【解析】×　信贷资金的运动是指信贷资金筹集、运用、分配和增值的过程。

2.【解析】√　短期流动资金贷款的贷款期限一般在一年以内，按季结息或按月结息，在如此短的期限内，市场利率一般不会发生太大变化，因而短期贷款利率一般执行合同利率，期间不对利率进行调整。

3.【解析】×　银行内部资源分析不仅要将自身已有资源与营销需求相比较，确定自身优劣势，还要进一步将银行自身优劣势与主要竞争对手的优劣势进行比较，以确定自身具备较大营销优势的范围。

4.【解析】×　商业银行选择目标市场必须要有足够的购买力且能保持稳定，这样才能保证银行具有足够的营业额。购买力不稳定可能引发银行营业额的波动，影响经营和盈利目标实现。

5.【解析】×　商业银行产品组合宽度以其拥有产品线的多少反映，所以应当是商业银行拥有的产品线越多，其产品组合宽度越大；每条产品线包含产品项目的多少反映了商业银行产品组合的深度，每条产品线内包含产品项越多，商业银行产品组合的深度越大。

6.【解析】×　银行债权应首先考虑以货币形式受偿，从严控制以物抵债。受偿方式以现金受偿为第一选择。

7.【解析】√　本题的说法正确。

8.【解析】×　资产负债率是体现借款人资本结构的主要指标。银行为提高贷款的安全性，通常希望借款人保持较低的资产负债率。

9.【解析】√　银行在发放贷款时要考察借款人与银行的关系，公司积极与银行开展良好的业务合作关系，拥有良好的信用记录，就越容易获得银行贷款；反之，如果贷款前与银行毫无往来，则贷款时信用记录为零，不容易获得银行信任。

10.【解析】×　银行流动资金贷前调查报告中，应包含数额较大或账龄较长的国内外应收账款情况。对于应收账款，账龄越长，无法收回的可能性越大，风险越大；而较短的贷款收回风险较小，因而不用专项列支，包含在应收账款金额中即可。

11.【解析】×　呆账核销后的管理工作还要做好呆账核销工作的总结，可以吸取经验教训，加强贷款管理，具有十分重要的意义。

12.【解析】×　上级行在接到下级行的核销申请时，应当组织有关部门进行严格审查并签署意见，并由总行审批核销。

13.【解析】√　借款需求与借款目的的区别在于：借款需求是指公司为什么会出现资金短缺并需要借款，原因可能是由于长期性资本支出、季节性存货、应收账款增加等导致现金短缺。公司的借款需求可能是多方面的。而借款目的主要指借款的用途，一般来说，长期贷款用于长期融资的目的，短期贷款则用于短期融资的目的。

14.【解析】×　通常情况下，季节性负债增加并不能满足季节性资产增长所产生的资金需求。在销售高峰期，应收账款和存货增长的速度往往要大于应付账款和应计费用增长的速度。

15.【解析】×　当公司实际增长率显著超过可持续增长率时，公司确实需要贷款。如果只是略微超过，尚需进一步判断。

▶2011 年银行业从业人员资格认证考试

《公司信贷》
押题预测试卷（五）

一、单项选择题（共 90 题，每题 0.5 分。在以下各小题所给出的 4 个选项中，只有 1 个选项符合题目要求，请将正确选项的代码填入括号内）

1. （   ）是指银行经营的每条产品线内所包含的产品项目的数量。
A. 产品组合的宽度   B. 产品组合的深度
C. 产品组合的关联性   D. 产品大类的数量

2. 下列利率实行一年一定的是（   ）。
A. 短期利率   B. 中长期利率   C. 逾期贷款   D. 存款准备金率

3. 贷款费率不包括（   ）。
A. 担保费   B. 承诺费   C. 银团安排费   D. 贷款利率

4. 当前较为普遍的贷款分类方法，主要依据（   ）。
A. 历史成本法   B. 市场价值法
C. 净现值法   D. 公允价值法

5. 下列选项中，属于商业银行可以接受的财产质押的有（   ）。
A. 不可转让的财产   B. 国家机关的财产
C. 依法被查封、扣押、监管的财产   D. 依法可转让的股权

6. 根据真实票据理论，企业长期投资的资金不应来自（   ）。
A. 留存收益   B. 流动资金贷款
C. 发行长期债券   D. 发行新股票

7. 根据银行公司信贷产品的三层次理论，银行在与重点客户签订银行合作协议时，为其提供包括票据贴现、贸易融资、项目贷款等在内的长、短期一揽子信贷产品属于（   ）。
A. 核心产品   B. 基础产品   C. 扩展产品   D. 延伸产品

8. 贷款承诺费是指银行对（　　　　）的那部分资金收取的费用。

A. 已承诺贷给客户，客户已经使用　　B. 未承诺贷给客户，客户已经使用

C. 已承诺贷给客户，客户没有使用　　D. 未承诺贷给客户，客户没有使用

9. （　　　　）是指应银行要求，借款人在银行保持一定数量的活期存款和低利率定期存款。

A. 隐含价格　　　　B. 贷款承诺费　　　C. 贷款利率　　　D. 补偿余额

10. 在价格领导模型中，贷款利率不包括（　　　　）。

A. 优惠利率

B. 借款人支付的违约风险溢价

C. 长期贷款借款人支付的期限风险溢价

D. 小额贷款借款人支付的沟通成本溢价

11. 下列不属于组合营销渠道策略的是（　　　　）。

A. 营销渠道与产品生产相结合　　　　B. 营销渠道与销售环节相结合

C. 营销渠道与促销相结合　　　　　　D. 营销渠道与会计出纳相结合

12. 银行广告一般有形象广告和产品广告两种类型，公司信贷营销主要运用（　　　　）广告，突出（　　　　）策略。

A. 产品；差异化　　　　　　　　　　B. 形象；差异化

C. 产品；成本优先　　　　　　　　　　D. 形象；成本优先

13. 银行营销机构的组织形式不包括（　　　　）。

A. 直线职能制　　　B. 事业部制　　　C. 有限合伙制　　　D. 矩阵制

14. 贷款效益性调查的内容不包括对借款人（　　　　）进行调查。

A. 过去 3 年的经营效益情况

B. 当前经营情况

C. 过去和未来给银行带来收入、存款等综合效益情况

D. 担保是否符合规定

15. 下列不属于贷前调查内容的是（　　　　）。

A. 效益性　　　　　B. 风险性　　　　C. 合法性　　　　D. 科学性

16. 贷前调查的主要对象不包括（　　　）。
A. 借款人　　　　　B. 担保人　　　　　C. 抵（质）押物　　D. 贷款项目

17. 不属于银行信贷人员在面谈中需要了解的客户信息有（　　　）。
A. 贷款背景　　　　　　　　　　B. 信用记录
C. 项目收益　　　　　　　　　　D. 抵押品变现难易程度

18. 下列不属于银行市场微观环境范畴的是（　　　）。
A. 信贷客户的信贷动机　　　　　B. 信贷客户的分布
C. 银行本身　　　　　　　　　　D. 竞争对手

19. 公司信贷客户市场细分时，下列细分角度错误的是（　　　）。
A. 客户所属的产业　　　　　　　B. 客户规模
C. 客户信用等级　　　　　　　　D. 客户获利情况

20. 属于银行市场定位的内容是（　　　）。
A. 产品定位　　　　B. 收益定位　　　　C. 价格定位　　　　D. 竞争定位

21. 关于银行矩阵制的营销机构组织形式，下列说法正确的是（　　　）。
A. 业务部门间易缺乏沟通效率
B. 加强了营销部门和信贷业务部门的横向联系
C. 增加了费用开支
D. 容易滋长本位主义

22. 下列情形中，可能导致长期资产增加的是（　　　）。
A. 季节性销售增长　　　　　　　B. 长期销售增长
C. 资产效率下降　　　　　　　　D. 固定资产扩张

23. 在估计可持续增长率时，通常假设内部融资的资金来源主要是（　　　）。
A. 留存收益　　　　B. 净资本　　　　C. 增发股票　　　　D. 增加负债

24. 下列关于应付账款的说法，错误的是（　　　）。
A. 应付账款被认为是公司的无成本融资来源
B. 当公司出现现金短缺时，通常会向供应商请求延期支付应付账款
C. 如果公司经常无法按时支付应付账款，其商业信用会减少
D. 应付账款还款期限延长，可能造成公司的现金短缺，从而形成借款需求

25. 借款人需要将其动产或权利凭证移交银行占有的贷款方式为（　　　　）。
A. 抵押贷款　　　　B. 质押贷款　　　　C. 信用贷款　　　　D. 留置贷款

26. （　　　　）反映了信贷业务的价值创造能力。
A. 总资产收益率　　　　　　　　　　B. 贷款实际收益率
C. 利息实收率　　　　　　　　　　　D. 信贷平均损失率

27. 一个行业的进入壁垒越高，则该行业的自我保护越（　　　　），该行业的内部竞争越（　　　　）。
A. 强；强　　　　　B. 强；弱　　　　　C. 弱；强　　　　　D. 弱；弱

28. 一般来说，购买者不具有较强讨价还价能力的情形是（　　　　）。
A. 购买者的总数较少，而每个购买者的购买量较大
B. 购买者所购买的产品各具有一定特色
C. 购买者有能力实现后向一体化，而卖主不能实现前向一体化
D. 卖方行业由大量相对来说规模较小的企业组成

29. 保证人性质的变化会导致保证资格的丧失，保证人应是具有代为清偿能力的（　　　　）。
A. 企业　　　　　　　　　　　　　　B. 企业法人或自然人
C. 自然人　　　　　　　　　　　　　D. 企业法人

30. 处于成长阶段的行业，产品价格（　　　　），利润为（　　　　）。
A. 下降；负值　　B. 下降；正值　　C. 上升；正值　　D. 上升；负值

31. 处于（　　　　）的行业销售的波动性及不确定性都是最小的，而现金流为最大。
A. 启动阶段　　　　B. 成长阶段　　　　C. 成熟阶段　　　　D. 衰退阶段

32. （　　　　）是指某一行业内企业的固定成本和可变成本之间的比例。
A. 财务报表结构　　B. 成本结构　　　　C. 经营杠杆　　　　D. 盈亏平衡点

33. 处于成熟期的行业，价格竞争（　　　　），新产品的出现速度非常（　　　　）。
A. 很激烈；快　　　　　　　　　　　B. 很激烈；慢
C. 不激烈；快　　　　　　　　　　　D. 不激烈；慢

34. 在（　　　　）时，行业内竞争比较激烈。
A. 行业进入导入期
B. 行业进入壁垒高
C. 行业内资本运作比较频繁
D. 行业内用户转换成本高

35. 在行业发展的四阶段模型中，对银行来说，比较理想的阶段是（　　　　）。
A. 启动阶段　　　　B. 成长阶段　　　　C. 成熟阶段　　　　D. 衰退阶段

36. 下列关于国别风险的说法，错误的是（　　　　）。
A. 国别风险比主权风险或政治风险概念更广
B. 国别风险的具体内容因评价目的不同而不同
C. 国内信贷属于国别风险分析的主体内容
D. 国别风险与其他风险不是并列的关系，而是一种交叉关系

37. 在比较分析法中，现实中通常以（　　　　）的标准作为行业平均水平。
A. 本行业所有公司
B. 上市公司
C. 中等规模以上公司
D. 中等规模公司

38. 营运能力是指通过借款人（　　　　）的有关指标反映出来的资产利用效率，它表明企业管理人员经营、管理和运用资产的能力。
A. 盈利比率　　　　B. 财务杠杆　　　　C. 现金流量　　　　D. 资产周转速度

39. 借款人存货周转率是指用一定时期内的（　　　　）除以（　　　　）得到的比率。
A. 平均存货余额；销货收入
B. 销货收入；平均存货余额
C. 销货成本；平均存货余额
D. 平均存货余额；销货成本

40. 计算现金流量时，以（　　　　）为基础，根据（　　　　）期初期末的变动数进行调整。
A. 损益表；股东权益变动表
B. 资产负债表；损益表
C. 损益表；资产负债表
D. 资产负债表；股东权益变动表

41. 资产负债表中的项目变动对现金流量的影响表现为：资产增加，现金（　　　　）；负债减少，现金（　　　　）。
A. 流出；流出
B. 流出；流入
C. 流入；流出
D. 流入；流入

42. 在信用评级操作程序中，不合要求的是（　　　　）。

A. 相关部门调查、初评　　　　　　B. 报送到风险管理部门审核

C. 上报至银行主管风险管理领导审核　　D. 银行领导签字认定后直接反馈认定信息

43. 在贷款担保中，借款人将其动产交由债权人占有的方式属于（　　　　）。

A. 保证　　　　　B. 抵押　　　　　C. 质押　　　　　D. 定金

44. 下列关于防范质押操作风险的说法，错误的是（　　　　）。

A. 银行应当确认质物是否需要登记

B. 银行应收齐质物的有效权利凭证

C. 银行应当与质物出质登记、管理机构和出质人签订三方协议，约定保全银行债权的承诺和监管措施

D. 银行借出质押证件时，应书面通知登记部门或托管方撤销质疑

45. 下列关于贷款抵押额度，错误的表述是（　　　　）。

A. 抵押人担保的债权不得超出其抵押物的价值

B. 抵押贷款额度＝抵押物评估价值×抵押贷款率

C. 再次抵押的财产的价值余额不能超出所担保的债权

D. 抵押财产价值高于所担保债权的余额部分不可以再次抵押

46. 保证合同不能为（　　　　）。

A. 书面形式　　　　　　　　　　　B. 口头形式

C. 信函、传真　　　　　　　　　　D. 主合同中的担保条款

47. 下列关于质押的说法，错误的是（　　　　）。

A. 质押是债权人所享有的通过占有由债务人或第三人移交的质物而使其债权优先受偿的权利

B. 设立质权的人称为质权人

C. 质押担保的范围包括质物保管费用

D. 以质物作担保所发放的贷款为质押贷款

48. 下列质押品中，不能用其市场价格作为公允价值的是（　　　　）。

A. 国债　　　　　　　　　　　　　B. 银行承兑汇票

C. 上市公司流通股　　　　　　　　D. 上市公司限售股

49. 关于质押率的确定，说法错误的是（　　　　）。

A. 应根据质押财产的价值和质押财产价值的变动因素，科学地确定质押率

B. 确定质押率的依据主要有质物的适用性、变现能力

C. 对变现能力较差的质押财产应适当提高质押率

D. 质物、质押权利价值的变动趋势可从质物的实体性贬值、功能性贬值及质押权利的经济性贬值或增值三方面进行分析

50. 下列关于抵押物转让的说法，错误的是（　　　　）。

A. 在抵押期间，抵押人转让已办理抵押登记的抵押物的，若未通知银行，则转让行为无效

B. 在抵押期间，抵押人转让已办理抵押登记的抵押物的，若未告知受让人转让物已经抵押，则转让行为无效

C. 抵押权应与其担保的债权分离而单独转让

D. 抵押人转让抵押物所得的价款，应向银行提前清偿所担保的债权

51. 对项目所采用设备的先进性、经济合理性和适用性等的综合分析论证是指（　　　　）。

A. 工艺技术评估　　　　　　　　B. 生产条件评估

C. 经济效益的评估　　　　　　　D. 社会效益评估

52. 下列关于银行对项目进行技术及工艺流程分析的说法，错误的是（　　　　）。

A. 产品技术方案分析无须考虑市场的需求状况

B. 分析产品的质量标准时，应将选定的标准与国家标准进行对比

C. 对生产工艺进行评估，要熟悉项目产品国内外现行工业化生产的工艺方法的有关资料

D. 对项目工艺技术方案进行分析评估的目的是分析产品生产全过程技术方法的可行性

53. 关于贷款项目评估意义，下列表述不准确的是（　　　　）。

A. 有助于制订合理的信贷计划　　　　B. 有助于甄选贷款项目

C. 有助于调节和优化信贷结构　　　　D. 有助于解决项目实施过程遇到的问题

54. （　　　　）是贷款项目分析的核心工作和贷款决策的重要依据。

A. 生产规模分析　　　　　　　　B. 项目财务分析

C. 技术及工艺流程分析　　　　　D. 项目环境条件分析

55. 投资利税率是（　　　　）。

A. 使项目在计算期内各年净现金流量累计净现值等于零时的折现率

B. 项目达到设计能力后的一个正常年份的年利润总额与项目总投资的比率

C. 项目达到设计生产能力后的一个正常生产年份的利税总额或项目生产期内平均利税总额与项目总投资的比率

D. 项目达到设计生产能力后的正常生产年份的利润总额或项目生产期内平均利润总额与资本金的比率

56. 下列各项要在税收审查时计入项目成本的是（　　　　）。

A. 车船牌照使用税　　　　　　　　　B. 资源税

C. 城市维护建设税　　　　　　　　　D. 投资方向调节税

57. 项目现金流量计算的内容包括（　　　　）。

A. 折旧支出　　　　　　　　　　　　B. 无形资产支出

C. 固定资产投资　　　　　　　　　　D. 递延资产摊销

58. 下列属于项目盈利能力的指标是（　　　　）。

A. 投资利税率　　B. 资产负债率　　C. 贷款偿还期　　D. 速动比率

59. 在担保的问题上，主要有两个方面的问题要重点考虑，一是法律方面，二是（　　　　）方面。

A. 风险　　　　　　B. 政治　　　　　　C. 经济　　　　　　D. 收益

60. 一般情况下，临时贷款的期限不应超过（　　　　）个月。

A. 1　　　　　　　　B. 3　　　　　　　　C. 6　　　　　　　　D. 12

61. 在贷款审查中，对贷款保证人的审查内容不包括保证人（　　　　）。

A. 是否具有合法资格

B. 是否具有较高的信用等级

C. 净资产和担保债务的状况

D. 是否在银行开立了保证金专用存款账款

62. 关于银行对关系人的贷款，错误的说法是（　　　　）。

A. 商业银行不得向关系人发放信用贷款

B. 股份制银行不得对其股东发放关系贷款

C. 关系人包括商业银行的董事、监事、管理人员、信贷业务人员及其近亲

D. 向关系人发放担保贷款的条件不得优于其他借款人同类贷款的条件

63. 下列属于信贷业务岗职责的是（　　　　）。

A. 审查授信业务是否符合国家和本行信贷政策投向政策

B. 对财务报表、商务合同等资料进行表面真实性审查，对明显虚假的资料提出审查意见

C. 负责信贷档案管理，确保信贷档案完整、有效

D. 审查借款行为的合理性，审查贷前调查中使用的信贷材料和信贷结论在逻辑上是否具有合理性。

64. 保证期间是指（　　　）主张权利的期限。

A. 保证人向借款人　　　　　　　　B. 保证人向债权人

C. 债权人向保证人　　　　　　　　D. 债权人向债务人

65. 对于一些金额小、数量多的贷款，要采取（　　　　）的办法来计提贷款损失准备金。

A. 审查比率　　　B. 逐笔计算　　　C. 固定比率　　　D. 批量处理

66. 银行在收取承担费时，说法错误的是（　　　　）。

A. 借款人擅自变更提款计划的，银行应该查清原因并收取承担费

B. 在借款人的提款期限届满之前，公司业务部门应将借款人应提未提的贷款额度通知借款人

C. 在借款人提款有效期内，如果借款人部分或全部未提款，则银行就应该对未提部分在提款期结束时自动注销

D. 对于允许变更提款计划的，银行应该对借款人收取贷款额度承担费

67. 下列关于抵押物处理，错误的表述是（　　　　）。

A. 抵押物因为出险所得的赔偿金应存入商业银行指定的账户

B. 抵押人应该保持剩余抵押物价值不低于规定的抵押率

C. 借款人要对抵押物出险后所得的赔偿数额不足清偿的部分提供新的担保

D. 抵押人转让或部分转让所得的价款应当存入商业银行账户，必须在到期才能一并清偿所担保的债权

68. 红色预警法重视的是（　　　　）。

A. 定量分析　　　　　　　　　　　B. 定性分析

C. 定量分析与定性分析相结合　　　D. 警兆指标循环波动特征的分析

69. 银行在依法收贷工作中应该注意（　　　）。

A. 银行既要重视诉讼，更要重视执行

B. 银行在依法收贷中要一视同仁、不能区别对待

C. 信贷人员在依法收贷中必须由法律顾问进行专业指导

D. 银行在依法收贷中主要应该依赖于诉讼手段

70. 以下不属于商业银行一级押品的是（　　　）。

A. 上市公司股票、政府债券和公司债券

B. 保险批单、提货单、产权证或其他权益证书

C. 法律文件和贷前审批及贷后管理的有关文件

D. 银行开出的本外币存单、银行本票和银行承兑汇款

71. 与其他企业相比，三资企业需要特别上交的客户档案是（　　　）。

A. 借款人和担保人的营业执照　　　　B. 法人代码证及税务登记证的复印件

C. 借款人和担保人的开户情况　　　　D. 企业成立的批文、公司章程

72. 贷款档案管理的原则不包括（　　　）。

A. 集中统一　　　　B. 分散管理　　　　C. 专人负责　　　　D. 按时交接

73. 贷款总结评价的内容不包括（　　　）。

A. 对贷款客户选择的评价分析　　　　B. 对贷款综合效益的评价分析

C. 对贷款方式选择的评价分析　　　　D. 对贷款的还款情况的评价分析

74. 广义的依法收贷方式不包括（　　　）。

A. 处理变卖抵押物　　　　　　　　　B. 催收

C. 提前收回违约使用的贷款　　　　　D. 强制执行

75. 在贷款质押担保问题上，银行要重点考虑的是（　　　）。

A. 担保的合法性　　　　　　　　　　B. 担保的充分性

C. 担保人的资格　　　　　　　　　　D. 担保人的意愿

76. 一般准备金作为利润分配来处理，是所有者权益的组成部分，因而可以计入作为商业银行资本基础的附属资本，但计入的一般准备金不能超过银行加权风险资产的（　　　）。

A. 2.5%　　　　B. 2%　　　　C. 1.5%　　　　D. 1.25%

77. 在非强制变现的情况下，按买卖双方自主协商的价格确定贷款价值的方法是（ ）。

    A. 历史成本法   B. 市场价值法   C. 净现值法   D. 合理价值法

78. 通常银行通过筹集资本金来覆盖（ ），通过提取准备金来覆盖（ ）。

    A. 预期损失；预期损失   B. 预期损失；非预期损失

    C. 非预期损失；预期损失   D. 非预期损失；非预期损失

79. 普通准备金（ ）资本的性质，专项准备金（ ）资本的性质。

    A. 具备；具备   B. 不具备；具备

    C. 具备；不具备   D. 不具备；不具备

80. 下面不属于贷款损失准备金计提原则的是（ ）。

    A. 风险性原则   B. 及时性原则   C. 审慎性原则   D. 充足性原则

81. 银行进行贷款风险分类的意义不包括（ ）。

    A. 贷款风险分类是银行稳健经营的需要

    B. 贷款风险分类是金融审慎监管的需要

    C. 贷款风险分类标准是利用外部审计师辅助金融监管的需要

    D. 贷款风险分类是银行增加收益的需要

82. 计提贷款损失准备金时，（ ）是指商业银行计提贷款损失准备金应在估计到贷款可能存在内在损失、贷款的实际价值可能减少时进行，而不应在贷款内在损失实际实现或需要冲销贷款时才计提贷款损失准备金。

    A. 及时性原则   B. 充足性原则   C. 保守性原则   D. 风险性原则

83. 某分行一年内已处理的抵债资产总价（列账的计价价值）为 5 000 万元，一年内待处理的抵债资产总价（列账的计价价值）为 1 亿元，已处理的抵债资产变现价值为 2 000 万元，则该分行该年抵债资产处置率为（ ）。

    A. 75%   B. 50%   C. 40%   D. 20%

84. 债务人不能进行以资抵债的情况有（ ）。

    A. 债务人改制，银行不实施以资抵债就会造成信贷资产损失的

    B. 债务人未经批准使用信贷资金购买固定资产从而使得生产资金紧缺的

    C. 债务人贷款到期，货币资金不足以清偿贷款本息，就可以事先抵押或质押给银行的财产抵偿贷款本息

　　D. 债务人因为资不抵债宣告破产，经过合法清算以后，依照有权部门判决、裁定，以其合法资产抵偿银行贷款本息的

85. 下列关于呆账核销的说法，错误的是（　　　　）。
A. 对符合条件的呆账经批准核销后，作冲减呆账准备处理
B. 银行发生的呆账应逐户、逐级上报
C. 对于小额呆账，一级分行应将总行授权向支行转授权，并上报总行备案
D. 总行对一级分行的具体授权额度根据内部管理水平确定

86. 《贷款通则》从（　　　　）起施行。
A. 2003 年 8 月 1 日　　　　　　　　B. 2001 年 8 月 1 日
C. 1996 年 8 月 1 日　　　　　　　　D. 1990 年 8 月 1 日

87. 银行确立授信额度的步骤中，位于"进行偿债能力分析"后面的是（　　　　）。
A. 分析借款原因与借款需求
B. 讨论借款原因与具体需求额度
C. 辨别和评估关键风险和影响借款企业资产转换周期和债务清偿能力因素
D. 整合所有授信额度作为借款企业信用额度，完成最后授信申请并提交审核

88. （　　　　）属于财产保全的方式。
A. 诉前财产保全　　　　　　　　　　B. 诉后财产保全
C. 执行财产保全　　　　　　　　　　D. 强制财产保全

89. 抵债资产的保管方式不包括（　　　　）。
A. 亲自保管　　　B. 就地保管　　　C. 委托保管　　　D. 上收保管

90. 在债务人所有的下列财产中，一般不能作为抵债资产的是（　　　　）。
A. 专利权　　　　　　　　　　　　　B. 土地使用权
C. 公益性质的职工住宅　　　　　　　D. 股票

　　二、多项选择题（共 40 题，每题 1 分。在以下各小题所给出的 5 个选项中，至少有 1 个选项符合题目要求，请将正确选项的代码填入括号内）

1. 在以下的贷款方式中，不需要银行承担贷款风险的是（　　　　）。
A. 银团贷款　　　　　　　　　　　　B. 委托贷款

   C. 特定贷款 　　　　　　　　　D. 自营贷款

   E. 辛迪加贷款

2. 公司信贷管理的原则包括（　　　　）。

   A. 实贷实付原则 　　　　　　　B. 协议承诺原则

   C. 诚信申贷原则 　　　　　　　D. 统一对待原则

   E. 贷后管理原则

3. 银行内部资源分析所涉及的内容包括（　　　　）。

   A. 人力资源 　　　　　　　　　B. 财务实力

   C. 物质支持 　　　　　　　　　D. 技术资源

   E. 资讯资源

4. 下列关于市场细分的说法，正确的有（　　　　）。

   A. 市场细分是指银行把公司信贷客户按某一种或几种因素加以区分，使区分后的客户需求在一个或多个方面具有相同或相近的特征，以便确定客户政策

   B. 目的是使银行针对不同子市场的特殊但又相对同质的需求和偏好，有针对性地采取一定的营销组合策略和营销工具，以满足不同客户群的需要

   C. 有利于集中人力、物力投入目标市场，提高银行的经济效益

   D. 有利于发掘市场机会，开拓新市场，更好地满足不同客户对金融产品的需要

   E. 有利于选择目标市场和制定营销策略

5. 针对不同的公司信贷客户，商业银行应该采取的措施包括（　　　　）。

   A. 根据民营企业的现实需求设计手续简便、快捷的贷款产品和方便的中间业务

   B. 选派对现代金融理论及金融创新理论均有较高造诣的高素质客户经理前往外商独资企业接洽

   C. 合资和合作经营企业基本上是比较规范的现代股份制企业，经营业绩良好，是商业银行重点争取的对象

   D. 重点争取有大量融资和中间产品服务需求的大型重点国有企业

   E. 在整体评估的基础上，慎重选择处于困境中的中小型国有企业为服务对象

6. 商业银行对公司信贷客户市场按区域进行细分，主要考虑客户所在地区的（　　　　）。

   A. 市场密度 　　　　　　　　　B. 交通便利程度

   C. 整体教育水平 　　　　　　　D. 经济发达程度

   E. 性别比例

7. 与一般工商业企业相比，银行提供的信贷产品和服务的特点包括（　　　　）。

A. 公司信贷产品是无形的

B. 公司信贷产品和银行的全面运作分不开

C. 对于同一种类的公司信贷产品，不同银行提供的服务质量相同

D. 公司信贷产品易被竞争对手模仿

E. 公司信贷产品是其服务项目的动力引擎

8. 对于流动资金贷款，在确立贷款意向后，客户除了提供一般的资料外，还需要提供的材料包括（　　　　）。

A. 原、辅材料采购合同

B. 如为出口打包贷款，应出具进口方银行开立的信用证

C. 资金到位情况证明

D. 担保人经审计的近3年的财务报表

E. 如为票据贴现，应出具承兑的汇票

9. 关于产品竞争力的说法，正确的有（　　　　）。

A. 企业的产品（包括服务）特征主要表现在其产品的竞争力方面

B. 企业产品竞争力越强，越容易获得市场认同

C. 产品竞争力主要取决于产品自身的性价比

D. 产品竞争力主要取决于产品品牌

E. 能否合理、有效、及时进行产品创新对设计和开发周期短的公司更为重要

10. 下列属于银行流动资金贷前调查报告内容的有（　　　　）。

A. 借款人与银行的关系

B. 对流动资金贷款的必要性分析

C. 借款人经济效益情况

D. 对贷款担保的分析

E. 对流动资金贷款的可行性分析

11. 下列关于借款需求影响因素的说法，正确的有（　　　　）。

A. 商业信用的减少及改变可能导致流动负债的减少

B. 红利支付可能导致资本净值的增加

C. 资产效率下降可能导致流动资产减少

D. 债务重构可能导致流动负债的减少

E. 一次性的支出不会影响企业的借款需求

12. 资金周转周期的延长引起的借款需求与（　　　　）有关。
A. 应收账款周转天数
B. 存货周转天数
C. 应付账款周转天数
D. 设备使用年限
E. 固定资产折旧年限

13. 下列关于季节性融资的说法，正确的有（　　　　）。
A. 季节性融资一般是短期的
B. 公司利用了内部融资之后需要外部融资来弥补季节性资金的短缺
C. 银行对公司的季节性融资的还款期应安排在季节性销售高峰之前或之中
D. 银行应保证季节性融资不被用于长期投资
E. 银行应保证发放的短期贷款只用于公司的短期投资

14. 在计算国别风险时，一般都采用风险因素加权打分方法，其优点包括（　　　　）。
A. 可以将难以定量的风险量化
B. 基本不受主观影响
C. 评价结果准确
D. 可将不同国别风险进行比较
E. 计算过程简单

15. 信贷授权可以分为（　　　　）。
A. 审贷分离
B. 临时授权
C. 转授权
D. 直接授权
E. 差别授权

16. 公司客户品质基础分析的主要内容包括（　　　　）。
A. 客户历史沿革分析
B. 法人治理结构分析
C. 股东背景
D. 高管人员的素质
E. 公司信誉情况

17. 信贷人员评价公司经营管理情况时，应包括的主要内容有（　　　　）。
A. 供应阶段评价
B. 生产阶段评价
C. 销售阶段评价
D. 竞争对手评价
E. 产品竞争力评价

18. 杠杆比率包括（　　　　）。
A. 资产负债率
B. 流动比率
C. 负债与所有者权益比率
D. 利息保障倍数
E. 现金比率

19. 《担保法》所规定的法定担保范围包括（　　　　）。

A. 主债权　　　　　　　　　　　B. 利息

C. 违约金　　　　　　　　　　　D. 利润损失

E. 质物保管费用

20. 下列关于抵押物估价的一般做法，正确的有（　　　　）。

A. 可由抵押人与银行双方协商确定抵押物的价值

B. 可委托具有评估资格的中介机构给予评估

C. 可由银行自行评估

D. 可由抵押人自行评估

E. 可由债务人自行评估

21. 下列关于质押与抵押的说法，正确的有（　　　　）。

A. 标的物的占有权是否发生转移是质押与抵押最重要的区别

B. 质权人对质物负有善良管理人的注意义务

C. 在实际中可能存在同一质物上重复设置质权的现象

D. 抵押期间，不论抵押物所生的是天然孳息还是法定孳息，均由抵押人收取，抵押权人无权收取

E. 在质押期间，质权人依法有权收取质物所生的天然孳息和法定孳息

22. 贷款保证存在的主要风险因素包括（　　　　）。

A. 虚假担保人或公司互保

B. 保证人不具备担保资格和担保能力

C. 保证手续不完备，保证合同产生法律风险

D. 超过诉讼时效期限，因而贷款丧失胜诉权

E. 保证担保的合同编号与主债务合同的编号不一致

23. 出质人向商业银行申请质押担保时应提供的材料包括（　　　　）。

A. 信贷申请报告和出质人提交的"担保意向书"

B. 质押财产的产权证明文件

C. 出质人资格证明

D. 有权作出决议的机关作出的关于同意提供质押的文件、决议或其他具有同等法律效力的文件或证明

E. 财产共有人出具的同意出质的文件

24. 关于项目的可行性研究同贷款项目评估关系的正确说法是（　　　）。
A. 两者发起主体相同
B. 两者发生时间不同
C. 两者范围和侧重点不同
D. 两者的目的不同
E. 两者权威性相同

25. 项目财务评估包括（　　　）。
A. 项目投资估算
B. 资金筹措评估
C. 项目基础财务数据评估
D. 项目清偿能力评估
E. 不确定性评估

26. 贷款合同的种类有（　　　）。
A. 格式合同
B. 受托支付合同
C. 实贷实付合同
D. 非格式合同
E. 自主支付合同

27. 设备的寿命可以从（　　　）方面来衡量。
A. 自然寿命
B. 物质寿命
C. 设计寿命
D. 技术寿命
E. 经济寿命

28. 下列关于投资回收期的说法，正确的有（　　　）。
A. 投资回收期反映了项目的财务投资回收能力
B. 投资回收期是项目的累计净现金流量开始出现正值的年份数
C. 投资回收期应是整数
D. 项目投资回收期大于行业基准回收期，表明该项目能在规定的时间内收回投资
E. 投资回收期是用项目净收益抵偿项目全部投资所需的时间

29. 对于企业管理水平的分析，主要包括（　　　）。
A. 管理人员的业务素质
B. 机构的设置及合理性
C. 经营管理方面的主要业绩
D. 企业的劳动力结构和层次
E. 已实施投资项目的管理情况

30. 关于抵押物的保全，下列说法正确的是（　　　）。
A. 在抵押期间，银行若发现抵押人对抵押物使用不当或保管不善，足以使抵押物价值减少时，有权要求抵押人停止其行为

B. 在抵押期间，银行若发现抵押人对抵押物使用不当或保管不善，足以使抵押物价值增加时，有权要求抵押人停止其行为

C. 若抵押物价值减少时，银行有权要求抵押人恢复抵押物的价值，或者提供与减少的价值相等的担保

D. 若抵押物价值增加时，银行有权要求抵押人恢复抵押物的价值，或者提供与减少的价值相等的担保

E. 抵押权与其担保的债权同时存在，债权消失的，抵押权也消失

31. 下列关于贷款损失准备金计提原则的说法，正确的是（　　　　）。

A. 审慎会计原则的核心内容是对利润的估计和记载要谨慎或保守，对损失的估价和记载要充分，同时要保持充足的准备金以弥补损失

B. 审慎会计原则是指对具有估计性的会计事项，应当谨慎从事，应当合理预计可能发生的损失和费用，不预计或少预计可能带来的利润

C. 按照审慎会计原则，对估计损失的记载应选择就高不就低，对利润的记载和反映要选择就低而不就高

D. 贷款损失准备金的计提应当符合审慎会计原则的要求

E. 充足性原则是指商业银行应当随时保持足够弥补贷款内在损失的准备金

32. 公司贷款定价原则包括（　　　　）。

A. 利润最大化原则 　　　　　　　B. 扩大市场份额原则

C. 保证贷款流动性原则 　　　　　D. 客户利益最大化原则

E. 维护金融秩序稳定原则

33. 借款人申请贷款展期时，向银行提交的展期申请内容包括（　　　　）。

A. 展期理由 　　　　　　　　　　B. 展期期限

C. 展期后还本计划 　　　　　　　D. 展期后付息计划

E. 拟采取的补救措施

34. 下列属于贷款押品的有（　　　　）。

A. 银行本票 　　　　　　　　　　B. 银行承兑汇票

C. 上市公司股票 　　　　　　　　D. 产权证

E. 保险批单

35. 按照阶段划分，风险处置可以分为（　　　　）。

A. 重点处置 　　　　　　　　　　B. 预控性处置

C. 局部处置

D. 全面性处置

E. 事后处置

36. 蓝色预警法分为（　　　　）。

A. 警兆预警法

B. 警素预警法

C. 指数预警法

D. 统计预警法

E. 模型预警法

37. 还款来源存在风险的预警信号有（　　　　）。

A. 贷款用途与借款人原定计划不同

B. 偿付来源与合同上的还款来源不同

C. 贷款目的与借款人主营业务无关

D. 偿付来源与借款人主营业务无关

E. 借款人与其担保人所处行业相同

38. 在进行贷款风险分类时，银行进行判断分析的主要步骤有（　　　　）。

A. 基本信贷分析

B. 还款能力分析

C. 还款可能性分析

D. 确定分类结果

E. 委托中介机构评估

39. 下列关于保证合同的签订，说法正确的是（　　　　）。

A. 保证合同可以以口头形式订立

B. 保证人与商业银行可以就单个主合同分别订立保证合同，但是不可以就一定期间连续发生的贷款订立一个保证合同

C. 书面保证合同可以单独订立，也可以是主合同中的担保条款

D. 最高贷款限额包括贷款余额和最高贷款累计额，在签订保证合同时需加以明确

E. 从合同之间的当事人名称、借款与保证金额、有效日期等，一定要衔接一致

40. 银行不良资产的处置方式主要包括（　　　　）。

A. 重组

B. 以资抵债

C. 长期挂账

D. 现金清收

E. 呆账核销

三、判断题（共 15 题，每题 1 分。请判断以下各小题的对错，正确的用√表示，错误的用×表示）

1. 银行出借货币时也出让了对借出货币的所有权。（　　　　）

2．付款条件只取决于市场供求方面，如果货品供不应求，供货商大多要求预付货款或现货交易。（　　　　）

3．目前，电子银行营销已经成为银行最重要的营销渠道。（　　　　）

4．银行为提高贷款的安全性，通常希望借款人保持较低的资产负债率。（　　　　）

5．借款需求与还款能力和风险评估紧密相连，是决定贷款期限、利率等要素的重要因素。（　　　　）

6．一般情况下，市场化程度越高，区域信贷风险越低。（　　　　）

7．在固定成本较高的行业中，经营杠杆及其产生的信用风险也较高。（　　　　）

8．医院、学校等以公益为目的的事业单位、社会团体提供保证的保证合同无效。（　　　　）

9．在贷款抵押中，财产占有权必须发生转移。（　　　　）

10．在项目不确定性分析中，盈亏平衡点越高，表明项目可承受的风险越大，盈利的可能性也越大。（　　　　）

11．银行可以对自营贷款或特定贷款在计息之外收取某些费用。（　　　　）

12．指数预警法应用中，如果扩散指数大于0，表明风险正在上升。（　　　　）

13．对于大额的可疑类贷款，应该按照该类贷款历史概率确定一个计提比例，实行批量计提。（　　　　）

14．生产转换周期以资金开始，以产品结束。（　　　　）

15．法院裁定债务人进入破产重整程序后，对担保物权的强制执行措施也不能立即完全停止。（　　　　）

答案速查与精讲解析（五）

答案速查

一、单项选择题

1. B	2. B	3. D	4. D	5. D	6. B	7. B	8. C	9. D
10. D	11. D	12. A	13. C	14. D	15. D	16. D	17. C	18. B
19. D	20. A	21. B	22. D	23. A	24. D	25. B	26. B	27. B
28. B	29. B	30. B	31. C	32. B	33. B	34. D	35. C	36. C
37. B	38. D	39. C	40. C	41. A	42. D	43. C	44. D	45. D
46. B	47. B	48. D	49. C	50. C	51. A	52. A	53. D	54. B
55. C	56. D	57. C	58. A	59. B	60. C	61. D	62. B	63. C
64. C	65. D	66. D	67. D	68. C	69. A	70. C	71. D	72. B
73. D	74. D	75. B	76. D	77. D	78. C	79. C	80. A	81. D
82. A	83. B	84. B	85. C	86. C	87. D	88. A	89. A	90. C

二、多项选择题

1. BC	2. ABCE	3. ABCDE	4. ABCDE	5. ABCDE
6. ABCD	7. ABDE	8. ABE	9. ABC	10. ABCDE
11. AD	12. ABC	13. ABDE	14. AD	15. BCD
16. ABCDE	17. ABCE	18. ACD	19. ABCE	20. ABC
21. ABDE	22. ABCD	23. ABCDE	24. BCD	25. ABCDE
26. AD	27. BDE	28. AE	29. ABCE	30. ACE
31. ABCDE	32. AB	33. ABCDE	34. ABCDE	35. BD
36. CD	37. ABCD	38. ABCD	39. CDE	40. ABDE

三、判断题

1. ×	2. ×	3. ×	4. √	5. √	6. √	7. √	8. √
9. ×	10. ×	11. ×	12. ×	13. ×	14. ×	15. ×	

精讲解析

一、单项选择题

1. **【解析】B**　产品组合的宽度，是指产品组合中不同产品线的数量，即产品大类的数量或服务的种类；产品组合的深度，是指银行经营的每条产品线内所包含的产品项目的数量；产品组合的关联性，是指银行所有的产品线之间的相关程度或密切程度。

2. **【解析】B**　中长期利率实行一年一定。贷款（包括贷款合同生效日起应该分笔拨付的资金），根据贷款合同确定的期限，按照贷款合同生效日的相应档次法定利率计息，满一年后再按当时相应档次的法定利率确定下一年度的贷款利率。

3. **【解析】D**　贷款费率是指在利率以外的、由银行提供的信贷服务的价格。费率一般是以信贷产品金额为基数，再按照一定比率计算。费率的类型较多，主要包括担保费、承诺费、银团安排费和开证费等。

4. **【解析】D**　当前较为普遍的贷款分类方法，主要依据公允价值法。

5. **【解析】D**　ABC 选项属于商业银行不可接受的财产质押。

6. **【解析】B**　根据真实票据理论，长期投资的资金应来自长期资源，如留存收益、发行新的股票以及长期债券等；银行不能发放不动产贷款、消费贷款和长期设备贷款。

7. **【解析】B**　基础产品是指在核心产品的基础上，为客户提供成套的信贷产品。如银行在与重点客户签订银行合作协议时，为其提供包括票据贴现、贸易融资、项目贷款等在内的长、短期一揽子信贷产品，就像是一份完整的信贷"套餐"。

8. **【解析】C**　贷款承诺费是指银行对已承诺贷给客户而客户又没有使用的那部分资金收取的费用。也就是说，银行已经与客户签订了贷款意向协议，并为此做好了资金准备，但客户并没有实际从银行贷出这笔资金，承诺费就是对这笔已作出承诺但没有贷出的款项所收取的费用。承诺费作为顾客为取得贷款而支付的费用，构成了贷款价格的一部分。

9. **【解析】D**　补偿余额是指应银行要求，借款人在银行保持一定数量的活期存款和低利率定期存款。它通常作为银行同意贷款的一个条件而写进贷款协议中。

10. **【解析】D**　贷款利率通常由三部分构成：①优惠利率，即银行对信誉好的客户制定的基准利率，也称参照利率。它是由银行经营成本、管理成本以及预期利润所构成。②借款人支付的违约风险溢价。③长期贷款借款人支付的期限风险溢价。

11. **【解析】D**　组合营销渠道策略是指将银行渠道策略与营销的其他策略相结合，以更好地开展产品的销售活动。这种策略又分为：①营销渠道与产品生产相结合的策略；②营销渠道与销售环节相结合的策略；③营销渠道与促销相结合的策略。

12. **【解析】A**　银行广告一般有形象广告和产品广告两种类型。公司信贷营销主要运用产品广告。产品的广告要突出差异化策略。在同类产品中，尽力找出并扩大自己的产品和其他银行产品的区别；利用人无我有的创新产品，大做广告，以树立银行积极进取的形象；利用产品品质上的优势，突出宣传产品以及形象的差异。

13. 【解析】C 银行公司信贷营销组织的形式多种多样，概括地说有直线职能制、矩阵制、事业部制。

14. 【解析】D 业务人员开展的调查内容应包括：①对借款人过去3年的经营效益情况进行调查，并进一步分析行业前景、产品销路以及竞争能力；②对借款人当前经营情况进行调查，核实其拟实现的销售收入和利润的真实性和可行性；③对借款人过去和未来给银行带来收入、存款、结算、结售汇等综合效益情况进行调查、分析和预测。

15. 【解析】D 商业银行授信贷前调查管理暂行办法对于贷前调查的阐述极为详细，但本书在此处按照公司信贷产品的"合法性、风险性和收益性"展开。主要内容如下：①合法合规性调查；②贷款风险性调查；③贷款收益性调查。

16. 【解析】D 贷前调查的主要对象就是借款人、保证人、抵（质）押人、抵（质）押物等。业务人员在开展贷前调查工作时，应围绕这些具体对象进行全面调查，特别是对贷款合法合规性、安全性和效益性等方面进行调查。

17. 【解析】C 面谈中需要了解的信息包括：①客户的公司状况。包括历史背景、股东背景、资本构成、组织构架、产品情况、经营现状等。②客户的贷款需求状况。包括贷款背景、贷款用途、贷款规模、贷款条件等。③客户的还贷能力。包括现金流量构成、经济效益、还款资金来源、担保人的经济实力等。④抵押品的可接受性。包括抵押品种类、权属、价值、变现难易程度等。⑤客户与银行关系。包括客户与本行及他行的业务往来状况、信用履约记录等。

18. 【解析】B 微观环境主要包括：①信贷资金的供给状况；②信贷资金的需求状况；③银行同业的竞争状况。选项A属于②，选项CD属于③，选项B属于宏观环境。

19. 【解析】D 公司信贷客户市场细分一般可从客户所属的产业、区域、企业属性、规模和信用等级等几个角度来进行。

20. 【解析】A 银行市场定位主要包括产品定位和银行形象定位两个方面。

21. 【解析】B 矩阵制是指在直线职能制垂直形态组织系统的基础上，再增加一种横向的领导系统。其优点是加强了横向联系，克服了信贷、结算、财务、信贷计划、外联等各个部门相互脱节的现象；专业人员和专用设备能得到充分的利用；具有较大的机动性；各种人员在一起可以互相激励、相得益彰。其缺点是成员不固定，有临时观念。

22. 【解析】D 从资产负债表看，季节性销售增长、长期销售增长、资产效率下降可能导致流动资产增加；商业信用的减少及改变、债务重构可能导致流动负债的减少。固定资产重置及扩张、长期投资可能导致长期资产的增加；红利支付可能导致资本净值的减少。ABC选项属于可能导致流动资产增加的因素。

23. 【解析】A 内部融资的资金来源是净资本、留存收益和增发股票。一般情况下，企业不能任意发行股票，因此，在估计可持续增长率时通常假设内部融资的资金来源主要是留存收益。

24. 【解析】D 应付账款被认为是公司的无成本融资来源，因为公司在应付账款到期之前可以充分利用这部分资金购买商品和服务等。因此，当公司出现现金短缺时，通常会向供应商请求延期支付应付账款。但如果公司经常无法按时支付货款，商业信用就会大幅减少，供货商就会要求公司交货付款。实际上，如果应付账款还款期限缩短了，那么公司的管理者将不得不利用后到期的应付账款偿还已经到期的应付账款，从而减少在其他方面的支出，这就可能造成公司的现金短缺，从而形成借款需求。

25.【解析】B 将借款人的动产与权力凭证移交银行占有的方式属于质押，因而此种贷款方式属于质押贷款。

26.【解析】B 盈利能力是区域管理能力和区域风险高低的最终体现。通过总资产收益率、贷款实际收益率两项主要指标，来衡量目标区域的盈利性。总资产收益率反映了目标区域的总体盈利能力，而贷款实际收益率则反映了信贷业务的价值创造能力。这两项指标高时，通常区域风险相对较低。

27.【解析】B 由于市场容量和生产资源的有限性，所以一个行业的进入壁垒越高，则该行业的自我保护就越强，该行业内部的竞争也就越弱。

28.【解析】B 一般来说，满足如下条件的购买者可能具有较强的讨价还价能力：①购买者的总数较少，而每个购买者的购买量较大，占了卖方销售量的很大比例；②卖方行业由大量相对来说规模较小的企业所组成；③购买者所购买的基本上是一种标准化产品，同时向多个卖主购买产品在经济上也完全可行；④购买者有能力实现后向一体化，而卖主不可能实现前向一体化。购买者所购买的产品具有一定特色属于卖方市场，买方此时的议价能力较弱。

29.【解析】B 保证人应是具有代为清偿能力的企业法人或自然人，企业法人应提供其真实营业执照及近期财务报表；保证人或抵押人为有限责任公司或股份制企业的，其出具担保时，必须提供董事会同意其担保的决议和有关内容的授权书。

30.【解析】B 成长阶段行业的销售、利润和现金流有以下特点：①销售，产品价格下降的同时产品质量却取得了明显提高，销售大幅增长。②利润，由于销售大幅提高、规模经济的效应和生产效率的提升，利润转变成正值。③现金流，销售快速增长，现金需求增加，所以这一阶段的现金流仍然为负。

31.【解析】C 成熟期的行业代表着最低的风险，因为这一阶段销售的波动性及不确定性都是最小，而现金流为最大，利润相对来说非常稳定，并且已经有足够多的有效信息来分析行业风险。

32.【解析】B 成本结构指的是某一行业内企业的固定成本和可变成本之间的比例。同一行业中的企业资产周转周期非常相似，所以它们的财务报表结构和成本结构也较为相似。成本结构可以影响行业和运营风险、利润和行业中企业的竞争性质。

33.【解析】B 成熟期的产品和服务已经非常标准化，行业中的价格竞争非常激烈，新产品的出现速度也非常缓慢。

34.【解析】D 退出市场的成本越高，竞争程度越大。例如在固定资产较多，并且很难用于生产其他产品的资本密集型行业，企业通常不会轻易选择退出市场。在经济周期达到低点时，企业之间的竞争程度达到最大。在营运杠杆较高的行业，这一情况更为严重。

35.【解析】C　成熟期的行业代表着最低的风险，因为这一阶段销售的波动性及不确定性都是最小，而现金流为最大，利润相对来说非常稳定，并且已经有足够多的有效信息来分析行业风险。对于银行来说，安全性是其经营的首要原则，因而成熟阶段对其最为理想。

36.【解析】C　以本国货币融通的国内信贷，其所发生的风险属于国内商业风险，不属于国别风险分析的主体内容。

37.【解析】B　比较分析法是将客户的有关财务指标数据与同行业平均水平或在不同企业之间进行比较，找出差异及其产生原因，用于判断客户管理水平和业绩水平。现在常用的方法中一般以上市公司的标准作为行业平均水平。

38.【解析】D　营运能力是指通过借款人资产周转速度的有关指标反映出来的资产利用效率，它表明客户管理人员经营、管理和运用资产的能力。客户偿还债务和盈利能力的大小，在很大程度上都取决于管理人员对资产的有效运用程度。

39.【解析】C　存货周转率是一定时期内借款人销货成本与平均存货余额的比率，它是反映客户销售能力和存货周转速度的一个指标，也是衡量客户生产经营环节中存货营运效率的一个综合性指标。其计算公式为：存货周转率＝销货成本/平均存货余额×100%。

40.【解析】C　计算现金流量时，以损益表为基础，根据资产负债表期初期末的变动数，进行调整。

41.【解析】A　投资活动的现金流量来源于有价证券、固定资产、无形资产、长期投资等账户的变化：增加引起现金流出，减少引起现金流入。相反，负债的增加引起现金流入，减少引起现金流出。

42.【解析】D　评级程序在不同商业银行间的做法大同小异。以某银行评级程序为例：银行初评部门在调查分析的基础上，进行客户信用等级初评，核定客户授信风险限额，并将完整的信用评级材料报送同级行风险管理部门审核。风险管理部门对客户信用评级材料进行审核，并将审核结果报送本级行主管风险管理的行领导。行领导对风险管理部门报送的客户信用评级材料进行签字认定后，由风险管理部门向业务部门反馈认定信息。

43.【解析】C　质押是将为债务提供的动产担保品存放在债权人处的行为。质押不同于抵押之处在于，债权人（银行）取得对担保品的占有权，而借款人保留对该财产的所有权。

44.【解析】D　防范质押操作风险，银行要将质押证件作为重要有价单证归类保管，一般不应出借。如要出借，必须严格审查出质人借出是否合理，有无欺诈嫌疑；借出的质物，能背书的要注明"此权利凭证（财产）已质押在×银行，×年×月×日前不得撤销此质押"，或者以书面形式通知登记部门或托管方"×质押凭证已从银行借出仅作×用途使用，不得撤销原质权"，并取得其书面收据以作证明。

45.【解析】D 抵押人所担保的债权不得超出其抵押物的价值。财产抵押后，该财产的价值大于所担保债权的余额部分，可以再次抵押，但不得超出其余额部分。

46.【解析】B 保证合同要以书面形式订立，以明确双方当事人的权利和义务。根据《担保法》规定，书面保证合同可以单独订立，包括当事人之间的具有担保性质的信函、传真等，也可以是主合同中的担保条款。

47.【解析】B 质押是贷款担保方式之一，它是债权人所享有的通过占有由债务人或第三人移交的质物而使其债权优先受偿的权利。设立质权的人，称为出质人；享有质权的人，称为质权人；债务人或者第三人移交给债权人的动产或权利为质物。以质物作担保所发放的贷款为质押贷款。质押担保的范围包括主债权及利息、违约金、损害赔偿金、质物保管费用和实现质权的费用。

48.【解析】D 质押价值的确定具体如下：①对于有明确市场价格的质押品，如国债、上市公司流通股票、存款单、银行承兑汇票等，其公允价值即为该质押品的市场价格。②对于没有明确市场价格的质押品，如上市公司法人股权等，则应当在以下价格中选择较低者为质押品的公允价值：公司最近一期经审计的财务报告或税务机关认可的财务报告中所写明的质押品的净资产价格；以公司最近的财务报告为基础，测算公司未来现金流入量的现值，所估算的质押品的价值；如果公司正处于重组、并购等股权变动过程中，可以交易双方最新的谈判价格作为确定质押品公允价值的参考。

49.【解析】C 信贷人员应根据质押财产的价值和质押财产价值的变动因素，科学地确定质押率。确定质押率的依据主要有：①质物的适用性、变现能力。对变现能力较差的质押财产应适当降低质押率。②质物、质押权利价值的变动趋势。一般可从质物的实体性贬值、功能性贬值及质押权利的经济性贬值或增值三方面进行分析。

50.【解析】C 在抵押期间，抵押人转让已办理抵押登记的抵押物的，应当通知银行并告知受让人转让物已经抵押的情况；抵押人未通知银行或者未告知受让人的，转让行为无效。若转让抵押物的价款明显低于其价值的，银行可以要求抵押人提供相应的担保，抵押人不提供的，不得转让抵押物。抵押人转让抵押物所得的价款，应当向银行提前清偿所担保的债权，超过债权数额的部分，归抵押人所有，不足部分由债务人清偿。总之，抵押权不得与其担保的债权分离而单独转让或者作为其他债权的担保。

51.【解析】A 工艺技术评估，指对项目所采用设备的先进性、经济合理性和适用性等综合分析论证。生产条件评估，主要指项目建设相关事项的评估及其经济合理性。经济效益的评估，指对项目相关的费用和收益分析，评估项目的盈利水平。社会效益评估，指项目对社会各方面带来的直接和间接效益。

52.【解析】A 产品技术方案分析一方面要分析产品方案和市场需求状况，另一方面要分析拟建项目的主要产品和副产品所采用的质量标准是否符合要求。

53.【解析】D 通过项目评估能够较为客观地估计出项目的投产期和收益期，便于银行根据其资产负债比例和信贷风险程度调整资产结构，制订合理的信贷计划。同时，银行通过项目评估掌握了大量的投资项目，就能够有目的、有选择地从中挑选出好的项目提供贷款，从而达到调节和优化信贷结构、合理分配使用资金的目的。

54.【解析】B　项目财务分析是贷款项目分析的核心工作，它是在吸收对项目其他方面评估成果的基础上，根据现行的财税金融制度，确定项目评估的基础财务数据，分析计算项目直接发生的财务费用和效益，编制财务报表，计算财务指标，考察项目的盈利能力、清偿能力、抗风险能力等财务状况，据以判断项目财务的可行性，为项目贷款的决策提供依据。

55.【解析】C　投资利税率是项目达到设计生产能力后的一个正常生产年份的利税总额或项目生产期内平均利税总额与项目总投资的比率。计算公式为：

投资利税率＝年利税总额或年平均利税总额/项目总投资×100%

年利税总额＝年销售收入(不含销项税)－年总成本费用(不含进项税)

或：年利税总额＝年利润总额＋年销售税金及附加(不含增值税)

在项目评估中，可将投资利税率与行业平均利税率对比，以判别项目单位投资对国家积累的贡献水平是否达到本行业的平均水平。

56.【解析】D　我国现行的工商税收与项目评估有关的按其归属分类有：进入项目总投资的有投资方向调节税、设备进口环节所交的增值税和关税；进入产品成本的有土地使用税、房产税、车船牌照使用税；从销售收入中扣除的有增值税、消费税、营业税、资源税、城市维护建设税、土地增值税、教育费附加；从利润中扣除的有企业所得税。

57.【解析】C　在计算现金流量时，折旧费支出、无形资产与递延资产摊销都不能作为现金流出，因为这三项费用只是项目内部的现金转移，固定资产投资、无形资产和递延资产投资已按其发生时间作为一次性支出计入项目的现金流出中，如果再将折旧等视为现金流出，就会出现重复计算。这是现金流量分析中最重要的观念，也是正确进行现金流量分析的基础。

58.【解析】A　项目的盈利能力分析主要通过财务内部收益率、财务净现值、净现值率、投资回收期、投资利润率、投资利税率和资本金利润率七个评价指标进行。

59.【解析】C　在担保的问题上，主要有两个方面的问题要重点考虑：一是法律方面，即担保的有效性；二是经济方面，即担保的充分性。

60.【解析】C　借款人生产经营的一个循环过程与贷款期限的衔接，一般而言，临时贷款的期限不应超过6个月。

61.【解析】D　对贷款保证人的审查内容应主要注重以下几个方面：首先，审查保证人的资格及其担保能力。审查保证人是否具有合法的资格，避免不符合法定条件的担保主体充当保证人；审查保证人的资信情况，核实其信用等级，一般而言，信用等级较低的企业不宜接受为保证人；审查保证人的净资产和担保债务情况，确定其是否有与所设定的贷款保证相适应的担保能力。其次，审查保证合同和保证方式，保证合同的要素是否齐全，保证方式是否恰当。最后，审查保证担保的范围和保证的时限，保证担保的范围是否覆盖了贷款的本金及其利息、违约金和实现债权的费用，保证的时限是否为借款合同履行期满后的一定时期。

62．【解析】B 商业银行不得向关系人发放信用贷款；向关系人发放担保贷款的条件不得优于其他借款人同类贷款的条件。关系人是指商业银行的董事、监事、管理人员、信贷业务人员及其近亲属，以及这些人员所投资的或者担任高级管理职务的公司、企业和其他经济组织。

63．【解析】C 只有C项属于信贷业务岗的职责。而其余选项属于信贷审查岗的职责：其中，A项属于合规性审查；B项属于表面真实性审查；D项属于合理性审查。

64．【解析】C 保证期间是指保证人承担保证责任的起止时间，是指债权人根据法律规定和合同的约定向保证人主张权利的期限。保证期间是从权利人的实体权利发生之时开始计算。

65．【解析】D 对于一些金额小、数量多的贷款，要采取批量处理的办法来计提贷款损失准备金。因为影响这些贷款偿还的内部因素和外部因素非常接近，逐笔计算既不现实也没必要。

66．【解析】D 根据我国《贷款通则》的规定，银行不得对自营贷款或特定贷款在计收利息之外收取任何其他费用。但是若根据国际惯例，在借款合同中规定，变更提款应收取承担费，那么当借款人变更提款计划时，公司业务部门应根据合同办理，可按改变的提款计划部分的贷款金额收取承担费。借款人在提款有效期内如部分或全额未提款，应提未提部分的贷款可根据借款合同的规定收取承担费。在提款期终了时自动注销。公司业务部门在借款人的提款期满之前，将借款人应提未提的贷款额度通知借款人。

67．【解析】D 抵（质）押人在抵（质）押期间内转让或处分抵（质）押物的，必须首先向银行提出书面申请，并经过银行同意之后方可办理。经过银行同意，抵（质）押人可以完全或部分转让抵（质）押物，但转让价款不得低于银行认可的最低水平，抵（质）押人必须将这些价款优先用于清偿银行债权或存入银行专门账户（而非必须等到到期才一并偿还），部分处置后所保持的剩余贷款抵（质）押物价值不得低于规定的抵（质）押率。

68．【解析】C 红色预警法重视定量分析与定性分析相结合。其流程是：首先对影响警素变动的有利因素与不利因素进行全面分析；其次进行不同时期的对比分析；最后结合风险分析专家的直觉和经验进行预警。

69．【解析】A 依法收贷应注意的几个问题：①信贷人员应认真学习和掌握法律知识；②要综合运用诉讼手段和非诉讼手段依法收贷；③既要重视诉讼，更要重视执行；④在依法收贷工作中要区别对待。对那些承认债务，确实由于客观原因，一时没有偿还能力的企业，银行一般不必采取诉讼方式，但应注意催收，避免超出诉讼时效。同时，应充分利用信贷工作的优势，帮助企业增强偿还贷款能力，使银行能全部收回贷款。

70.【解析】C　一级文件（押品）主要是指信贷抵（质）押契证和有价证券及押品契证资料收据和信贷结清通知书。其中押品主要包括：银行开出的本外币存单、银行本票、银行承兑汇票，上市公司股票、政府和公司债券、保险批单、提货单、产权证或他项权益证书及抵（质）押物的物权凭证、抵债物资的物权凭证等。

71.【解析】D　如果是"三资"企业，需要特别上交的客户档案有企业批准证书、公司章程等。

72.【解析】B　档案管理的原则主要有：管理制度健全、人员职责明确、档案门类齐全、信息充分利用、提供有效服务。具体要求如下：①信贷档案实行集中统一管理原则；②信贷档案采取分段管理，专人负责，按时交接，定期检查的管理模式。

73.【解析】D　贷款总结评价的内容主要包括：①贷款基本评价。就贷款的基本情况进行分析和评价，重点从客户选择、贷款综合效益分析、贷款方式选择等方面进行总结。②贷款管理中出现的问题及解决措施。分析出现问题的原因，说明针对问题采取的措施及最终结果，从中总结经验，防范同类问题重复发生，对发生后的妥善处理提出建议。③其他有益经验。对管理过程中其他有助于提升贷后管理水平的经验、心得和处理方法进行总结。ABC选项属于贷款总结评价中的贷款基本评价。

74.【解析】D　全面理解依法收贷的含义应从广义和狭义两方面入手。其中，广义的依法收贷指银行按规定或约定，通过催收、扣收、处理变卖抵押物，提前收回违约使用的贷款，加罚利息等措施，以及通过仲裁、诉讼等途径依法收贷。

75.【解析】B　在担保的问题上，主要有两个方面的问题要重点考虑，一是法律方面，即担保的有效性；二是经济方面，即担保的充分性。

76.【解析】D　我国商业银行现行的按照贷款余额1%提取的贷款呆账准备金相当于普通准备金。由于普通损失准备金在一定程度上具有资本的性质，因此，普通准备金可以计入商业银行资本基础的附属资本，但计入的普通准备金不能超过加权风险资产的1.25%，超过部分不再计入。

77.【解析】D　国际会计标准委员会于1991年对合理价值法所作的定义是：在非强制变现的情况下，贷款按买卖双方自主协商的价格所确定的价值。如果有市场报价，则按市场价格定价。从这个意义上说，合理价值法与市场价值法相比，似乎是一种次佳的方法。

78.【解析】C　从事前风险管理的角度看，可以将贷款损失分为预期损失和非预期损失，通常银行筹集资本金来覆盖非预期损失，提取准备金来覆盖预期损失。因此，贷款损失准备金是与预期损失相对应的概念，它的大小是由预期损失的大小决定的。

79.【解析】C　普通准备金又称一般准备金，是按照贷款余额的一定比例提取的贷款损失准备金。普通准备金在一定程度上具有资本的性质。专项准备金是根据贷款风险分类结果，对不同类别的贷款根据其内在损失程度或历史损失概率计提的贷款损失准备金。专项准备金由于不具有资本的性质，不能计入资本基础，同时在计算风险资产时，要将已提取的专项准备金作为贷款的抵扣从相应的贷款组合中扣除。

80.【解析】A 贷款损失准备金的计提原则包括：①计提贷款损失准备金要符合审慎会计原则的要求；②计提贷款损失准备金要坚持及时性和充足性原则。

81.【解析】D 贷款分类的意义主要包括以下四点：①贷款分类是银行稳健经营的需要；②贷款分类是金融审慎监管的需要；③贷款分类标准是利用外部审计师辅助金融监管的需要；④不良资产的处置和银行重组需要贷款分类方法。

82.【解析】A 及时性原则是指商业银行计提贷款损失准备金应当在估计到贷款可能存在内在损失、贷款的实际价值可能减少时进行，而不应当在贷款内在损失实际实现或需要冲销贷款时才计提贷款损失准备金。

83.【解析】B 建立抵债资产处理考核制度，考核年度待处理抵债资产的变现成果可以用以下两个指标进行考核：

①抵债资产年处置率＝一年内已处理的抵债资产总价（列账的计价价值）／一年内待处理的抵债资产总价（列账的计价价值）×100%。

②抵债资产变现率＝已处理的抵债资产变现价值／已处理抵债资产总价（原列账的计价价值）×100%。

本题中，抵债资产年处置率＝5 000/10 000×100%＝50%。

84.【解析】B 对债务人实施以资抵债，必须符合下列条件之一：①债务人因资不抵债或其他原因关停倒闭、宣告破产，经合法清算后，依照有权部门判决、裁定以其合法资产抵偿银行贷款本息的；②债务人故意"悬空"贷款、逃避还贷责任，债务人改制，债务人关闭、停产，债务人挤占挪用信贷资金等其他情况出现时，银行不实施以资抵债信贷资产将遭受损失的；③债务人贷款到期，确无货币资金或货币资金不足以偿还贷款本息，以事先抵押或质押给银行的财产抵偿贷款本息的。

85.【解析】C 对符合条件的呆账经批准核销后，作冲减呆账准备处理。银行发生的呆账，经逐户、逐级上报，由银行总行审批核销。对于小额呆账，可授权一级分行审批，并上报总行备案。总行对一级分行的具体授权额度根据内部管理水平确定，报主管财政机关备案。一级分行一般不得再向分支机构转授权。C选项说法错误。

86.【解析】C 《贷款通则》从1996年8月1日起实施。

87.【解析】D 银行确立授信额度的步骤为：①分析借款原因与借款需求；②一些情况下，可大致评估长期贷款进程和授信额度；③讨论借款原因与具体需求额度；④辨别和评估关键风险和影响借款企业资产转换周期和债务清偿能力因素；⑤进行偿债能力分析；⑥整合所有授信额度作为借款企业信用额度，完成最后授信申请并提交审核。

88.【解析】A 财产保全分为两种：诉前财产保全和诉中财产保全。诉前财产保全是指债权银行因情况紧急，不立即申请财产保全将会使其合法权益受到难以弥补的损失，因而在起诉前向人民法院申请采取财产保全措施；诉中财产保全是指可能因债务人一方的行为或者其他原因，使判决不能执行或者难以执行的案件，人民法院根据债权银行的申请裁定或者在必要时不经申请自行裁定采取财产保全措施。

89.【解析】A　银行在办理抵债资产接收后应根据抵债资产的类别（包括不动产、动产和权利等）、特点等决定采取上收保管、就地保管、委托保管等方式。

90.【解析】C　下列资产不得用于抵偿债务，但根据人民法院和仲裁机构生效法律文书办理的除外：①抵债资产本身发生的各种欠缴税费，接近、等于或超过该财产价值的；②所有权、使用权不明确或有争议的；③资产已经先于银行抵押或质押给第三人的；④依法被查封、扣押、监管的资产；⑤债务人公益性质的职工住宅等生活设施、教育设施和医疗卫生设施；⑥其他无法或长期难以变现的资产。

二、多项选择题

1.【解析】BC　自营贷款是指银行以合法方式筹集的资金自主发放的贷款，其风险由银行承担，并由银行收回本金和利息。银团贷款又称辛迪加贷款，是指由两家或两家以上的银行依据同样的贷款条件并使用一份共同的贷款协议，按约定的时间和比例，向借款人发放的并由一家共同的代理行管理的贷款，同样由银行承担风险。选项B，委托贷款是由委托人提供资金，银行作为受托人代委托人发放、监督使用并协助收回的贷款，其间银行只收手续费，不代垫资金也不承担贷款风险。选项C，特定贷款是由国务院批准并对贷款可能造成的损失采取补救措施后责成银行发放的贷款，因而银行不需承担贷款风险。

2.【解析】ABCE　公司信贷管理的原则主要包括全流程管理原则、诚信申贷原则、协议承诺原则、贷放分控原则、实贷实付原则和贷后管理原则。

3.【解析】ABCDE　银行内部资源是指银行自身所拥有且可供利用和支配的资源，通过了解银行的重要资源及其利用程度，将银行已有资源与营销需求相比较，确定自身的优势和劣势，将银行自身的优劣势与主要竞争对手的优劣势进行比较，以确定在哪些范围内具备比较大的营销优势。内部资源分析涉及以下内容：①人力资源；②财务实力；③物质支持；④技术资源；⑤资讯资源。

4.【解析】ABCDE　选项ABCDE说法均正确。

5.【解析】ABCDE　选项ABCDE的说法均属于商业银行应该采取的措施。

6.【解析】ABCD　商业银行按照区域对公司信贷客户市场进行细分，主要考虑客户所在地区的市场密度、交通便利程度、整体教育水平以及经济发达程度等方面的差异，并将整体市场划分成不同的小市场。

7.【解析】ABDE　银行公司信贷产品的特点体现在以下方面：①无形性。公司信贷产品是触摸不到的，无形的，往往体现为信贷合同等法律文件形式。②不可分性。公司信贷产品和银行的全面运作分不开。③异质性。对于同一种类的公司信贷产品，不同银行所提供的服务质量存在着差异。④易模仿性。公司信贷产品的无形性使制造该产品的时间极短，所以，某产品一问世，很快就会被其他竞争对手所模仿。⑤动力性。公司信贷产品同其他金融产品相比的特点也在于此，小到一笔贸易，大到全球通讯网络的建设，公司信贷产品在其中的作用是一致的,那就是公司信贷产品是其所服务项目的动力引擎。

8.【解析】ABE 根据《贷款通则》的规定,如为流动资金贷款,借款人还需提交:原、辅材料采购合同,产品销售合同或进出口商务合同;如为出口打包贷款,应出具进口方银行开立的信用证;如为票据贴现,应出具承兑的汇票(银行承兑汇票或商业承兑汇票);如借款用途涉及国家实施配额、许可证等方式管理的进出口业务,应出具相应批件。选项C属于固定资产贷款所需提交的材料,选项D属于保证形式的贷款所需提交的材料。

9.【解析】ABC 一个企业的产品(包括服务)特征主要表现在其产品的竞争力方面;竞争力强的产品会获得市场和购买者较多的认同,容易在市场竞争中战胜对手,实现快速发展;企业产品的竞争力取决于产品品牌等多种因素,但是主要还是取决于产品自身的性价比;企业能否合理、有效、及时地进行产品创新对于设计和开发周期较长的公司更为重要。

10.【解析】ABCDE 银行流动资金贷前调查报告内容主要包括借款人基本情况、借款人生产经营及经济效益情况、借款人财务状况、借款人与银行的关系、对流动资金贷款必要性的分析、对流动资金贷款的可行性分析、对贷款担保的分析、综合性结论和建议等内容。

11.【解析】AD 从资产负债表看,季节性销售增长、长期销售增长、资产效率下降可能导致流动资产增加;商业信用的减少及改变、债务重构可能导致流动负债的减少。固定资产重置及扩张、长期投资可能导致长期资产的增加;红利支付可能导致资本净值的减少。从损益表来看,一次性或非预期的支出、利润率的下降都可能对企业的收入支出产生影响,进而影响到企业的借款需求。

12.【解析】ABC 现金周转期=存货周转期+应收账款周转期−应付账款周转期,因而,资金周转周期的延长引起的借款需求与应收账款周转天数、存货周转天数和应付账款周转天数有关。

13.【解析】ABDE 季节性融资一般是短期的。在季节性营运资本投资增长期间,这时往往需要外部融资来弥补公司资金的短缺,特别是在公司利用了内部融资之后。银行对公司的季节性融资通常在一年以内,而还款期安排在季节性销售低谷之前或之中,此时,公司的营运投资下降,能够收回大量资金。银行一定要确保季节性融资不被用于长期投资,比如营运资金投资。这是为了保证银行发放的短期贷款只用于公司的短期投资,从而确保银行能够按时收回所发放的贷款。

14.【解析】AD 国别风险尽管在设置指标上可能不同,但计算方法一般都采用风险因素加权打分法。风险因素加权打分方法的优点在于,可以将难以定量的风险量化,从而解决了不同国别风险难以进行比较的难题。缺陷是受评价机构主观影响比较大,如果风险因素设置不同或赋予权重有差异,对同样国别,评价的结果可能大相径庭。

15.【解析】BCD 信贷授权大致可以分为三种类型:①直接授权,是指银行业金融机构总部对总部相关授信业务职能部门或直接管理的经营单位授予全部或部分信贷产品一定期限、一定金额内的授信审批权限。②转授权，是指授权的经营单位在总部直接授权的权限内，对本级行各有权审批人、相关授信业务职能部门和所辖分支机构转授一定的授信审批权限。③临时授权，是指被授权者因故不能履行业务审批职责时，临时将自己权限范围内的信贷审批权限授予其他符合条件者代为行使，并到期自动收回。

16.【解析】ABCDE　客户品质的基础分析主要包括以下五个方面：①客户历史分析；②法人治理结构分析；③股东背景；④高管人员的素质；⑤信誉状况。

17.【解析】ABCE　信贷人员可以从客户的生产流程入手，通过供、产、销三个方面分析客户的经营状况，也可以从客户经营业绩指标的情况进行分析。评价公司经营管理情况时，应包括的主要内容有：①供应阶段分析；②生产阶段分析；③销售阶段分析；④产品竞争力和经营业绩分析。

18.【解析】ACD　杠杆比率通过比较借入资金和所有者权益来评价借款人偿还债务的能力。杠杆比率一般包括资产负债率、负债与所有者权益比率、负债与有形净资产比率、利息保障倍数等。

19.【解析】ABCE　担保范围分为法定范围和约定范围。《担保法》规定的法定范围包括：主债权、利息、违约金、损害赔偿金、实现债权的费用和质物保管费用。

20.【解析】ABC　由于我国的法律还未就抵押物估价问题作出具体规定，一般的做法是由抵押人与银行双方协商确定抵押物的价值，委托具有评估资格的中介机构给予评估或银行自行评估。

21.【解析】ABDE　在抵押担保中，抵押物价值大于所担保债权的余额部分，可以再次抵押，即抵押人可以同时或者先后就同一项财产向两个以上的债权人进行抵押。也就是说，法律允许抵押权重复设置。而在质押担保中，由于质押合同是从质物移交给质权人占有之日起生效，因此在实际中不可能存在同一质物上重复设置质权的现象。

22.【解析】ABCD　贷款保证存在的主要风险因素包括：①保证人不具备担保资格；②保证人不具备担保能力；③虚假担保人；④公司互保；⑤保证手续不完备，保证合同产生法律风险；⑥超过诉讼时效，贷款丧失胜诉权。

23.【解析】ABCDE　出质人向商业银行申请质押担保，应在提送信贷申请报告的同时，提送出质人提交的"担保意向书"及以下材料：①质押财产的产权证明文件。②出质人资格证明。法人出具经工商行政管理部门年检合格的企业法人营业执照、事业法人营业执照；非法人出具经工商行政管理部门年检合格的营业执照、授权委托书。③出质人须提供有权作出决议的机关作出的关于同意提供质押的文件、决议或其他具有同等法律效力的文件或证明（包括但不限于授权委托书、股东会决议、董事会决议）。④财产共有人出具的同意出质的文件。

24.【解析】BCD　就涉及的方面和采用的公式而言，项目的可行性研究和贷款项目评估是相同的，它们的区别主要表现在以下几个方面：①发起主体不同。前者属于项目论证工作，是项目业主或发起人为了确定投资方案而进行的工作，后者是贷款银行为了筛选贷款对象而展开的工作。②发生的时间不同。项目的可行性研究在先，项目评估在后，且项目评估比可行性研究更具有权威性。③研究范围与侧重点不同。前者必须对项目实施后可能面临的问题进行全面的研究，后者是在前者的基础上进行的，可针对关心的问题有侧重地研究。④进行项目评估和可行性研究的目的不同。前者主要是用于项目报批和贷款申清，后者主要是为项目审批和贷款决策服务的。

25.【解析】ABCDE　项目财务评估包括项目投资估算与资金筹措评估、项目基础财务数据评估，项目的盈利能力和清偿能力评估，以及不确定性评估四个方面。

26.【解析】AD　贷款合同分为格式合同和非格式合同两种。其中，格式合同是指银行业金融机构根据业务管理要求的，针对某项业务制定的在机构内部普遍使用的格式统一的合同。

27.【解析】BDE　对设备使用寿命的评估主要考虑三个方面的因素：①设备的物质寿命；②设备的技术寿命；③设备的经济寿命。

28.【解析】AE　投资回收期也称返本年限，是指用项目净收益抵偿项目全部投资所需时间，它是项目在财务投资回收能力方面的主要评价指标。在财务评价中，将求出的投资回收期与行业基准投资回收期比较，当项目投资回收期小于或等于基准投资回收期时，表明该项目能在规定的时间内收回投资。本题的最佳答案为AE选项。

29.【解析】ABCE　企业的劳动力结构和层次属于对企业基础的分析，其余均属于对企业管理水平的分析。

30.【解析】ACE　在抵押期间，银行若发现抵押人对抵押物使用不当或保管不善，足以使抵押物价值减少时，有权要求抵押人停止其行为。若抵押物价值减少时，银行有权要求抵押人恢复抵押物的价值，或者提供与减少的价值相等的担保。若抵押人对抵押物价值减少无过错的，银行只能在抵押人因损害而得到的赔偿范围内要求提供担保。抵押权与其担保的债权同时存在，债权消失的，抵押权也消失。

31.【解析】ABCDE　选项ABCDE的说法均正确。

32.【解析】AB　公司贷款定价原则包括：①利润最大化原则；②扩大市场份额原则；③保证贷款安全原则；④维护银行形象原则。

33.【解析】ABCDE　借款人不能按期归还贷款时，应当在贷款到期日之前，向银行申请贷款展期。是否展期由银行决定。借款人申请贷款展期，应向银行提交展期申请，其内容包括：展期理由、展期期限，以及展期后的还本、付息、付费计划、拟采取的补救措施。如果是合资企业或股份制企业，则应提供董事会关于申请贷款展期的决议文件或其他有效的授权文件。申请保证贷款、抵押贷款、质押贷款展期的，还应当由保证人、抵押人、出质人出具同意的书面证明。已有约定的，按照约定执行。

34.【解析】ABCDE　贷款文件分类：一级文件（押品）主要是指信贷抵（质）押契证和有价证券及押品契证资料收据和信贷结清通知书。其中押品主要包括银行开出的本外币存单、银行本票、银行承兑汇票，上市公司股票、政府和公司债券、保险批单、提货单、产权证或他项权益证书及抵（质）押物的物权凭证、抵债物资的物权凭证等。二级信贷文件主要指法律文件和贷前审批及贷后管理的有关文件。

35.【解析】BD　风险处置是指在风险警报的基础上，为控制和最大限度地消除商业银行风险而采取的一系列措施。按照阶段划分，风险处置可以划分为预控性处置与全面性处置。

36.【解析】CD　蓝色预警法侧重定量分析，根据风险征兆等级预报整体风险的严重程度，具体分为两种模式：①指数预警法，即利用警兆指标合成的风险指数进行预警。②统计预警法，是对警兆与警素之间的相关关系进行相关分析，确定其先导长度和先导强度，再根据警兆变动情况，确定各警兆的警级，结合警兆的重要性进行警级综合，最后预报警度。

37.【解析】ABCD　银行可以通过财务报表来分析借款人的资金来源和运用情况，从而确定偿还来源渠道，也可以通过观测贷款是否具有以下三个预警信号来判断还款来源是否存在风险，即贷款用途与借款人原定计划不同；与合同上还款来源不一致的偿付来源；与借款人主营业务无关的贷款目或偿付来源。

38.【解析】ABCD　贷款风险分类方法，包括基本信贷分析、还款能力分析、还款可能性分析和确定分类结果四个步骤。

39.【解析】CDE　从保证合同的形式来讲，保证合同要以书面形式订立，已明确双方当事人的权利和义务。书面保证合同可以单独订立，也可以是主合同中的担保条款；从保证合同订立方式来讲，保证人与商业银行可以就单个主合同分别订立保证合同，也可以在最高贷款限额内就一定期间连续发生的贷款订立一个保证合同，最高贷款限额包括贷款余额和最高贷款累计额，在签订保证合同时需加以明确；从保证合同的内容来讲，尤其是从合同之间的当事人名称、借款与保证金额、有效日期等，一定要衔接一致。

40.【解析】ABDE　不良贷款的处置方式主要包括：现金清收、重组、以资抵债和呆账核销。

三、判断题

1.【解析】×　信贷资金是以偿还为条件，以收取利息为要求的价值运动。银行出借货币只是暂时出让货币的使用权，仍然保留对借出货币的所有权，所以，它的货币借出是要得到偿还的。

2.【解析】×　付款条件主要取决于市场供求和商业信用两个因素。

3.【解析】×　迄今为止，网点机构营销仍然是银行最重要的营销渠道。

4.【解析】√　本题的说法正确。

5.【解析】√　本题的说法正确。

6.【解析】√　市场的成熟和完善与否，直接影响到投资环境的优劣和区域发展的快慢。通常情况下，市场化程度越高区域风险越低。

7.【解析】√ 本题的说法正确。

8.【解析】√ 《担保法》规定医院、学校等以公共利益为目的的事业单位、社会团体不得作保证人；规定医院、学校等以公益为目的的事业单位、社会团体提供保证的保证合同无效，并且，提供保证的医院、学校等以公益为目的的事业单位或社会团体等还要就提供保证的过错承担相应的民事责任。

9.【解析】× 抵押权的设立不转移抵押标的物的占有，而质权的设立必须转移质押标的物的占有。这是质押与抵押最重要的区别。

10.【解析】× 一般情况下，无论以何种形式表示，盈亏平衡点都是越低越好，因为盈亏平衡点越低表明项目抗风险能力越强。用盈亏平衡点来分析项目的抗风险能力时必须结合项目的背景材料和实际情况，才能对项目的抗风险能力作出正确判断。

11.【解析】× 根据我国《贷款通则》的规定，银行不得对自营贷款或特定贷款在计收利息之外收取任何其他费用。

12.【解析】× 指数预警法，即利用警兆指标合成的风险指数进行预警。其中，应用范围最广的是扩散指数，是指全部警兆指数中个数处于上升的警兆指数所占比重。当这一指数大于0.5时，表示警兆指标中有半数处于上升，即风险正在上升；如果小于0.5，则表示半数以上警兆指数下降，即风险正在下降。

13.【解析】× 在实际操作中，并不是简单地以各类不良贷款为基数，乘以相应的计提比例来计提专项准备金。对于大额的不良贷款，特别是大额的可疑类贷款，要逐笔确定内在损失金额，并按照这一金额计提；对于其他不良贷款或具有某种相同特性的贷款，则按照该类贷款历史损失概率确定一个计提比例，实行批量计提。

14.【解析】× 生产转换周期是指借款人用资金购买原材料、生产、销售到收回销售款的整个循环过程。借款人在购买原材料、生产和销售阶段需要现金流出；在销售和取得收款阶段获得现金流入。生产转换周期是以资金开始，以资金结束。

15.【解析】× 法院裁定债务人进入破产重整程序以后，其他强制执行程序，包括对担保物权的强制执行程序，都应立即停止。